有爱的青春陪伴者

忍萌不则小大卖

著 初玖

图书在版编目（CIP）数据

　　小不忍则卖大萌 / 初玖著. -- 石家庄：花山文艺出版社，2021.4
　　ISBN 978-7-5511-5574-8

　　Ⅰ. ①小… Ⅱ. ①初… Ⅲ. ①长篇小说－中国－当代 Ⅳ. ①I247.5

中国版本图书馆CIP数据核字(2021)第037693号

书　　名：	小不忍则卖大萌 XIAO BU REN ZE MAI DA MENG
著　　者：	初　玖
统筹策划：	张采鑫
特约编辑：	欧雅婷
责任编辑：	郝卫国
美术编辑：	胡彤亮
责任校对：	卢水淹
装帧设计：	孙欣瑞　西　楼
封面绘制：	AaronApril　Cain酱
出版发行：	花山文艺出版社（邮政编码：050061） （河北省石家庄市友谊北大街330号）
销售热线：	0311-88643221/29/35/26
传　　真：	0311-88643225
印　　刷：	长沙鸿发印务实业有限公司
经　　销：	新华书店
开　　本：	880×1230　　1/32
印　　张：	9
字　　数：	216千字
版　　次：	2021年4月第1版 2021年4月第1次印刷
书　　号：	ISBN 978-7-5511-5574-8
定　　价：	39.80元

（版权所有　翻印必究·印装有误　负责调换）

目录 contents

第一章 · 考古系大神 ··· 001

第二章 · 偷盗不成反被抓 ··· 017

第三章 · 借酒表白 ··· 033

第四章 · 男女通吃啊 ··· 047

第五章 · 大神终于知道哄女生了 ······························ 061

第六章 · 大神害羞了呀 ··· 075

第七章 · 醉酒吻了大神 ··· 089

第八章 · 官宣了，恋爱了 ··· 103

第九章 · 大神的男友力 ··· 119

第十章 · 烟花很美，你比它更美 ······························ 137

目录
contents

第十一章 / 情人节 ……………………… 151

第十二章 / 戏精接男友 ……………………… 165

第十三章 / 第一次被一个人吻 ……………………… 179

第十四章 / 爱她就和她去旅行 ……………………… 193

第十五章 / 这个醋我吃了 ……………………… 211

第十六章 / 未说完的情话，等她回来 ……………………… 227

番外一 / 你是世间所有美好的集合 ……………… 251

番外二 / 你是我热爱世界的唯一理由 ………… 257

番外三 / 你是与我白头到老的怦然心动 ……… 263

番外四 / 你是我走遍万水千山后的永恒唯一 … 273

第一章

考古系大神

01

酷夏的知了声和没完没了的炎热,似乎都随着9月的到来而渐渐消失。天空明净得像一面镜子,映出令人瞧着心旷神怡的蓝天白云来。

老泥土路上坑里的小水洼还没干,倒映出路边上了年纪的歪脖子老树。砖红色的外墙脱落了好几块墙皮,露出灰白的底墙。麦萌一边郁闷地往宿舍楼走,一边回想刚才在古董店里发生的事情。她越想越生气,心情就跟头上顶着的丸子头一样,松松垮垮,一团糟糕。

回到宿舍,她把包往桌上一丢,二话没说直接扑到舍友顾娇娇身上,一阵哀号:"我就是想买个花瓶而已,怎么就这么倒霉呀我!"

距离明德大学西门后面几百米有一条古玩街,整条街上铺满各种令人眼花缭乱、目不暇接的古玩器件。麦萌逛了一下午,瞧中了一个白地青花的瓷瓶,老板可能是真当她傻,说这是永乐年间的真品,要一口价六百块钱卖给她。别说六百块了,真品就是六十万都买不到。不过单从瓷瓶的表面来看,做工细腻,色泽光润,形状

颜色都很漂亮，买回去给最近心血来潮要学素描的爷爷做道具也不错。可在她打算以赝品为由跟老板再讨价还价的时候，没等开口半路就杀出来个"程咬金"。那人跟建筑工人似的着装，莫名其妙地伸手去碰花瓶，她怕他脏兮兮的手弄脏花瓶就去夺，结果花瓶碎了。老板要求按照原价赔偿，"程咬金"却坚称花瓶是赝品最多值两百块，跟老板争辩几句后丢下一百块就走了，最后只能是麦萌自掏了五百块。

顾娇娇在宿舍里打了热水简单洗了个澡，正坐在桌边往脸上拍爽肤水。她把裹在身上的浴巾往胸上方提了提："是谁欺负本宫的小萌萌了？"

麦萌一双黑白分明的大眼睛里带着未消的余怒，将多管闲事的某人及自己受到的冤屈生动形象地比画了一番，末了挥舞着小拳头愤怒道："乱动人家的东西，怎么会有这样的人嘛！"

"人家也是好心，不想看你上当受骗。"学霸张晓放下手里的笔，推了推鼻梁上的黑框眼镜，"不过他能通过瓷片表面产生的气泡和花瓶底足的颜色来辨别真伪，不像个工地小哥。"

"会不会像小说里写的那样，他其实是个因为意外失忆才沦落到工地做苦力的霸道总裁！"顾娇娇捏了一下麦萌的脸，忽然脑洞大开，"对了，帅不帅？"

"程咬金"的年纪跟麦萌相仿，当时他穿了一身脏旧的工装，肩上背着脏得看不出颜色的大旅行袋。乱糟糟的头发遮住了他的眼睛，胡子拉碴的下巴棱角分明。虽然不能判断他的相貌，但蓬头垢面的模样与古董店满屋子的古雅物件格格不入。他仿佛是从地里挖出来的古物，因为他一进门空气里就隐约流动着一股难以言说的古怪味道。她的钱白白打了水漂，哪里有心情去探究"程

咬金"帅不帅?

"跟刚出土的兵马俑一样,你说帅不?"麦萌站起身,闷闷不乐地收拾东西准备去洗澡,"西校区的餐厅窗口比东校区少就算了,宿舍里还没独立浴室,学校让咱大三的搬过来真是太过分了。"

"砰!"

门被人从外面大力推开,发出一道巨响,三个姑娘吓了一跳。

麦萌拍了拍胸口:"楠哥,你要不要这么暴力?"

穿着一身肥大的运动服,一米七三的个子,顶着一头毛刺发型,说话又是略粗的低沉声音,任谁看到王红楠都会将她看作闯进女生宿舍的男孩子。王红楠把行李箱一放,语气不怎么高兴:"刚才我都把学生证、身份证拿出来了,宿管阿姨还是不让我进宿舍,气死我了!"

被误认为男生不是一两次了,尽管每次都会发生让人捧腹大笑的窘事,但麦萌依旧好奇地问:"那阿姨怎么又放你进来了?"

王红楠冷哼,突然把麦萌的手放在自己胸前:"事实胜于雄辩。"

这一豪放的动作,让大家目瞪口呆。

宿舍里顾娇娇的身材最好,麦萌和张晓属于正常,王红楠最容易让人模糊了性别。虽然王红楠"胸怀坦荡",但内衣的钢圈还是能证明她的女生身份的。

麦萌忍着笑:"厉害了我楠哥。"

"那是必须的。"王红楠撩起袖子,露出胳膊做了个大力水手的造型,引得小姐妹们哈哈大笑。

心头的乌云淡去,麦萌提着小篮子往澡堂走去。

02

虽然西校区的硬件设施不如新校区,但是报告厅却装修得特别高大上。座位排列以阶梯式设计,以便所有人都能看清楚讲台上的内容。椅背并未采用传统的红色,而是选择了清新的原木色。讲台上方的LED灯闪烁着一行醒目的红字:走近考古·探索文明——××墓考古工作报告会。

前排和中间都坐满了人,一排十几个人里有七八个都是女生。麦萌被来看帅哥的顾娇娇强行拉来,坐在靠近侧门的偏僻位置,一个正双手做捧心状,一个则皱着眉头。

讲台上坐着的正是昨天在古董店让麦萌的钱包缩水的"程咬金",他剪了干净利索的短发,一身得体的西装衬得他身材颀长,深邃的眼眸直视前方,硬挺的五官配着他寡淡的表情,无形中给人一种目空一切的高傲感。

在穿着黄色华美礼服的小姐姐笑容甜美的开场白后,"程咬金"站起身鞠了个躬,刚开口说了句"大家好,我是江珩",台下就爆发出一阵轰鸣般的掌声。

"按黄金比例来算,光这腿就有一米了吧?"顾娇娇兴奋地拿起手机,将摄像头拉近,"萌萌,我得发给辛哥哥,告诉他即便这世间有千万种美色,我独爱他这一种。"

麦萌的小脸紧绷着,幽幽道:"顾娇娇,面对让我损失五百大洋的人,我劝你矜持一点。"

顾娇娇刚要点发送的动作一停,恍然大悟:"难道他就是……"

"对,他就是你说的失忆总裁。"要不是麦萌对声音敏感,她还真认不出江珩来。此刻她的心情有些复杂,毕竟没人会想到昨天的"工地小哥"会摇身一变成了考古系的大神。

兴许是麦萌直勾勾的眼神比旁人更炽热，以至于江珩竟转头瞥了过来，眼神在对上麦萌后眸光微动。

麦萌杏眼一眯，扬起下巴。这人真是人如其名，又拽又横。

"为避免文物受到损坏，我们会在发掘工作开始之前进行多次专业勘测和定位，但这座墓经历过地震和海水侵蚀，所以棺椁上部塌陷，泥土和水涌进，导致许多文物受到了不同程度的损坏。"江珩坐下，移开了视线。

他跟真正的教授比起来更像个古板的老学究，双手交叉，面上透露着严肃和深沉，语速不紧不慢："不少丝织品存在粘连、破损、污染等现象，需要我们在丝织品的修复过程中从病害调查到组织结构观察，从污染物观察分析到纤维成分分析，都一一做好原始数据记录。修复难度大的，对我们的技术要求也更高……"

没有花哨的语言，也没有刻意制造什么气氛，考古系的学弟学妹们拿出比在课堂上还认真集中的精神，捧着本子奋笔疾书，就连为了江珩颜值而来的其他专业的学生也渐渐沉浸其中，神情不自觉地认真起来。

"中国是举世闻名的文物大国，文物保护类人才短缺成为我们现在文物保护工作的大问题。在座的学弟学妹们，希望大家能专心学习好自己的专业，为将来的考古、文物修复和保护工作做出贡献。"做完结束语，江珩再次站起身鞠躬准备离场。

这时，一个女孩红着脸站起来："江珩学长，我想问一下，像竹简、书画这类比较脆弱的文物，我们在修复的时候需要注意什么呢？"

"竹简需要脱水，加固处理，红外线扫描……"接下来的半个多小时，江珩就大家提的各个问题进行了解答，且言简意赅，仿佛

没有他不知道的东西。

顾娇娇被江珩的专业能力深深折服，感慨："萌萌，跟我过来没错吧？长知识！"

麦萌低头，掏出手机搜索文物修复相关知识，小声嘟囔："我给你说过我高三就过了雅思吗，真正厉害的人，都很低调好不好？"

"对对，你说得对。"身为学渣的顾娇娇没资格质疑，只能无条件应和。

"江珩学长。"就在江珩要结束这场报告会时，麦萌"噌"地站了起来，"就算是同一类文物也要具体分析，你刚才说的那些修复方法都是泛泛而谈。我不认为以你现在的经验就可以指导大家，有本很不错的书叫《会呼吸的文物》，介绍的修复方法详细得很，我建议你抽空看一下。"

女孩子目光灼灼地盯着江珩，一连串直白打脸的话，让大家纷纷议论起来。

江珩是谁？是大三就凭着出色的专业技能修完了所有课程的考古系大神！是国家文物保护局考古专家付教授的亲传弟子！他经常跟着付教授在田野工作，虽然很少在学校露面，可系里一直不乏他的传说。这个穿着背带裤、扎着丸子头的女孩子竟敢在大神面前如此放肆，莫不是想以此来引起大神关注？

江珩眉梢轻挑，狭长的桃花眼里划过一丝深意："'田野'是我的化名，很高兴这位同学喜欢我前年写的这本《会呼吸的文物》。没记错的话，在修复瓷器的部分我提到过如何鉴别瓷器的真伪，希望能对同学你有所帮助。"

最后一句，是只能意会不能言传的话。

好端端的江珩为什么要化名写书？是怕太高调了遭雷劈吗？

麦萌紧紧攥着还停留在"文物修复有哪些书籍"搜索页面的手机，面红耳赤。活了二十多年，从来没有觉得像现在这一刻丢人过，她多么希望地上有个缝，让她钻进去！

顾娇娇担心地拽了拽麦萌的胳膊，小声说："萌萌……"

涨红的小脸由红转白，再由白转青，麦萌一手捂着脸，一手抓起书包就往侧门外冲。

没脸见人了！

"麦萌！"顾娇娇追了出去，情急之下直接喊出了麦萌的全名。

这个带有歧义的名字让大家笑得更欢了，江珩轻抿的薄唇不着痕迹地弯了弯。

03

原来安排的教学法老师上周去了台湾地区交流，之后的课换成具有"冰山师太"之称的高丽老师来上。据学长学姐们说，高丽老师是所有专业课老师里最有气质，也是最严格的一位。期末考试，她从来不会划考试范围，学生的成绩由日常出勤、作业完成情况和考题成绩组成，所以她的课堂也是出勤率最高的。

身穿古典蓝底白花的旗袍，长发用一根银簪绾成发髻，五十多岁的人看着也就四十岁出头，她的视线在大家身上一一扫过，好像所有小动作都瞒不过她的法眼。

麦萌将书立在身前，一边抬着眼皮往讲台上瞄，一边手下快速打字："我选的日语，你选的俄语，我怎么给你挡？"

顾娇娇几乎秒回："辛哥哥来得猝不及防，我能怎么办？俄语老师没有点名的习惯，如果有事我让课代表给你打电话，你溜过去喊个到就行。"

大学的课对很多人来说分为必上课、选上课和不上课。遇到极少数每节课必点名的课，是无法逃掉的。对不点名又有点兴趣的课，可以根据心情来决定要不要上。那些不点名又无聊的课，可以直接忽略。

对外汉语专业在大二开始开小语种选修课，由于今年课程调整，二外选修课要修到大三上学期。宿舍四个人，日语、韩语、俄语、法语，每人选的课都不同。张晓要忙活各种家教兼职，没课的时间根本见不到人。王红楠是跆拳道社长，但社团在新校区，她也要经常辗转于新老校区之间。

麦萌叹了口气，回了句"好吧"。

"嗖"的一声，忽然，一个粉笔头直直地从讲台方向飞来，命中麦萌的脑门。

"第三排靠窗那位同学，请你出去。"高老师冷冷地看着麦萌，语气严厉，"我的课，不是给不懂得尊重知识的人讲的。"

相对于初高中的老师来说大学老师也多是开明的，而高老师就太较真了。

"老师，我知道错了，我……"麦萌脸"唰"地通红，赶紧道歉。

高老师态度坚持："请出去。"

认错无果，麦萌只好在高老师凌迟一般的目光下拿着课本灰溜溜到门外站着去了。

走廊罚站这种丢脸的事情对麦萌来说真是久违了，高中她就曾因在晚自习偷吃零食被罚过好几次。再次当着大家伙的面被老师驱逐出教室，竟有种恍如隔世的感觉。

两节课连堂中间不休息，看看手表才上课十分钟，麦萌垮下了小脸。她为了顾娇娇还要站九十分钟，一定要找个机会好好宰顾娇

娇一顿大餐才行!

就在她无比郁闷的时候,竟看到了斜对面正往楼梯上走的人,她立马慌张地把课本挡在了脸上。

下一秒,麦萌的头顶笼罩了一片乌云,耳边响起了一道清冷的声音:"同学,打扰一下。"

脑袋恨不得缩脖子里,她一声不吭,只想原地装死。

书皮上反着的名字,写得龙飞凤舞,占据了快二分之一的空间。江珩垂着眼,抿了抿唇:"麦萌同学,你的书拿反了。"

麦萌身子一颤,躲在书后的脸瞀迫得扭曲成了麻花。

她现在严重怀疑,自己跟老校区的风水不对盘!要不然怎么一搬过来,就接二连三地丢人呢!

不对,准确地说,是她跟江珩八字不合!因为每次遇到他,她都会倒霉!

一咬牙,她一双大眼睛弯了弯,两腮荡漾着浅浅的梨窝,僵笑:"江珩学长,好巧啊。"

江珩也没问麦萌站在走廊里干吗,而是直接将一串钥匙递给她,语气淡淡:"麻烦你下课后把钥匙交给高丽老师,谢谢。"

他的手指干净修长,骨节分明,让麦萌想起了汉代羊脂玉发簪。她黑亮的眼珠子转了转,歪着脑袋:"你自己为什么不给高老师?"高老师不好相处,而且她又刚违反了课堂纪律,不好再往人前讨嫌。

"高老师上课不喜欢被人打扰。"江珩没有收回手,还是保持着递钥匙的动作,"对了,再请你帮我给高老师带句话,今晚爷爷过生日,让她早点回家。"

麦萌一听,急忙接住钥匙。她眨了眨眼睛,眼底升起一道八卦的亮光:"学长和高老师什么关系?"

听这话的意思,江珩和高老师关系匪浅!难道高老师是江珩的姑妈?或者是婶婶?

不得不说,江珩成功地勾起了麦萌的好奇心。

谁知,江珩竟然只是意味深长地笑笑,就转身走了。

麦萌对着他的背影吐了吐舌头,再看看钥匙,她眉开眼笑。

从麦萌出了教室后,其他同学立马正襟危坐,不敢有丝毫差错。一堂大课下来,不少人都跟刚坐完"老虎凳"一样,痛苦不堪。直到下课铃声响了,大家才松了口气。

麦萌一看到高老师,就"蹿"了上去:"高老师,江珩学长让我给您带句话,说是让您今晚早点回家,爷爷过生日。"

高老师以为麦萌要求情,原本不想搭理她,一听到这句话,果然严厉的脸上神色柔和了许多:"好,谢谢你。"

麦萌跟在高老师身后,小心翼翼地道:"虽然我和江珩学长不是一个专业的,可我专门去听过他的报告会,也一直以他严谨认真的学习态度为榜样。我看手机不是不尊重您,是家里真的有急事。您看能不能看在我初犯,别扣我分?高老师……"

"好了,我知道了。"高老师没什么表情地打断了麦萌的话,眉眼之间竟跟江珩有几分相似,"下不为例。"

麦萌大喜,感恩戴德:"谢谢老师,谢谢!"

04

只要熬过了周四教学法的课,这一周就过得"飞逝"。

"同学们,接下来我们主要来学习一下日语常用的语气助词。表示断定,语气较亲密,应该读降调。比如说,今(いま)お腹(はら)がいっぱいなので、何(なに)も食(た)べたくないの。"

日语学习基础班里，麦萌一手拿着书，一手在黑板上用粉笔写下一段话。

与她平时狂野的字风不同，她一笔一画写得很认真。粉笔摩擦着黑板发出"沙沙"的声音，一行漂亮的日语很快呈现在大家眼前。

环顾了一周，她对着座位表将一个正趴在桌子上走神的男孩子喊了起来："付博文同学，请你来翻译一下这句话。"

她从小对语言有着敏感的感知能力和接受能力，日语对她来说跟英语一样没有什么难度。因为她日语不错，所以从大二开始会帮老师带几个留学生，教他们一些简单的中国话，帮他们了解中国文化。现在相反，她在日语班接了学姐的岗位教一群为出国而学日语的高中生。

男孩子十六七岁的模样，左右两侧眼角的头发垂直往上凸起形成一道山峰，发胶抹得锃亮，左耳上戴着一枚黑色锆石耳钉，清秀的五官透露着一股邪气。他吊儿郎当地站起来，语气慵懒："不好意思，我没听见你刚才在说什么。"

谁没个年少无知、叛逆轻狂的时候？对这种青春期里的问题少年，麦萌见怪不怪："没关系，请坐。"

她保持着得体的微笑，又字正腔圆地将刚才的话重复了一遍："刚才那句话的意思是：我现在肚子很饱，什么都不想吃。"转身，她继续一边写一边讲解，"明日必ずあなたに手紙を書きます、私を待ってください。明天我一定给你写信，请等我。这句话表叮嘱的语气，不过在不同的语境下我们也要注意不同词汇的含义，比如说中国的'手纸'在日语里是'信'的意思……"

忽略掉极个别睡觉、玩手机的学生，这节课麦萌教态大方，基本功扎实，驾驭课堂的能力极强，因此下课后坐在教室后方试听的

教学主管就告诉她试讲通过了。

每周日下午三个小时的课，月结1200元，麦萌很满意。在外快的动力下，她第二节课讲得十分投入，直到结束她还有种意犹未尽的感觉。将自己的联系方式留在黑板上，她真诚地说："同学们，这是我的微信，如果大家有什么问题，可以随时与我联系。"

"老师再见。"学生大多喜欢年轻有亲和力的老师，大家对麦萌挥挥手，陆陆续续离开了教室。

麦萌收拾完东西，看见那个"发胶头"还趴在桌子上，她没忍住问了句："同学，下课了，你不走吗？"

付博文把头埋在胳膊里，没有要理会麦萌的意思。

"那你早点回家哦，不要让爸爸妈妈担心。"麦萌摇摇头，背着包下楼，没想到又在楼下遇到了江珩。

江珩还是穿着黑T恤，双手插口袋，酷酷地站在传达室门口，引得几个上学习班的女孩子频频回头。

冤家路窄，怎么在哪儿都能碰到？麦萌嘟囔了句，大步流星从江珩面前走过，还故意撞了一下他的肩膀。她亮晶晶的眼睛像小狐狸似的眨巴两下，语气夸张："哎呀，是江珩学长，刚才没看到呢，真是不好意思！"

不知出于什么心理，每次看到江珩这张万年不变的冰山脸，她就想做出点能够挑起他情绪的事情来。能让江珩不痛快，那她就痛快了。只是，她的举动在江珩眼里却很幼稚。

头发还是绾成随意的丸子头，江珩的目光从她光洁的脑门穿过看向前方，无关痛痒的表情像是被蚊子叮了一下，声音还是一贯没什么起伏波澜："走路小心点。"

太好奇江珩和高老师的关系，又不好直问，麦萌只好套近乎：

"江珩学长是想报日语班吗？你要是想学日语，我可以……"

她很想用日语来体现自己的优越感，结果却被江珩给打断了："高老师说虽然你很仰慕我，并且以我为榜样，但是你以后再有违反课堂纪律的情况，她还是一样会扣你分的。"

像是一把锤子冷不丁地敲在了脑袋上，麦萌有种马上要背过气的感觉。她什么时候说过仰慕他了？是高老师误会了，还是江珩太自恋了？不管怎么说，她可以肯定高老师和江珩关系就是不一般！

以后需不需要讨好江珩？万一江珩小心眼，因为上次报告会的事情给她穿小鞋怎么办？

极短的时间里麦萌已经想了无数种可能，她真诚地看着江珩："谢谢学长。"很"隆重"地鞠了一躬后，她向站牌跑去。

江珩不解，随即想到什么，抿唇轻笑。

回学校的路上，麦萌一口气把之前购物车里的零食全部付款清空。反正这些零食早晚都得买，为什么不提前行使把它们吃进肚子里的权利呢？至于江珩和高老师，她早晚会搞清楚的！

肚子有点饿，到学校后，麦萌去食堂买了份糖醋排骨和一碗西红柿鸡蛋汤。吃饱后，她心满意足地往宿舍走去。

"同学。"忽然，有人从后面拍了一下她的肩膀。

麦萌回头，愣了一下。

红黑相间的格子衬衫里内搭一件白T恤，配上水洗牛仔裤，鼻梁上架着一副黑框眼镜，斯斯文文，干干净净。男生腼腆地笑了笑，支支吾吾不知道怎么开口："那个……"

"哪个？"麦萌茫然地看着男生，一头雾水。

犹豫了会儿，男生脱下自己的衬衫，塞进麦萌手里，声音听着很不自然："那个……你的裤子脏了，用我的衣服遮一下吧。"

裤子脏了？意识到什么，麦萌扭头，看见了屁股上的那一小团殷红色，脸立刻烧得滚烫。

大姨妈什么时候来的？她怎么一点感觉都没有？

面红耳赤地快速把衣服系在腰上，麦萌没忘记问："同学，以后怎么联系你？"

"李阳，2016级电子信息工程5班。"说完，他掉头就走。

目送着男生脚步匆匆离开，麦萌竟觉得两人刚才最后的对话好像街头接暗号的地下工作者。

第二章 偷盗不成反被抓

01

周二上午麦萌没课,她带着日本留学生参观完校史馆后,往自习室走去。

日本女孩子用不标准的中文夹杂着日语,问麦萌:"为什么可以说'我在学校里''我在超市里',但不能说'我在北京里'?"

麦萌很有耐心地解释:"因为北京是大城市,区域范围太大,所以按照我们的习惯是必须要这么说的。"

日本女孩又发挥不懂就问的精神:"桌子、椅子是东西,猫和狗是东西,我们为什么不是东西?"

麦萌哭笑不得:"汉语里的东西是指物品或者表示方向,有生命的不能称为'东西'。"

校史馆在图书馆一楼,自习室在二楼,从东侧楼梯上来,她经过了考古研究室,不经意一瞥,竟从门窗上看到了江珩坐在里面。

麦萌眼睛一亮,轻手轻脚地凑到门边,瞪大眼睛往里瞧。

研究室中间摆放着两张两米多长的大桌子,一个桌子上有序地摆放着需要修复的文物,另一个桌子上放着各种修复工具。墙根上立着一个满满当当的书架子,旁边是洗手池,除此之外房间再无其

他东西,透露着一种单调又严谨的气息。

江珩穿着白大褂,戴着手套。口罩挡住了他下半张脸,他微低着头,露出的那双眼睛清澈专注,竟让麦萌的心头涌过一丝莫名的颤动。

日本女孩见麦萌趴在门上不知道干吗,不解地问道:"麦萌,你在看什么?"

楼道里很安静,因此女孩的声音显得有点大,让屋内的江珩轻蹙眉头。

麦萌下意识地蹲下身子,顺便把日本女孩也往墙边拉,但还是让江珩看到了日本女孩的半个脑袋。

麦萌"嘘"了声,猫着腰拉着日本女孩一步步往自习室挪动。

"吱呀"一声,门忽然开了,两条修长的腿挡住了她们。

周围空气骤然一冷,麦萌缓缓地抬起头,讪讪地挥了挥"爪子":"嗨,江珩学长。"

"有事?"江珩手搭在门框上,居高临下的姿态让麦萌心虚。

"我……路过。"麦萌眸光微闪,拉着日本女孩就要走。

可日本女孩一看见江珩,竟羞羞答答地问:"麦萌,これはあなたの彼氏ですか(这是你男朋友吗)?"

"不不不,不是我男朋友,我不认识他。"女孩子是用日语问话的,麦萌不过脑子地直接用中文回的,说完才想起来女孩子可能听不懂,这话纯粹是说给江珩听了。她不敢去看江珩,推着日本女孩往前走。

江珩摇了摇头,前脚刚关上门,他的老师付教授后脚就从隔壁的办公室里进来了。

六十多岁的男人,身材微胖,头发略白,戴着厚重的眼镜,他笑眯眯道:"刚才我好像听到你跟小姑娘在说话。"

猜到付教授在想什么,江珩无奈,戴着口罩低头继续手头的工作:"老师,能不能不要这么八卦?"

"你是我的亲学生,我不关心你的终身大事,还能关心谁的?"付教授轻哼,在桌边坐下,一双老眼定在瓷瓶上那道像伤疤愈合好的裂纹,语气赞赏,"修复文物需要耐心和毅力,没这两样是干不来这细致活儿的。你现在的修复水平,完全可以出师了。"

江珩目不转睛:"老师夸张了,我现在顶多学到了您的皮毛,要学的东西还有很多。"

见到自己的学生谦虚又好学,付教授更是满意,随即又感慨:"全国的文物修复师才三千人不到,再这样下去,我真怕文物修复工作将会面临后继无人的局面啊!"

面对付教授的忧心忡忡,江珩的心情也有些沉重,低声道:"这几年国家越来越重视考古事业的发展,不会出现老师担心的情况的。"

付教授叹了口气:"我年纪大了,只能把希望寄托在你们这些后生身上了。"

江珩"嗯"了声,目光更为坚定。

周日下午,麦萌去日语学习班教课,那个叫付博文的男孩子跟上次一样厌学。下了第一节课,麦萌敲了敲桌子:"付博文,下课了。"

付博文睁开眼睛,看了眼麦萌又闭上。麦萌轻轻推了推他的胳膊:"喂,不想学干脆不要来,在这里花钱睡觉还不如回家睡舒服。"

付博文不满:"不要你管。"

麦萌坐在他对面,把高老师那句话给搬了出来:"不尊重知识

的人不适合坐在我的课堂上，或者你给我一个睡觉的理由。理由合理，我随便你。"

"你以为你是谁，凭什么……"付博文不耐烦了，这时肚子"咕噜"一声尴尬地叫了起来。刚才玩世不恭的气势像是火焰山的火，瞬间被芭蕉扇给熄灭了。可能觉得丢脸，他又把头埋回胳膊里。

麦萌忍着笑，从包里拿出一盒苏打饼干："喏，吃吧。"

不拒绝就是接受了，小孩子要面子，她懂。

见付博文没吱声，麦萌起身离开。拍了拍手，她示意其他学生坐好："同学们，上课啦！"

等大家坐好，她又热情饱满地继续上第二节课。

"学习语言,不仅要学词汇,学语法,更要了解外国的文化……"视线偶尔在付博文身上略过，她看到饼干的包装不知何时被打开了，得意地扬起眉梢……

放学时，麦萌下楼梯，察觉到付博文不远不近地跟在身后，她停下回头，奇怪地看着他："有事？"

付博文表情别扭，眼睛瞟向别处："没事。"

"吃了我的饼干就要听我的话，下次可不要再睡觉喽！"麦萌抬手，很想揉一下付博文的头，可身高不够，只好伸回手改为拍拍他肩膀，"毕竟，麦老师的课还是很有意思的！"

"自恋。"付博文拂开麦萌的手，大步往台阶下走。

麦萌瞅着少年酷酷的样子，不自觉地想到同样又拽又横的江珩，撇嘴："这世道啊，稍有点姿色的人就不知天高地厚了。"

她拎着包，到了楼下，竟真看见了江珩。让她惊讶的是，那一大一小的两人并肩站在一起貌似很熟的样子，她瞬间明白了上次在门卫处见到他的原因了。

一条妙计涌上心头,麦萌拍了一下手,从小的下手,就不怕拿不下大的!

她蹦蹦跶跶地踢着路边的石子,午后的阳光斜照在她身上,在地上留下一个俏皮的影子。

02

教学案例的大课堂上,老师要求大家和留学生随机组队模拟对外汉语小课堂。

"在汉语里,'娘'和'妈'是一样,都是指母亲。我们学过中文的书信体格式,如果你遇到了一位漂亮的女孩,想要给她写一封情书,应该怎么开头呢?"

与麦萌搭档的是一个泰国男孩,他端坐好,认真地举手:"亲爱的姑妈。"

麦萌摇了摇头,纠正:"不对,姑妈是英语里的 aunt,姑娘才是 girl 的意思。"

手机屏幕亮了一下,她抱歉地对男孩做了个暂停的手势,看到了李阳发来的微信。

"周日上午有空吗?一起去体育馆看球赛。"

还没想好怎么回,麦萌的肩膀上就多了个脑袋,顾娇娇凑过来:"我就说你最近几天老是抱着个手机不对劲,快老实交代,你和李阳发展到什么地步了?"

上周麦萌和李阳因突袭的大姨妈而结缘的事情宿舍皆知,麦萌在把衣服还回去后,为表示对李阳的感谢,她中午请人家吃了顿午饭,后来李阳又回请。借用钱钟书在《围城》里的那句话,吃饭和借书,都是两件极其暧昧的事情,一借一还,一请一去,情分就这

么结下了。

麦萌推开顾娇娇，无语道："就是普通朋友，你别瞎想！"

不相信男女之间有什么纯洁的友谊，顾娇娇一副"鬼才信你"的表情，转身跟搭档俄罗斯姑娘对起话来。

由于课前早就接到了日语学习班主管的电话，周日下午的课调到上午，所以麦萌理由正当地推了李阳的邀约。李阳表示理解并提出下次有机会一起看电影，麦萌对李阳并没什么想法也就没回他。

第三次日语课堂上，付博文不再趴着睡觉了。虽然他也没正经学习，但至少能抬头看黑板了，这让麦萌很欣慰。

带着"目的性"，她在下课借着给付博文讲解日语时装作不经意间打探一下他和江珩的关系。

对于麦萌的过分热情，付博文觉得莫名其妙，但言语里还是透露了她想要的答案。得知付博文的爷爷就是鼎鼎有名的付教授，江珩有时帮着付教授接送付博文后，她更加坚定了要与付博文搞好关系的决心，强行加了付博文的微信。

晚上回去后，麦萌通过付博文的朋友圈，投其所好地下载了他玩的同款游戏，厚着脸皮加入了战区。起初付博文拒绝，可见麦萌输得太惨也只好勉为其难地带一下。游戏是建立感情基础的桥梁，才两天时间，两人就成了可以并肩作战的"战友"。当然大多战局都是付博文对敌，麦萌躲在后面捡装备，对此付博文很鄙视。

因为付博文的文具袋上次落在了辅导班，麦萌发了微信他也没回复，所以麦萌在周三找了个时间拿着笔袋准备送去付教授的办公室。她先是趴在研究室门窗上看了看，没看到江珩。隔壁的门上没窗，她敲门，听到里面传来一声"请进"后，她才进去。

在看到麦萌后，付教授和蔼地问："同学，有什么事情吗？"

江珩弯腰站在付教授桌边,两人好像正拿着一份材料在研究着什么。江珩眸光在麦萌身上一顿,站直身子:"老师,我回去把报告再完善一下,明天给你。"说完,他挨着麦萌的肩膀出去了。

　　"付教授,您好。"见付教授看向自己,麦萌赶紧上前,把笔袋双手递过去,说明了来意。

　　一听是付博文的日语老师,付教授更加亲切了,连忙让麦萌坐下,要和她聊聊付博文的日语学习情况。

　　在鼎鼎大名的付教授面前,麦萌很拘谨,聊了一会儿也放开了:"您是想让博文下学期结束就去日本吗?"

　　付教授叹了口气:"博文从他爸妈离婚后就一直跟着我和他奶奶,他爸也有新家庭,不怎么关心他,我老了也管不了了。这孩子初中就荒废了,他妈妈这些年一直想接他去日本,现在让他去也好,至少有人能照顾他。"

　　大人总会以为孩子好而替他做出选择,付博文在日语班的表现不见得想去日本。麦萌小心地问:"那……博文的意思呢?"

　　付教授再次叹气:"他没什么表示,还是那样。"

　　麦萌也不知道该说什么,只能乖巧地坐着做一个合格的倾听者。

　　"对了,小姑娘,你能不能帮我个忙?"在感慨完现在的孩子难教育后,付教授话题一转,"我有一份研究材料,下个月开研讨会的时候需要用。日本专家团队也要过来,所以想麻烦你帮忙翻译成日语。"

　　"我?"手指着自己,麦萌惊讶地看着付教授,"我水平不够啊,要不然您还是找专业的翻译吧?万一翻译错了……"

　　付教授笑了笑,一双老眼信任地看着麦萌:"博文那个日语班不是谁随随便便都能应聘上的,你能在那儿教课,就证明你是有水

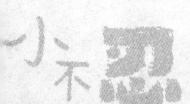

平的。不要有压力,我相信你可以的。"

想到这是一个可以在江珩面前证明自己实力的好机会,麦萌深吸一口气:"好,我一定不会让您失望的。"

付教授点点头:"明天下午你直接找江珩,我让他把需要翻译的资料给你。"

信心百倍地离开办公室,麦萌脚步轻盈。她幻想着翻译成功后江珩会出现的表情,小脸洋溢着明媚的笑。

03

天气阴沉沉的,空气也闷热,给人一种雷阵雨马上要来临的感觉,可是到了下午也没下半个雨点。

麦萌到了研究室时,门半掩着,里面没人,只有一排竹简整整齐齐地排列在桌面上。茶杯里的水还冒着热气,看来江珩是出去了。等了两分钟,还没见他回来,她只好无聊地把视线移到竹简上。

有的竹简发霉腐烂了,有的开裂变形了,反正都不同程度地受到了损坏。旁边的白布上还放着几片已经脱色、清洗完的竹简,上面字迹虽然模糊,但也能勉强辨认几个。

她伸出手刚要拿起一片竹简凑近看看,身后传来一道冷厉的声音:"你在干什么?"

她手一抖,竹简"啪"地掉在了地上。

江珩脸色一变,赶紧将打印的一沓报告纸放下,将竹简捡了起来,小心翼翼地用狼毫笔轻轻扫去沾上的灰尘后,目光如同两把刀子朝着麦萌直飞过来,毫不客气:"麦萌,不乱动别人东西是做人的最基本教养。"

麦萌知道自己理亏,但还是底气不足道:"那上次在古董店,

你还不是没经我同意就乱动我花瓶?"

江珩扯了扯唇,把竹简放回原位:"对,我不该多管闲事,让你买个假花瓶被人骗就好了。"

麦萌别开脸,语气冷硬:"付教授让我找你拿需要翻译的资料。"

江珩摇头:"不好意思,我会请示一下老师,另找人翻译。"

麦萌听后,瞪着他:"江珩,你什么意思?"

一码归一码,他临时变卦,针对性不要太明显!她白嫩的小圆脸气鼓鼓的,像极了顾娇娇抱着睡觉的那只拉面猫。

乌云密布,窗外的风吹得呼呼作响。江珩一边转身去关窗户,一边淡淡道:"我不想将我辛苦整理的资料交给一个冒失鬼,而且你对我们的专业缺乏了解,我也不认为你翻译出来的东西能很好地表达出我要的效果。"

被轻视的怒火在麦萌的胸腔旺盛地燃烧,垂在裙边的两手攥成拳头,她盯着江珩的后背,恨不得把这个自负自大的人瞪穿两个窟窿:"你不让我试试,怎么知道我不行?"

江珩倚着窗台,看着麦萌,缓缓道:"有时做学问跟做人一样,不能心浮气躁,更不能带有任何私心。虽然我不知道老师为什么让你来翻译,但是我知道依你现在的心态不适合。"

顿了顿,他又补充道:"研究室是个需要安静的地方,希望你以后没事不要再出现在这里。"

他声音低沉,自认为说得客观,不带丝毫个人偏见,可听在麦萌耳朵里却变了意思。

"谁稀罕!"她青白着脸,"噔噔噔"地摔门跑了出去,带起的风将两页报告吹落在地。

虽然麦萌只比江珩小一岁,但她的言行跟付博文比起来成熟不

了多少。江珩把报告纸捡起来,不去计较她的小孩子行为。

麦萌气势汹汹地回到宿舍,打开零食箱子,拿出两盒速食酸辣粉,准备化悲痛为食欲。

二十分钟后,张晓和王红楠结伴洗完澡回来,一推门,吓得惊叫一声。

麦萌戴着墨镜,身上只穿了内衣裤,丸子头像化了的奶油般塌在脑袋上。她转过头来,面无表情地看了她们一眼后,继续低着头"呼哧呼哧"地吃冒着热气的酸辣粉。

眼前的画面有种说不出的诡异,以至于连宿舍里胆子最大的王红楠说话都结巴了:"萌……萌萌,你还好吗?"

张晓见麦萌不吭声,想上前又不敢上前,只好抬头看向在床铺上捧着镜子自我欣赏的顾娇娇:"娇娇,萌萌没事吧?"

在宿舍吃酸辣粉不稀奇,稀奇的是"裸吃"。麦萌这样子,不能不让人担心。

顾娇娇用手托了托刚烫的"睡不醒":"不穿衣服是怕油溅到衣服上,戴着墨镜是怕溅到脸上,咱们萌萌为了吃向来不走寻常路,毕竟她可是史上第一个让外卖小哥把外卖放洗澡篮子里用绳子提上来的人。"

两人听后,舒了口气。

麦萌喝完最后一口汤,抹了一下嘴巴,看着阳台上被大风吹得摇摇欲坠的大红色内裤,表情沉重:"今晚,我要去干一件大事。"

顾娇娇已经被迫听过麦萌对江珩痛恨的"控诉",无奈道:"你要去炸了江珩的研究室?"

麦萌捏起桌上的一把钥匙,掷地有声:"我要证明给江珩看,我麦萌是有实力的!"

听着江珩的名字在宿舍被提起的频率越来越高,张晓无奈:"外面风大,你先把衣服穿上吧,别着凉了。"

麦萌想到今晚自己惊险又刺激的计划,深沉地摆了摆手。

04

黑黢黢的天空跟一块黑色绒布似的,雨水哗啦啦地打在窗户上,像是谁在天上拿着水管子往下冲洗。下了两个多小时,雨才停下,路面上的积水能淹没脚踝。为避免鞋子不被雨水弄湿,麦萌在出宿舍之前机智地在脚上套了两个塑料袋。

图书馆门口,麦萌躲在门后,与黑夜融为一体。王红楠的黑色雨衣罩在她的身上像一件黑色道袍,将她小巧的身子包裹在里面。她头上戴着黑色的鸭舌帽,鸭舌帽下是一副能遮住她大半张脸的墨镜。出门之前,王红楠还笑她是在扮演雨夜连环作案杀人的变态杀手。

麦萌偷偷探了探头,灵动的眼睛从墨镜上面往大厅里看了看。看门的大叔坐在大厅的桌子前,以手撑脸打着瞌睡,嘴巴半张着,发出均匀的鼾声。

观望了几分钟,见大叔没有要醒来的迹象,而且也没人走动,她将鸭舌帽往下压了压。她掏出口罩戴上,做好最后武装后,蹑手蹑脚地贴着墙根快速从大叔身后溜过。脚上的塑料袋随着走动发出窸窸窣窣的响声,让麦萌有种自己是一条穿梭在草丛里的蛇的感觉。

九点半,再加上下雨的缘故,上晚自习的人不多,但因为心里有鬼,她还是选择了最远的一个楼梯爬楼。雨衣的下摆滴着水,在地上留下一行水痕,还有两个脚印。

她先是躲在楼梯拐角探察情况,确定研究室对面的自习室的门

都关着,她才赶紧掏出钥匙来开研究室的门。

第一次做坏事,麦萌的一颗心七上八下的,仿佛一不小心就能跳出来。她拿着钥匙的手哆哆嗦嗦的,试了好几次才对准锁眼。

"吧嗒"一声轻微的动静,门开了,麦萌的心也瞬间提到了嗓子眼。

拧动门把手的手沁出了一层细汗,她谨慎地环顾了一下四周,才闪身进去。

钥匙是她趁着江珩关窗的时候,在桌子上看到的。很多时候,冲动的念头都是一刹那间产生的。她偷拿走了钥匙,只想拍下付教授之前让她翻译的那份资料,拍完了她就走人。江珩不让她翻译没关系,等她翻译完后再把资料拍在他面前,看他还敢狗眼看人低!

不敢开灯,麦萌只能摘了墨镜,打开手机自带的手电筒,借着微弱的光,猫着腰往桌旁摸索。

白天放在桌子上的竹筒已经被江珩给收起来了,除了一个茶杯之外,桌上再没其他东西。桌子下面还有几个抽屉,一个个拉开,麦萌头疼了。她白天带着火气走的,也就忘记了临走前瞄一眼江珩打印的东西。抽屉里面放着各种各样的纸质文件,她一个个地翻看,也不知道要找到什么时候。

冒着风险好不容易溜进研究室,要是就这么走的话,她还有点不甘心。

纠结了会儿,她把手机放在地上,打算一份份地看。

见每份文件上都用铅笔在右上角标注了日期,阿拉伯数字写得清秀,与江珩那张冷若冰霜的脸一点也不符合。记得付教授说过,文件是过些日子给日本专家看的,因此麦萌从日期入手。

第一个抽屉里都是6月之前的文件,第二个抽屉是更往前的。

只剩下最后一个抽屉了,麦萌长叹,这个再没有,她就真的瞎子点灯白费蜡了。

幸运的是,最上面那份就是今天的日期。她比看到中了"再来一瓶"还高兴,兴奋地拿着报告就要跳起来,可太得意忘形了,"咚"一下子撞到了桌子。她捂着脑袋,疼得想哭。

听到外面突然传来一阵走动声,紧接着,响起保安大叔的喊声:"自习室还有没有人?没人就清楼了!"

把散落在地上的资料胡乱地塞进抽屉,麦萌抓起手机下意识地就要藏桌子底下。可还没等她把手机的光给关了,门"砰"地开了。

"谁在那里!"先是一声带着紧张的大吼,随即灯被"啪"地打开了。

房间猛地亮了,保安大叔在看到一身黑雨衣戴口罩的麦萌后,本能地往后退了一步,手里的棍子微颤。

"你是谁?怎么进来的?"

麦萌脑子发蒙,保持着半蹲在地上的动作,一动不敢动。她瞪大的眼睛里写满惊恐,急促的呼吸让脸上的口罩都贴在了鼻子上。

"喂喂,有人闯进二楼考古研究室盗取机密文件⋯⋯"保安大叔见麦萌好像被吓到了,大着胆子一边将棍子往前一抵,防止她逃跑,一边对着对讲机开始联络保卫科。

麦萌一个激灵,推开保安大叔的手,撒丫子向门外跑去。她不能被抓到,要不然就死定了!

"站住,你别跑!"对方要是个身强力壮、五大三粗的小偷,保安大叔肯定不会这么"英勇无畏"地紧追不舍,可从麦萌的外形来看,对付起来应该不难。

保安大叔的声音近在咫尺,麦萌好像是密林里被雄狮追逐的小

鹿,她一手捏着那份资料,一手捏着手机以平生最快的速度冲下楼梯。雨衣碍事地在地上拖拖拉拉,她后悔刚才没脱下来。

下了楼梯,马上就是图书馆大门了,她像做最后的冲刺,使出全力要冲过那条无形的红线,然而却用力过猛,脚下一崴,身子直直地往前扑去。

"啊!"钻心的疼痛从脚踝处开始蔓延,麦萌撑着地面吃力地站起来,却被气喘吁吁的保安大叔用力按住了肩膀:"跑,你这么有能耐咋不继续跑了?"

前来"支援"的其他保安也小跑着赶来了:"不准动!"

被团团包围,这一刻,麦萌觉得自己像警匪片里十恶不赦的罪犯。

01

江珩从保安室将麦萌带出来的时候，已经是晚上十点四十五分了。他推着自行车走在前面，麦萌一瘸一拐地跟在后面。

淡白的月光照在地上的水洼中，反射出清清冷冷的光来。谁也没说话，气氛冷得跟吹在耳边的风似的，凉飕飕。

江珩经年不变的黑色T恤外面套了件蓝白相间的棒球服，鞋子边上沾了泥水，后脑勺的头发翘着几根，一副刚从床上爬起来的模样。麦萌盯着他的背影，纠结了会儿，试探着喊道："学长。"

江珩脚步顿了顿，还是没回头，继续推着车子往前走，跟上次从古董店离开时那样拽得让人心里不舒服。麦萌张了张嘴，把要道歉的话给咽了回去。

虽然没脱鞋子，但凭借着脚踝和鞋子摩擦的紧致力度，麦萌不得不怀疑走到宿舍的话她的脚能肿得把鞋子给撑开。她忍着痛，走得越来越慢。

两个人的影子重重叠叠，一点点拉开距离。

忽然，江珩停了下来，眯着的桃花眼夹带丝丝冷意，看着低头踩着自己影子的人："偷钥匙？你挺有能耐。"

麦萌做贼心虚，头低得更厉害了，一声不吭。

江珩把车子停好，上前两步，扳正麦萌的肩膀，迫使她抬起头看着他："你有没有想过如果我拒绝配合你撒谎，你会承担什么后果？"

研究室是付教授之前跟学校申请的，但付教授大部分时间都在野外工作，所以为了方便就在电话簿上留了江珩的电话。他刚把付教授需要的资料整理完，躺床上不到十分钟，就被保安大叔一个电话给喊去了保卫科。

保卫室里，麦萌缩在墙根，狼狈不堪。黑雨衣被拉扯得半敞着怀，露出了里面的小熊睡衣来。她下巴上也不知道从哪儿蹭上了泥巴，头发一绺一绺地搭在额前。她泪眼汪汪地看着他，像只受了委屈的兔子，带着压抑的哭音喊了句"学长"。桌上的墨镜、口罩是她的作案装备，还有那份皱皱巴巴的报告纸。在看到她跟他求助的眼神时，他的心也跟她可怜的小眼神一样软趴趴的硬不起来了，但想想还是很生气。

麦萌吸了吸鼻子，眼眶红红的："学长这么善良，是不会拒绝我的。"

当时她不能证明自己是本校学生的身份，只好谎称是江珩把钥匙给她的，也是他让她回来拿资料的。可机智的保安大叔不信她，没办法，她就让保安大叔找江珩来"对质"了。其实她也不确定江珩会不会为她解围，只是他来了比被送去学校处理好太多。

心里像是被一只软绵绵的小爪子轻轻挠了一下，酥酥痒痒。又像是平静的心湖被谁冷不丁地丢进了一块小石子，荡起莫名的涟漪。江珩不知道说什么好，气笑了："为什么这么想翻译那份文件？"

麦萌捏着折叠成两半的口罩，语气听着略带埋怨："还不是你不相信我能翻译好，怎么说我日语也考过级了好吧，我……算了，今天的事情谢谢学长，还有对不起。"

她一颠一颠的，像只笨重的小黑企鹅，走了没两步，被江珩给喊住了："上来。"

麦萌眨了眨眼睛，受宠若惊："学长要带我？"

一条长腿跨在车上，一条支在地上，江珩轻哼，深邃的眸子暗了暗："你是我从保卫科领出来的，要是路上出了安全问题，我也有责任。"

麦萌默默在心里吐槽了一下江珩没有爱心后，还是屁颠屁颠地坐在了自行车后座。

路边树木在倒退，江珩的自行车骑得不紧不慢，很是平稳，他身影清瘦而不显羸弱。

地上溅起了小水花，麦萌感受着静谧的气氛，她的心也变得平和了许多。

五六分钟后，两人到了宿舍门口。麦萌下了车，表情不自然地说了句"谢谢"。毕竟人家救了她一命，道谢是应该的。

"姑娘，时间到了，关门啦！"女生宿舍十一点锁门，宿管阿姨从房间里拎着一条大铁链子出来了，准备从里面锁门。这嘶吼的大嗓门，像极了要把小鬼带回地府的黑白无常。

"阿姨！"麦萌一听，急得单脚就要往台阶上蹦跶。

"等会儿。"江珩拉住她的胳膊，在她手机上输入一串号码，"一周内把报告翻译出来。"说完，他蹬着车子扬长而去。

麦萌看着手机屏上的电话号码，又看看那渐渐消失在夜色里的人，心情复杂。

今晚，可真是一个难忘的夜晚呀！

02

站在9月的尾巴上,大家都期盼着马上要来的"十一"长假,可根据学校安排,周末两天要补课,所以大家只能强按住不安分的心,"被迫"在学校里"煎熬"几天。

虽然麦萌的脚崴了,但是该上的课还是得一节不落地去上,因为放假前学校纪检部查人查得最频繁。其他舍友不忍心看麦萌单脚蹦跶去教学楼,从修车铺大爷那儿借来了一辆自行车,让王红楠带着她去上课。

坐在需要王红楠蹬好几圈车链子才转的破自行车上,麦萌不得不想起江珩来。虽然他的车子很普通,可至少后座不夹屁股。最关键的是,王红楠骑车子就跟她的人一样,风风火火的,在穿越路上两个圆球石墩的时候,麦萌严重怀疑要是王红楠再骑快点,她的膝盖就要被石墩给撞碎了。

晚上,麦萌洗漱完,趴在桌前翻看报告。她的手边,放着红笔、蓝笔、黑笔,轮换着在报告上做不同颜色的标注。桌上的台灯散发着暖白色的光,照在她认真专注的侧脸上,鼻尖上的小绒毛清晰可见。

纸上空白处都写满了密密麻麻的日语,几乎将原本的黑色打印字都遮盖住了。

顾娇娇歪头一看,惊讶得大呼小叫:"萌萌,对待期末考试都没见你这么用功过,你该不会是对江珩……嗯?"

那天出门之前麦萌雄赳赳气昂昂地立下了要让江珩对自己刮目相看的誓言,可事实是她偷钥匙夜"闯"研究室被"捉",后被江珩"解救"送回了宿舍。她没脸把这么丢人的事情告诉舍友,只说

找江珩拿文件时不小心崴到了脚。

察觉到顾娇娇语气里的"不怀好意",麦萌瞪了她一眼:"嗯什么嗯,我只是不想让他认为我日语很菜。"

一份五千多字的中文报告要翻译成日语不难,难的是中国历史悠久,其中涉及的一些跟年代有关的东西麦萌需要严谨考证。这两天她没事就抱着笔记本去图书馆查阅相关考古类的书籍,现在关键词汇和重、难点句子基本已经解决了,剩下的就是将整份报告串联翻译,最后修改细节。

"叮咚"一声,手机上收到了一条消息,李阳约她明天晚上看电影。说实话,她和李阳认识也快一个月了,在网上随意聊聊还行,见面总感觉不自在。不想让李阳误会什么,这次她还是委婉地推了。

在舍友们都进入梦乡后,麦萌仍旧挑灯夜战,一边打着呵欠,一边努力支着沉重的眼皮,当文件上的五颜六色的字都变成了一句句流畅通顺的日语后,已经是深夜两点了。

尽管大脑濒临死机状态,可残留的一丝理智让麦萌又撑着精神从头到尾检查了一遍。

早上天蒙蒙亮时,顾娇娇迷迷糊糊地下床上厕所,看到麦萌还趴在桌子上,以为她劳累过度猝死了,吓得一阵鬼哭狼嚎:"萌萌,你别吓我!呜呜呜,你醒醒,别吓我!"

麦萌被顾娇娇"暴力"推醒,她不知道自己什么时候睡的。动了动脖子,她欲哭无泪:"娇娇,我脖子不能动了。"保持着一个动作几个小时,血液不流通,她的胳膊和腿也麻了。

像木乃伊似的被舍友套上衣服,麦萌歪着脖子苦兮兮地去上课了。

熬了近一个晚上,她用手撑着脸,脑袋一下下地往下掉,最后

"砰"地直接倒在了桌子上。

动静不小，引得周边同学都看了过来。

讲古代文学的老师是系主任娄玉波，一个一年四季都穿着唐装的干巴瘦老头儿。他个子不高，体重不重，戴着一副老旧的眼镜，人精瘦又古板。据说早年有学生上课不认真听讲还出言不逊，被他一套太极八卦掌教训得服服帖帖，此后再没人敢挑衅他的权威。女有高丽老师，男有娄玉波主任，两人被学生私底下称为"哥斯拉双煞"。

"老师……我的脖子落枕了。"飞翔在脑子里的困虫瞬间无影无踪，麦萌艰难地直起身子，歪着脸别扭的样子有点滑稽。

"文王拘而演《周易》；仲尼厄而作《春秋》；屈原放逐，乃赋《离骚》。你脖子落枕了，怎么就连个课都不能听了？"娄主任不喜欢听人解释，直接让麦萌放假回来交三千字检讨。

麦萌了解娄主任的脾气，越是求情、犟嘴什么的，处罚越重。她乖乖闭嘴坐下，抬头挺胸地端坐好，下课后给江珩发了条信息，问他什么时候有空，把翻译完的资料给他。

中午，整个宿舍楼里都洋溢着即将放假的喜悦气氛。

顾娇娇在打电话跟男朋友确认出行计划，王红楠全副武装准备带着跆拳道社去隔壁兄弟大学"切磋"，张晓在为家教补习备课，麦萌蹲在地上收拾行李箱。

等她东西都收拾得差不多了，江珩才给她回了句"临时出野地，假期回来后见"。

麦萌脑海里不禁浮现出在古董店铺第一次遇见他的场景，"扑哧"笑了。

啧啧,一个傲娇臭屁的工地小哥。

03

麦萌的家在本地,距离学校只有二十来分钟的路程,但女儿奴的麦爸爸却坚持开车接她回家。一路上,一个叽叽喳喳地吐槽老校区"恶劣"的环境,一个乐呵呵地倾听开解,父女两人跟"久别重逢"多年的老友似的,无话不谈。

到了家,麦萌在舒舒服服洗了个澡后,桌上已经摆满了她平时爱吃的糖醋排骨、可乐鸡翅等色香味俱全的饭菜。在心满意足地往胃里填食物的同时,麦妈妈例常询问有无交男朋友,在得到的还是同样的答案后,对麦萌表示很失望,以至于把原本打算夹给麦萌的排骨给了小狗豆豆。

麦萌没想到开开心心地回家,小公主的日子还没过上两个小时就遭到了嫌弃,很受伤地找麦爸爸寻求安慰。谁知,麦爸爸只是拍拍她的脑袋,跟平时撸狗的动作一样,笑着说:"豆豆在小区里都有两个女朋友了,你不赶紧找个男朋友,不是连豆豆都不如了?"

"您是我亲爸爸吗?"麦萌一脸问号,"谁家爸爸拿着女儿跟狗做比较的?"

一家之主麦妈妈轻哼,一边收拾碗筷,一边鄙夷:"豆豆都比你听话,让它往东都不敢往西。"这时,浑身一团雪白毛的狮子狗"汪汪"了两声。

"妈,我还没吃完呢!"见桌上立马空空,麦萌巴巴地跟着去了厨房,又被嫌弃地赶了出去。

接下来的几天,在夜里十点不睡觉要挨训,早上睡懒觉要被掀被子,母上大人说一麦萌不敢说二,就算是地上有头发,也全都是

麦萌掉的。玩手机被看到又要念叨整天就知道玩手机，没有男朋友似乎是被嫌弃的原罪。在家里待了三天后，她终于"忍无可忍"地回了学校。巧的是，她刚回宿舍收拾完东西，就接到了江珩的电话。

"回学校了吗？"电话那端，江珩的声音带着类似于感冒的沙哑，无意间听着低沉有磁性。

"刚回。"与面对面说话不同，麦萌不自觉地拘谨起来，"你从外面回来了吗？"

江珩"嗯"了声，又问麦萌什么时候有时间见一面。

宿舍里其他人都没回来，麦萌自己也无聊，于是两个人约在了学校对面的肯德基。

肯德基里的人不多，麦萌坐在临近窗口的位置，六点半江珩才到。他的头发上沾着水，刚洗完澡的身上散发着淡淡的牛奶味，本来就白的脸更像是剥了皮的荔枝，水嫩得让人嫉妒，根本不像是经常野外工作的人。

"喏，你的文件。"等江珩坐下，麦萌从包里将文件拿了出来放在桌上。

左边是麦萌用心做好标记的中文版，右边是日语翻译好的，江珩视线在原版上扫了一眼，看向麦萌的眸光微微荡起涟漪。

"点什么，我请你。"

麦萌摇头，着急地问："你先看看我翻译得怎么样。"

江珩低头，认真地翻了翻，不到一分钟的时间却让麦萌觉得异常漫长。她期待地看着江珩，像一只捉了老鼠急切等待主人赞赏的猫，只是身后少了一条摇来摇去的尾巴罢了。

江珩在麦萌明亮的眼睛里看到了自己的倒影，竟觉得她盯着自己的模样有种说不出来的可爱。他抿了抿唇，不紧不慢地道："还行。"

麦萌听罢，眼睛垂了下来，表情也略微失望："行就行，不行就不行，还行是什么意思？"

江珩低笑："还行的意思就是我看不懂日语，只从你做的标注来看，态度是值得肯定的。"

他这么一说，让麦萌的心里好受了点："也对，你要是会日语，就没我什么事了。"

将文件收好，江珩指了指菜单，让麦萌点。

麦萌点了份香辣鸡柳饭，江珩点了份奥尔良烤鸡腿饭。

尽管对面坐着考古系响当当的帅哥，但对资深吃货麦萌来说，远不及眼前的套餐里的香辣烤翅和菌菇四宝汤有吸引力。没有刻意保持优雅的吃相，她头不抬嘴不停地低头沉浸在美味中。

过了五六分钟，江珩冷不丁地冒出来一句"对不起"，吓得麦萌差点被菌菇汤给呛到。她莫名其妙地看着他："不应该是谢谢吗？"

"那天……"江珩声音低了几分，有点"难为情"，"那天在研究室，我对你说话有些过了。对不起，当时太着急了。"

麦萌没想到江珩还会为之前的事情道歉，也不好意思起来："文物嘛，很脆弱，我理解。"话锋一转，她眨巴了两下大眼睛，"对了，你们去野外工作，每次都会搞得跟我第一次见你那样……接地气吗？"

想到在古董店见面的形象确实糟糕，江珩点头："我们老师说过一句话，我们干的活儿叫'不见天日，尘土为友'。夏天的时候我们是早六点开始，晚六点结束。挖掘工作大多都是在地广人稀的农村偏僻地方，除了我们可能也就没其他人了。条件有限，十天半个月不洗澡很正常。上次你见到我，是我刚挖完竹简。提取竹简是需要用手一点点挖的，你可能想不到几千年的淤泥的味道可能比十

个猪圈加起来都臭。出于方便,我的衣服大多是黑色。"

心里"工地小哥"的形象渐渐变得高大起来,麦萌又问:"学考古的女生也一样辛苦吗?"

"去年有个女生在赶工期时刚好是生理期,她责任心又强,忍着痛也要上工,结果被太阳一晒,又刨了一天地,晚上就累倒了。"江珩叹了口气,语带敬佩,"就是之前考古报告会的主持人。"

麦萌无法想象那样一个细皮嫩肉、文文弱弱有气质的小姐姐扛起锄头刨地会是个什么样子,她由衷地对江珩竖起了大拇指。

一顿"简易"的肯德基,算是让两个人摒弃"旧怨",打开了今后友好往来的友谊之门。

回宿舍后,麦萌安心地写检讨,等检讨写完了,小长假也结束了。

04

每一次发掘工作的结束,就意味着江珩又要投入到修复文物工作中。上次的竹简经他废寝忘食的修复已经完成,这次付教授分配给他的任务是修复铜器。

安静的研究室里,他心无旁骛,戴着手套清理铜壶断裂处的锈蚀和污物。墙上的石英钟从下午四点半指到了晚上九点,他浑然不觉。要不是麦萌的突然来电,可能他会一直待到图书馆关门。

看到屏幕上的名字,江珩睫毛颤了一下,按了接通键。他还没开口,就听到麦萌打了个响亮的酒嗝。紧接着,她含混不清的声音传了过来:"楠……楠哥,来福临饭店,我……呕!"

同时,还有另一个男生在惊叫:"麦萌!"

"嘟嘟……"电话挂断。

江珩眉头一拧,摘掉手套,拿起手机和钥匙就出了研究室。他

快步下楼梯，微急的脚步里带着连他自己都没发觉的担心。

毫无疑问，麦萌醉了，而且还醉得不轻。江珩凭借着对学校周边的熟悉，十分钟后在福临饭店门口找到了她。

麦萌坐在台阶上，用手托着下巴，半眯着眼睛惬意地感受着凉爽的夜风。

"楠哥，你怎么换发型了？"模糊的视线里走来一个人影，她摇摇晃晃地要站起来，却一个趔趄一头往地上栽去。

江珩连忙扶住麦萌，闻到了她浑身浓浓的酒味，脸色不禁沉了沉："怎么喝成这样？"

旁边陪麦萌一块等着的男生是大一体育系新生，以为江珩就是麦萌口中的"楠哥"，立刻解释："学长，我们外联部今晚聚餐。麦萌学姐喝多了，刚才李阳学长要送她回去，被她给吐了一身。我要送她，她就打我，学长你赶紧送学姐回去吧。"他裤子上有两个脚印，是被麦萌踹的。

校外联部的成员分布在两个校区，再加上社团为欢送大三元老，欢迎大一新人，新上任的部长决定本周二晚上大家聚一聚。

麦萌到了餐馆才知道，原来李阳和"小白莲"学妹也是外联部的，只是之前开内部会议集不齐人没碰到而已。不知是有意还是无意，在分桌时李阳挨着麦萌坐在了一桌，"小白莲"学妹去了隔壁桌。

"小白莲"学妹留着"黑长直"，娇娇弱弱，我见犹怜。大前天晚上王红楠和麦萌在阳台上晒衣服，看到了她在送走男朋友后还没五分钟，又扑进了在半个小时前约麦萌看电影未果的李阳怀里。她出神入化的演技让人深深折服，因而得名"小白莲"。

当然，要不是麦萌发誓对李阳无感，期待麦萌能在毕业前谈场恋爱的舍友一定会把李阳胖揍一顿。这种三心二意的渣滓，根本配

不上她们宿舍的团宠麦萌!

不过没想到今晚会再见面，而且李阳还有脸追问麦萌不接他电话不回他信息的原因。麦萌只顾闷头吃东西，连个正眼都没给他。奈何"小白莲"莫名其妙地对麦萌充满了敌意，中途从隔壁过来挨个敬酒。

麦萌想着拒绝肯定又要引得"小白莲"不依不饶，豪爽地一饮而尽。虽然喝得太猛，她咳得面红耳赤，但至少气势上没输。

在"小白莲"的带动下，其他人也一杯杯地灌麦萌。可能憋着火气，也不想丢面子，最后麦萌头脑一热在大家的怂恿下，竟干掉了三瓶啤酒，总算把"小白莲"干倒了，还借着恶心吐在李阳身上。她迷迷糊糊地想给王红楠打电话，结果头昏眼花地拨给了江珩。

江珩不着痕迹地打量了一下麦萌，看她手机和包都在，毫发无损的模样，才说了句"谢谢"，架着人离开了。

回去的路上，神志不清的麦萌像散了架似的，挂在江珩胳膊上，只要他稍松开手，她就能掉地上去。

"楠哥，我给你说，我刚才可厉害了，喝了三瓶啤酒！"麦萌自豪又骄傲地跟江珩说着自己刚才的"丰功伟绩"，还不忘大着舌头把"小白莲"给鄙视一通，"她以为她是哪块小饼干，还敢灌我酒！"

她的小脸红扑扑的，眉眼得意，像只刚被人从酒坛子里捞出来的醉猫。她两手比画着："我第一次喝了那么多的酒，真是好厉害啊！"见江珩不搭理她，她又扯着他的衣领，不高兴地嚷嚷，"楠哥，你夸夸我！"

江珩扒拉下麦萌不安分的"爪子"，忍着将她丢下的冲动，瞪着她："让我夸你什么？女酒鬼？"一个女孩子大晚上竟然喝了三

瓶啤酒，成何体统！

"你瞪我！我都被人欺负了，你还瞪我！"麦萌不干了，抱着双臂蹲地上跟闹脾气的小孩一样不走了。

这个时间点许多人正从图书馆回宿舍，两个人刚好处在人来人往的"交通要道"上，周边经过的人都看了过来。

江珩无奈，只能强行背起麦萌，在众人八卦的眼神里"逃跑"。

可到了宿舍楼底下，麦萌的酒劲还没过去，她竟然拉着江珩从上古神话讲到明清小说，被王红楠和顾娇娇拽回宿舍之前还不解气地对着江珩大喊了句："还没有江珩帅，老娘喜欢江珩也不喜欢你！"

她最后号的一嗓子，歇斯底里，中气十足，很容易让听到的"有心人"产生了误会。

一石激起千层浪，没一会儿学校论坛里也沸腾了。关于麦萌故意耍酒疯表白江珩的帖子，像雨后春笋一样冒了出来。

尖尖的，润润的，在她不知道的夜里猛地戳中了某人的心房。

江珩以手扶额，面对舍友的逼问，无言以对。

第四章
男女通吃啊

01

麦萌一睁眼就早上八点五十二分了，宿舍里空空如也。对于自己醉酒的事情，麦萌的记忆只停留在和"小白莲"的拼酒上，之后就完全断片了。脑袋昏昏沉沉的，她用力地揉着太阳穴，两腿软得扶着床扶手才能站直。

桌上有杯黑米粥和一个不怎么热的煎饼果子，旁边还放着张字条：

牛啊，萌萌。假已给你请好，无事请莫要出门。

一般教学案例课大多用来跟留学生一起模拟课堂，增加教学经验，麦萌平时就带留学生，因此少上一节课没什么影响。看字像是顾娇娇的，黑米粥还是温的，她洗漱完一边咬着煎饼果子，一边给顾娇娇发信息："姐妹儿，谢啦。"

顾娇娇秒回，一看就没在认真模拟。她发来一条条让麦萌欲哭无泪的语音："大小姐，你知道你昨天晚上都干吗了吗？你耍酒疯啊！你抱着江珩不撒手，鬼哭狼嚎得跟个怨妇一样……反正你出名

了,要是实在不记得了,就去看看论坛。"将麦萌丢人现眼的画面"控诉"完毕,她又甩过来一条帖子链接。

麦萌颤抖着手,点开链接,一看到"女子为扑倒男神手段恶劣,丑态百出"的帖子标题,她险些被卡在嗓子眼的煎饼果子给噎死。用力地"咚咚"捶了一下胸口,她深吸口气,眼睛盯着帖子。

帖子图文并茂,有她在图书馆到宿舍的交叉路上勾着江珩脖子的,有蹲在地上耍赖不走的,还有江珩背着她回宿舍的。最让人想撞墙的是最后的"压轴"视频,她和江珩像被封建家族拆散的苦命鸳鸯一样站在宿舍门前,尤其是她被王红楠和顾娇娇一左一右地架着,扑腾着手,跺着脚,扯着嗓子,涨红了脸,真真是辣眼睛,而江珩则是一脸无奈。

发帖的楼主将麦萌描述成了在报告会引起江珩注意不成还不死心,借酒醉打算"霸王硬上弓"的女花痴。当然,对于江珩为何会被麦萌缠上并送其回宿舍,"英明神武"的楼主是这样解释的:麦萌摸透了江珩的作息时间,特意选在月黑风高男神离开图书馆的路上下手。

退出论坛,麦萌绝望地一头倒在床上。自开学那次考古报告会之后,她的威名再度"远扬"。

别说今天不想出门了,明天高老师的教学法她都不想去了,脸丢到太平洋了!

郁闷地在床上打滚不到五分钟,被麦萌昨夜骚扰的"男主"打来了电话。

麦萌看着屏幕上跳动的名字,不敢接。江珩不是来"兴师问罪"的吧?最后,抱着壮士断腕的心情,她接通了电话:"喂。"

八卦都传到了付教授的耳朵里去了,江珩能猜到麦萌此刻什么

心情。他清了清嗓子，温和道："你翻译的文件，通过了。"

"哦。"麦萌的声音听着跟失水的茄子似的蔫蔫的，没有丁点生机，"挂了。"之前她还很想让江珩对自己转变看法，然而现在她啥都不想去理会了。如果可以，最好能去个与世隔绝的荒岛。

"等会儿。"江珩见麦萌这么着急挂电话，剑眉微蹙。按理说他更像是个受害人，连一个应有的说法都没得到，还被"嫌弃"了？

沉默片刻，他幽幽的语气透露着不悦："昨晚的事情，你是不是应该先给我个交代？"

一提到"昨晚"，麦萌直接连张嘴的勇气都没了，支支吾吾："我……对不起，不是你想的那样，我不是故意的。"

"就这样？"江珩冷哼，很不满意。

麦萌扁嘴问："要不我发个帖子，解释一下这是个误会？"给江珩带来了困扰确实是她醉酒引起，现在帖子一路飙红还被唯恐天下不乱的管理者加了精，就算她解释，也不见得大家会相信。

"我觉得道歉的话还是当面说比较有诚意，你觉得呢？"江珩虽然是在问麦萌，却替她做了决定，"周日下午你日语班下课后，流亭街新开的日料餐厅见。"说完，他率先挂了电话。

听着毫不留情的"嘟嘟"声，麦萌又好气又好笑，气江珩生起气来没头没尾，笑他竟这么小气较真。要说心里不舒服，她作为女生更憋屈好吧？

在学日语时麦萌对日本的饮食文化有过简单了解，传统的日料强调多样性和平衡性，菜品大多使用生食、烧烤、蒸煮和油炸的烹饪技术，偏向红黄绿白黑五色，以精美的外观和高品质的食材闻名。

想到江珩说去吃日料，她舔了舔嘴唇。

大神选的餐厅，应该差不了吧？

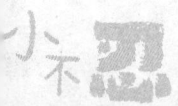

02

不知什么原因，帖子在周三中午不见了。麦萌奇怪的同时也松了口气，但她接下来两天除了宿舍和教学楼，不敢去公众场合。就是洗澡她也效仿身娇肉贵不愿挤澡堂的顾娇娇，打热水在宿舍里洗。几天后，"风波"总算过去。

学生们隔了十一小长假再上课，状态明显有些懒散。好在麦萌特意在课堂里穿插了几个有趣的笑话，将学生们的兴趣和注意力又拉回了课堂。

放学后，看到坐在灰色路虎里的江珩，麦萌抽了抽嘴角。大学里拿到驾照的人不少，但真正开车上学的却没几个。她没注意过江珩之前是怎么接付博文的，乍一看到他坐在"豪车"里，那种从"工地小哥"到"考古大神"的强烈落差再次袭来。

付博文像条油滑的鱼率先钻到了车后座，麦萌出于礼貌只好坐在了副驾驶座上。系好安全带，她一路紧张得坐立不安。江珩目视前方，专心开车，只有付博文自己在后面旁若无人地玩游戏。在麦萌将从小到大会的所有歌曲都在脑子里过了一遍后，车子停在了餐厅对面。

"樱花园"三个字与一把和扇组成具有意韵的图文标牌，咖啡色的两扇门上方挂着文艺范儿的小灯笼。踏入大厅，入眼之处是一株以假乱真的大樱花树。顺着吧台往里走，是一条清水混凝土的长廊，墙壁上贴满了樱花折纸艺术品。用餐区是镂空木层隔断成的隔间，门内两边架子上立着两只插着干花的白瓷瓶。矮脚四方桌下面放着四个圆垫，墙上挂着一幅仕女图，再伴随着外面响起的民谣歌曲，还真有那么点日式风情的格调。

"点单。"江珩坐在麦萌和付博文对面，将菜单推了过去。

"不用,吃……"麦萌拘谨地摆手,很想矜持地表示吃啥都行,菜单却被付博文给抢走了。

"刺身拼盘,天妇罗卷,鹅肝寿司,火炙牛舌,炭烤秋刀鱼,再来个味噌汤……"付博文跟个财大气粗的富二代一样,疯狂地在菜单上打钩。

麦萌吓得赶紧按住他的手制止:"点那么多吃不完!"她对江珩已经不再像当初那样抱有偏见了,可电话里江珩"质问"的语气搞得她心虚。这顿饭是打着"赔礼道歉"的名义约的,万一最后要她付钱怎么办?

"又不是你请客,小气!"付博文对着麦萌挤挤眼,然后把菜单又递给江珩,"珩哥,谢谢啦。"

付博文平时看着像放荡不羁的"不良少年",但关键时刻还是很讲义气的,一句话就把付账的事情推给了江珩。

麦萌喜忧参半地看看付博文,又巴巴地看看江珩,抿紧嘴巴生怕江珩说出要她命的话。刚才匆匆扫了一眼菜单,每道菜都不便宜,一顿饭下来不是个小数目。

麦萌最大的特点就是心里想什么都会表现在脸上,江珩被她一双大眼睛盯着,不免又想起那天晚上她缩在传达室的墙角可怜兮兮的模样。他把菜单给服务员,声音听不出情绪:"先这些,不够再点。"

这是默认要付账的意思?麦萌压住心头的欢喜,不好意思地摇头:"够了够了,又让江珩学长破费了。"

付博文"喊"了声,丢给麦萌一个"你真虚伪"的眼神。麦萌放在桌子底下的手拧了付博文一下,亮晶晶的眼睛里还是藏不住高兴劲。

江珩装作没看到对面两人的小动作,低头摆弄餐具。

菜品上得很快,大大小小精致的盘子摆了满满一桌。醇厚的三

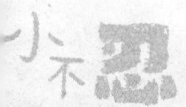

文鱼，新鲜的北极贝，表皮炸得金黄酥脆的天妇罗卷，散发着诱人香气的鹅肝寿司……

没了付账的心理负担，见江珩拿起了筷子，麦萌也快速夹了块三文鱼蘸了点酱油和山葵放入嘴巴。口腔瞬间被那鲜美的滋味给填满，之后哪道菜她都不放过，吃得不亦乐乎。

付博文见麦萌连眉眼也带着满足的笑意，把脑袋凑过去，故意打趣她："珩哥不喜欢能吃的女生，你少吃点吧。"

天妇罗卷里裹着的蟹籽在嘴里爆开，浓郁微甜，好吃得让麦萌想哭。她瞪了付博文一眼，继续埋头享受美味。

付博文自觉无趣，又开始玩游戏。

江珩吃得很慢也不多，没一会儿就放下筷子。等盘子被麦萌清空了一半，他才开口："上周二晚上那件事，你说说吧。"

仿佛是嗅到了不同寻常气息的"灵兽"，付博文耳朵动了动，八卦地抬起头。

麦萌还以为江珩会等饭局结束后再"兴师问罪"，艰难地把嘴里清淡却不寡味的鹅肝咽下，讪讪地放下碗筷，把当天晚上的事情三言两语地解释了一通后，小心赔礼："对不起，我不知道喝酒后会失控，下次不敢了。"因为麦爸爸不喝酒，也严令禁止麦萌碰酒，她要是知道第一次醉酒后会出那么大洋相，打死都不上"小白莲"的当。

"你们是不是酒后……"付博文暧昧的目光在麦萌和江珩之间来回打转。

江珩冷声打断："你闭嘴。"

江珩冷眼看向麦萌，又似笑非笑："你还想有下次？"

"没有了，没有了。"这么没脸的事情，麦萌可不敢了。

江珩很满意麦萌服软的态度，点头："明天在市博物馆有个交

流会，你没课的话跟我一起去吧。"

天下还真没免费的"午餐"，麦萌警惕地看着江珩："干吗？"

"我们需要一个翻译，老师说你可以。"江珩两手交叉，继续道，"至于薪资，不会低于市场价格。"

说实话，他不理解付教授为何这么喜欢麦萌，但既然是老师的意思，他也没意见。

一听到有钱可赚，麦萌立即眼睛笑成了月牙："没问题，我全天有空！"

付博文撇嘴："见钱眼开。"

03

由于参加的是国际考古交流会议，作为中方翻译的麦萌在其中担任着重要角色。回到宿舍后，她就后怕起来，这要是一不小心出了什么问题，她可就万死难辞其咎了。

在进行了长达半个小时内心斗争后，麦萌开始翻箱倒柜地找明天穿的衣服。她长了一张娃娃脸，平时穿太成熟的衣服只会给人一种小孩子误穿大人衣服的感觉，所以衣服都是小清新的装扮。累个半死，最后她只能颓然地坐在床上叹气。

顾娇娇从自己衣柜里拿出来一件黑色波点长裙，往麦萌身上比画："我都给你打听明白了，江珩在大学里还没交过女朋友！"

"哎，我说……"麦萌一脸黑线，还想替自己解释什么，可顾娇娇直接三两下粗暴地剥掉了她的睡衣，把裙子套进了她头上，"学弟、食堂和澡堂都是学妹的，好不容易挖出个清心寡欲的古董学长，你可得好好把握！这么年轻有为的大好青年，不能便宜了别人！"

"学弟和学长都可以给学妹，食堂和超市坚决不能让。"看着

镜子里性感的大V领，麦萌欲哭无泪。

　　第二天的交流会九点开始，江珩的车提前一个小时就停在了宿舍楼下。

　　一辆不低调的车，再加一张惹眼的脸，江珩自然吸引了过往女生的注意。尤其是他手里还提着装有早餐的袋子，更让大家羡慕起那个迟迟不下楼的女生。

　　麦萌是被顾娇娇强行推出宿舍的，她踩着七厘米的高跟鞋，像是踩在刀尖上摇摇晃晃的人鱼公主朝着江珩走去。

　　身子斜倚在车上，注意到有个姑娘走路姿势怪异地过来，江珩看了会儿，淡淡的眸子里划过一抹诧异。

　　长发经过顾娇娇卷发棒的"加工"后如海藻一般散在肩后，从头顶编下来一条麻花小辫绕到耳后将她本就不大的小脸凸显得更加精致，再加上描了眉眼涂了嘴唇，她确实漂亮得不像话。

　　事实证明，很多"第一次"的体验并不怎么美妙。首次穿高跟鞋，麦萌就扭了两次脚。

　　江珩看不过去，直接大步向前扶住了她："小心点。"

　　麦萌站稳，不自在地抓抓头发："那个……我这样穿行吗？"她撑不起顾娇娇的大V领，因此在里面加了件黑色蕾丝抹胸，配着今日的妆容少了性感多了知性。

　　其实作为翻译只要穿得大方得体就好，江珩对女孩子的穿衣打扮没研究，不过这双高跟鞋显然并不适合麦萌。

　　"有桌子挡着，没人会去看你穿什么，回去换双运动鞋吧，怎么舒服怎么来。"

　　"好嘞！"感动于江珩的贴心，麦萌以最快的速度回宿舍换好了鞋子。

去博物馆的路上，江珩将交流会的大体流程和内容简单地给麦萌介绍了一下，麦萌吸着豆浆，听得仔细。

博物馆的大厅里挂着"中日双边国际考古研讨会"的条幅，二楼交流的会议室跟学校的报告厅差不多大小。付教授和日本带队专家坐在中间，江珩、麦萌和一些日本成员分别在两侧坐，底下是许多考古学者。

付教授先致欢迎词，对参加会议的人员表示欢迎后，介绍了会议召开的背景和目的，随后是江珩就文物虚拟修复技术和文物数字化展示等展开研讨。因为许多发言内容都在麦萌之前用心翻译的材料上，所以她专业得与"同声翻译"别无二致。见日本专家点头，她更加自信，到了后来双方随意交谈时麦萌已经完全融入其中。

然而在最后讨论传统文化的异地同时传播问题时，日本专家语气里不经意流露出来的优越感，让麦萌很不舒服，但还是客观地将原话翻译出来："大多数日本人的个性具有菊花的雅致内敛和刀剑的刚烈、坚韧，这种性格也体现在了我们的文化上，而中国现在没有保留多少传统文化，人的本性也改变了。"

江珩抿了抿唇，看了麦萌一眼，声音沉稳有力："中国文化讲究以人为本，敬爱天地，自立立人，这也是今天我们越来越重视文物保护的原因之一。至于这位先生说中国没有保留多少传统文化的观点，人性发生改变，请恕我不能赞同。"

等麦萌翻译完，他接着说："隋唐后日本就开始大规模接受汉文化，到现在，日本文化谱系中的中国文化影子也随处可见，中医、茶道、服饰等，没有我们对传统文化的包容继承，传播与交流，日本文化的效仿又从何而来？"

"好！"江珩刚说完，底下已经响起了一片掌声。

此时像极了辩论赛，麦萌忍着内心的振奋，也掷地有声地将话翻译给了对方。末了，强烈的民族自豪感又让麦萌给自己加戏了，吧啦吧啦义正词严地说了一番，说得日本专家一脸猪肝色。

付教授听不懂，问她在说什么，她解释："日本原来一直使用中国汉字，语言语音也在多方面受到汉语方言口音的影响，可以说日本文化是吸收了几千年中国文化而形成的。我们愿意跟我们所传承的传统文化一样，以友好包容的心与世界各国一起为文化保护和发展做出贡献。"

这话有礼有节，大家又鼓起掌来。

日本专家沉默地看着这个眼睛里像闪烁着星星的女孩子，然后用腔调别扭的中文为自己刚才不当的话做了道歉，并对她竖起了大拇指："小姑娘，你很不错。"

麦萌一怔，转头见江珩和付教授望着自己的眼光也充满赞赏，开心地比了个"V"。

04

麦萌的出色翻译，让这场中日考古研讨会最终在融洽和谐的气氛中圆满落幕。会议结束后，付教授在带着日本考古专家参观博物馆之前给了江珩一张卡，让江珩带着麦萌找个地方美餐一顿。

麦萌心里乐开了花，但还是"诚惶诚恐"地摆手，表示不需要这么客气。

江珩是见过麦萌的吃货属性的，瞧着她这"表里不一"的模样，他笑了笑，没接卡。就在麦萌一路上默默埋怨江珩的"不解风情"时，却被载着去了家以"海贼王"为主题的餐厅。

大厅仿照了船舱的造型，挂着草帽海贼团的标志性旗帜和海盗船上经常会有的缆绳等物件，设计得很独特。每张桌上都摆着人物雕塑和手办，让人瞬间置身于二次元的世界里。

菜品的名称中也有以动漫中的角色名字、造型来命名的，比如说什么娜美沙拉、山治意粉、路飞四档等。麦萌新奇地看着服务员穿着路飞、娜美或索隆等动漫人物的服饰穿梭在各桌之间，亮闪闪的眼睛里透露着惊喜。

等菜的时候，她笑嘻嘻地问："没想到你会喜欢这种地方。"

江珩淡淡道："上次发现你好像很喜欢日料，而且你第二外语又是日语，所以我觉得你应该会喜欢动漫风格的餐厅。"

"研究日本的语言和文化是出于专业需要，但也不代表我喜欢日本的所有呀！"江珩想当然的"直男"答案，让麦萌哭笑不得。她可没脸告诉他，上次在日料餐厅对日料表现出极大的兴趣纯粹是因为她喜欢吃而已。

美食面前，不分国界。美食之外，她依旧是个有原则有底线的爱国好青年。

江珩个人是更偏爱中餐，想了想，问她："那你喜欢吃什么？"

"嗯，我不挑食，好吃的就行。"麦萌轻咳两声，回答得很保守。

鸡扒、牛柳和纽伦堡肠组成了"路飞四档"，江珩看着麦萌盯着食物眉开眼笑，第一次觉得原来看人家吃东西也是一种幸福，不免也有了食欲。

这顿饭吃得比上次还尽兴，因为麦萌今天不仅在江珩和付教授面前证明了自己，也间接地给中国文化正了名。

江珩吃得也比上次多，他见麦萌嘴角上沾了沙拉酱，笑着指了指自己的嘴边，提醒她："这里。"

麦萌抹了抹，没抹掉。

江珩放下筷子，伸手轻轻帮她揩去，让她不自觉地红了脸。

"谢谢。"她低着头，往嘴里塞牛柳的动作放慢，眼睛偷偷瞥向对面的人。

如同举手之劳，江珩仿佛不觉得刚才的动作有什么，他修长的手拿着叉子和刀子，专注得像是给牛柳做"修复"工作。

高挺的鼻梁，浓密的睫毛，深深的大双眼皮，性感的薄唇，面对这样一张脸，麦萌想到了"秀色可餐"四个字。心里没来由地一动，她咬着筷子，盯着江珩的眼神越发耐人寻味。

大学四年都没女朋友，要不就是年少无知时被情伤过留下了心理阴影，要不就是他根本不喜欢女孩子！

啧啧，要真是后者……

麦萌叹了口气，目光变得遗憾可惜起来。

吃完东西后，江珩将车停在校外，送麦萌回宿舍。他走在马路外侧，有意无意地将麦萌护在里侧，很是绅士。

麦萌一边满足地摸着圆滚滚的肚子，一边没忍住问："学长，你谈过恋爱吗？"不敢问得太冒昧，她只能用委婉的方式来满足自己的好奇心。

江珩神色坦然："没有，有什么问题吗？"

"啊，没什么问题，就是觉得你这么优秀的人应该不缺女朋友。"

"我不喜欢女孩子，太麻烦了。"江珩抿了抿唇。

见麦萌瞪大眼睛吃惊地看着自己，他补充道："吃饭，逛街，看电影，过纪念日，跟女孩子谈恋爱太耗费时间了。吃一顿饭的时间，我至少可以修复一片竹简。"

女孩子这么可爱的生物，竟然还比不上那些没有生命的"文物"？

麦萌抽了抽嘴角，暂时找不到一个合适的词语来形容江珩对文物修复的热爱和执着的精神，只能效仿今天研讨会上的日本专家对江珩竖起大拇指："学长……厉害。"

一阵轻音乐，江珩的手机响了。

"喂，老师。"他看了麦萌几眼，脸色不自然地往旁边走开一些距离，听着无奈，"对，是在一块儿。老师，真不是你想的那样……"

麦萌随意地把头转向另外一边，忽然发现旁边有一个很帅的小哥哥一直频频转头看她，她眨了眨眼睛。

小哥哥终于走了过来，还对麦萌招了招手，想搭讪的意思很明显。

麦萌挺直腰板，往前走了几步，顺便酝酿着待会儿要怎么拒绝小哥哥要微信。毕竟她不是个随便的人，不能随随便便把联系方式给别人。

就在她准备开口拒绝时，小哥哥"娇羞"地小声问："美女，那个是你男朋友吗？"

麦萌回头看看挂掉电话正过来的江珩，有点尴尬："啊？那个……他不是。"

江珩疑惑："怎么了？"

小哥哥对江珩抛了个媚眼，"嗖"地转身跑了。

时空静止了三秒钟，她不敢置信地望着小哥哥的背影远去，自言自语："这年头，女人不光要和女人抢男人，连男人也得防着呀！"

见江珩听得一头雾水，麦萌摆手："只能意会，不能言传。"她不歧视什么，只是单纯地为资源流失感到惋惜而已。

江珩沉默片刻，皱了皱眉头。

第五章 大神终于知道哄女生了

01

翻译费第二天就到账了，麦萌看着江珩微信上转来的可喜数字，乐呵呵地发了个举着"谢谢老板"牌子的狗狗表情包过去，还不忘加上句"下次有机会继续合作"。江珩看着点头哈腰、吐着舌头的狗狗，仿佛隔着屏幕看到了发这个表情包的人。

水房设在男女生宿舍中间的必经之路上，很多人为了省事都会提前把水壶放在水房外面的台阶上，中午或晚上顺道把暖壶带回去。麦萌打一壶水，在不洗头的情况下省着用勉强能撑两天。可恶的是，她昨天刚买的新暖壶又不翼而飞了！

麦萌挨个暖壶拿起来找了一圈，还是没找到。一个暖壶便宜的十几块，这种顺手牵羊的行为是人干的事吗？

气呼呼地跺了下脚，麦萌拿着一个贴着黑色胶带的同款暖壶，很纠结。要不她先借人家的暖壶打壶水，明天再送回来？只是这种缺德事她真心干不出来呀，失主一定会跟现在的自己一样心急如焚的！

"麦萌？"身后忽然传来江珩的声音，他奇怪地看着她，"这是我的暖壶。"

"哈?"麦萌尴尬地把暖壶递给江珩,心虚地打哈哈,"这么巧啊,咱俩的暖壶一样。"

江珩接过来,瞧着她又不死心地转来转去的,也就明白了。

"你暖壶丢了?"

麦萌苦巴巴的小脸皱成一团,像朵晒干的菊花,"嗯"了声,垂头丧气地说:"三天都丢两个了,那人怎么这么讨厌呀!独宠我一人!"

水卡贴在机器上,冒着热气的水哗啦啦地流进水壶里。江珩问她:"暖壶有标记吗?"

"我画了一个特大的麦穗。"麦萌想起被顾娇娇嘲笑像是膨胀羊肉串的饱满麦穗,底气不足。

江珩点头,为她出谋划策:"你回去写个公告贴过来,或者顺便在学校论坛发个帖子,就说你的暖壶有什么地方不一样,通过监控器已经知道被谁偷走了,两天之内不还给你,你就把他的院系和名字公布出来。"

看着江珩,麦萌很是怀疑地说:"这儿又没监控,人家才不上当呢。"

"每条回宿舍的路上和宿舍楼门口有监控。"江珩低笑,收好水卡,"男生比较懒,打水的人少,所以对方要是女生的话就更容易了。你心里要是再不爽,大不了挨个宿舍门口都贴一张。"

"对了,还得说明你理解对方的暖壶丢了才拿别人暖壶的行为。暖壶也不用当面给你,从哪里拿的放哪里就行。最后,谢谢。"他狭长的眼睛微微眯着,带着笑意,竟像是等待猎物自动上门的猎人志在必得,"那人做贼心虚,咱软硬兼施。"

在麦萌的印象里,江珩热爱考古专业,平时话少,性格闷得像个真正的"古董"。不过他能给她出这么个主意,看来他古板无趣的直男躯壳内也藏着一个腹黑有趣的灵魂呀!她双手捧在胸前,崇拜之情由衷而发:"学长,你好聪明呀!"

"呃……"从小到大接受过各种各样的女生仰慕或钦佩的眼神,可麦萌这两眼冒小星星的样子,却让江珩的耳朵不自觉地"噌"地红了。他不自在地轻咳两声,"你先用我的水壶吧。"

"这样……不好吧?"虽然刚才对江珩的暖壶确实产生过一瞬间的"非分之想",然而当江珩真的把暖壶借给她时,她内心有点小小的羞愧。

"没事,期待你的好消息。"江珩笑了笑,把暖壶放在地上,就转身往男生宿舍的方向走了。

麦萌盯着江珩修长的背影,吸了吸鼻子,有些感动,道:"这年头,还是好人多呀!"

02

回宿舍后,麦萌立刻按照江珩教的方法写了个帖子发在论坛里,有理有据,有礼有节,受到了很多有过同样被偷暖壶经验的热心同学的"顶帖"。为进一步击溃对方的心理防线,她也在水房和每个宿舍门口贴了打印版公告。

事实证明,江珩确实是"大神",在公告贴出去的第二天早上,麦萌的暖壶就被送回了打水房,而且就连她之前丢的那个也找了回来。

一高兴,麦萌就提着江珩的水壶直奔考古研究室。

图书馆一如既往地安静,有准备考研的学生因为占不到自习室的位置,自己搬了小马扎去走廊里坐着看书,刻苦的样子让麦萌很

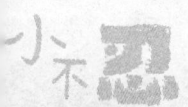

感动。还有一年，她就要毕业了。麦妈妈想让她考研留在本地，可她却有自己的小心思。她要申请出国，做对外汉语教师。因为能把中国的文化传播出去，这对她来说是一件很酷的事情。

到了研究室门口，麦萌趴在窗上，果然看见江珩低着头拿着一把类似于刷子的东西不知道在捣鼓什么。

听到敲门声，江珩抬头。看见麦萌提着他的暖壶，他笑了："你不用这么着急的。"

"水是生命之源嘛，我不能把你的生命之源给断了呀。"麦萌把暖壶放下，对江珩摆摆手，"你继续。"

江珩拿着小喷壶往桌面喷了点水，又从架子上取了一张塑料纸盖在水上，接着用手里的刷子刷平塑料纸，没等气泡完全平坦，就把书页放在塑料纸上。见麦萌好奇，他解释："书页上粘了糨糊，如果直接贴在桌子上刷，容易粘住破损。"

麦萌发挥了不懂就问的精神："修书是不是比修复竹简什么的容易点？"

"修复一本书，要先把页码标记下来，然后再拆线，按照需要补洞和托裱的进行分类。破损面积大或者纸张模糊的就托裱，被虫蛀鼠咬的就补洞。"江珩摇头，认真道，"匹配好纸的颜色和材质后，要根据修复纸的厚薄来调制糨糊，糨糊的浓度出现问题，也会对书造成破坏。补洞托裱，再晾干、整理裁方、草订、磨平、配封面、封面及扉页修复。"

虽然麦萌对修复文物一窍不通，却真心觉得修复书籍好辛苦。怕打扰江珩，她也就不再说话。

桌上的古书泛黄，有的发霉老化，有的满是破洞。江珩将有破洞的页面朝上，拿着毛笔蘸了糨糊沿着洞口周围涂，然后将与修补书籍相近的配纸按在了上面。

补大洞再补小洞,看着一张"千疮百孔"的书页渐渐恢复"原貌",麦萌更是觉得江珩那双手充满了化腐朽为神奇的魔力。

看着他专注坚定的侧脸,她的视线像是涂了糨糊,竟一时移不开了。

见麦萌盯着自己出神,江珩微微俯身,抬手在她眼前晃了晃:"麦萌?"

他清澈的眼睛跟透明玻璃似的,将麦萌的小脸倒映了出来。

两人近在咫尺,有什么东西蠢蠢欲动的要从麦萌的心底破土而出,痒痒的,好像是毛毛虫,又好像是一颗冒尖的小种子,青青涩涩的。

没来由地,她的心脏也"扑通扑通"跳得厉害。

在被高中暗恋的男生拒绝后,她这些年早就忘记了心动是啥感觉了。难道真被顾娇娇说中了,江珩这个万年古董,让她这棵千年铁树开花了?

这个念头一起,瞬间一发不可收拾。

江珩人不坏,长得是真帅,专业能力也强,可要做男朋友的话……

就在江珩打算抬手摸一下麦萌的额头确认下是不是发烧了,她却用力地"啪啪"打了自己两巴掌,把脑子里的胡思乱想打没了。

她揉了揉两腮,黑黑的大眼睛避开江珩吃惊的目光,转移话题:"那啥,你总是面对这些不会说话的东西不会无聊吗?"

"每件文物都有记忆。"这句话江珩说得文艺且富哲理,可后面就有点惊悚了,"这就跟法医解剖尸体一样,每一具尸体通过身上留下的痕迹来说话。我们文物修复工作的存在,就是让那些死了的文物重生。"

"你这个比方好恐怖,我都不敢正视你这本书了。"麦萌哆嗦地抖了抖自己胳膊上的鸡皮疙瘩,又问,"修复古书要会装裱,那你们修复字画是不是还得会画画?"

"嗯,书画需要接笔和全色,是得要点美术功底。"江珩将新的书页放在塑料纸上,"修复铜器的话,还会涉及除锈、上色等物理、化学方面的知识。"

考古学和历史学是必修课这就不说了,物理、化学、美术的话江珩也可以?

敬佩之情如滔滔江水绵绵不绝,意识到眼前站着的是尊全身闪闪发光的"真神",麦萌刚刚平静下来的心又跟烧开了的水似的,沸腾了。

"大神……我弱弱问一句,您收学生吗?"江珩是个全才,搞不好她能多学点东西将来开辟第二事业。

江珩听着"大神"这个飘忽的称呼,不客气地拒绝:"考古学很繁杂,你这种心不定的学生,可能一辈子都毕不了业。"

"那就学一辈子喽!"麦萌不服气,随口回了句,"一辈子那么久,我还怕学不会?"

江珩往破洞上抹糨糊的毛笔一颤,险些把纸给弄破。他抿了抿唇,抬头看向麦萌,眼神不太一样了。

连付教授有时都会吐槽他们这些学考古的太枯燥无聊,好多人后期都转了行。能干一辈子的人,少之又少。

跟他学一辈子?这种话她也敢说?

见江珩眸色沉沉,麦萌也回过味来,倒吸一口气。

学一辈子,这不就意味着,他们两个人……

"我还有事先走了!"麦萌心里有鬼,夺门而出。

/ 067 /

刚才还叽叽喳喳的人眨眼没了影儿,房间又恢复了日常清静。

江珩盯着麦萌离开的方向好一会儿,放下了毛笔,翘起了嘴角,摇了摇头。

03

周日的日语学习班里,麦萌只不过是闲着没事跟付博文打探了下高老师和江珩的关系,没想到被他一句话雷得外焦里嫩。她咽了口唾沫,呼吸有些艰难:"你确定高老师是江珩的妈?"

"虽然婆媳关系是不少女人婚后的烦恼,可你和江珩他妈从师生关系过度的话,应该容易点。"付博文两手快速在手机屏幕上移动,转眼间又秒杀掉两个敌人,"江珩很有能力,那辆路虎是他自己买的,可惜被他经常往野外开,糟蹋了。"

"我就是随便问一下!"可能麦萌的声音有点激动,引得周围几个学生看了过来,她警告他,"不准在江珩面前乱说话,要不然我罚你把书上的所有课文都抄一遍!"

"啧啧,呆呆萌萌,恼羞成怒了。"上次吃饭付博文就觉得江珩和麦萌之间不对劲,今天见麦萌打听江珩,于是更加确定了心中猜测。

是可忍孰不可忍,麦萌抛开为人师表的包袱,爆了句粗口。她掐住付博文的后脖颈,狠狠拧了一圈:"小兔崽子,你再说一句呆萌试试!"

"哎哟!"付博文疼得叫唤一声,赶紧求饶,"我错了,是我呆萌!"

麦萌气笑了,懒得再跟小屁孩一般见识。

放学后,麦萌看着江珩表情淡漠地站在门口,目光在人群里扫

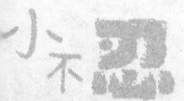

过,不由得紧张地推了推旁边付博文的胳膊:"喂,电视剧里的反派都是死于话多。"

"哼,小爷是大侠!"付博文的脖子现在还疼,他甩了下头,走在麦萌前面。

"学长。"麦萌笑不露齿地对江珩点点头,打算抬脚走人,却被江珩叫住了。

"一块吧,顺道。"

"哥,我爷爷家在城南,你学校在城北,你这么睁眼说瞎话真的好吗?"付博文故意挑事,毫不给面子地拆穿了江珩的谎言。

上上次吃完日料,江珩是先送麦萌回学校再送付博文的,所以顺不顺道麦萌真不知道。听付博文这么一说,她的脑子又不自觉地往不该想的地方去了。

江珩该不会真的对她……

水汪汪的眼睛看着江珩,麦萌的胸腔里又像是有个小人在敲鼓似的"咚咚咚"。

江珩是觉得大家既然都这么熟了,把麦萌送回去也不是什么麻烦事,可没想到付博文会拆台。他用力拍了下付博文的脑袋,无奈:"上车。"

"一个两个都这么暴力。"付博文翻了个白眼,钻进了车里。

见江珩替自己开了车门,麦萌低着头说了句"谢谢",任由心里小鹿乱撞。

付博文的嘴闲不住,在麦萌系好安全带后,拍了下她的肩膀:"看在游戏里小爷我收过你为徒的分上,我告诉你一个内部机密。"

"机密"两个字让麦萌心里一动:"什么机密?"

"我听我爷爷说过,考古系有个很优秀的学姐暗恋珩哥。"付博文挤挤眼睛，毒舌道，"你吧，除了饭量大，没脸蛋没身材。所以要想竞争上岗，得先减减饭量！"

"噗！"

"咳咳咳！"

一个差点吓得喷口水，一个惊得猛地紧踩刹车。

"砰"的一声，前面红灯，没系安全带的付博文一头撞到了江珩的椅背上，脑袋磕了个小包。

江珩从后视镜里幽幽地望着付博文，语气里是毫不掩饰的死亡威胁："再废话，我建议你爷爷现在就把你送日本去。"

虽然付博文还没给付教授明确答复，但他不想去日本，不想远离熟悉的生活环境再去融入新的家庭。被捏住了七寸，付博文只好讪讪做了个闭嘴的手势。

接下来的时间，麦萌转脸看向车窗外面，假装看风景。

江珩也有点心猿意马，余光瞥了麦萌一眼，动了动唇还是没说话。

他至今没交女朋友，除了上次跟麦萌说的谈恋爱耗费时间，再就是工作性质会让两人聚少离多，他不想耽误人家女孩子的时间和感情。没猜错的话，付博文说的学姐就是报告会的主持人黄倩倩。黄倩倩确实很出色，现在研一在读，但是江珩对她只有欣赏。

至于麦萌，他的感觉有种说不出道不明的复杂。她像是一道突如其来的光，毫无征兆地照进了他的生命里。他从来没有见过哪个女孩子那么爱吃，而且吃不胖，任何食物在她的嘴里好像都是人间美味。以前专注工作，很多时候他都是饥一顿饱一顿的，吃饭没规律，时间长了也就对食物失去了兴趣。可跟麦萌吃了几顿饭，他对食物貌似又燃起了"渴望"。他也没见过哪个女孩子跟她似的，看着你的时候大眼睛骨碌骨碌乱转，像只表面乖巧却偷偷在算计的小

狐狸，一笑脸上露出两个单纯又美好的小酒窝。就算是闯了祸，那低眉顺眼、可怜巴巴的小模样，也让人不忍呵责。

偶尔古灵精怪，偶尔自信又自负，偶尔还犯点蠢萌，麦萌像个万花筒，她不同的面孔让江珩一潭死水的生活悄悄变得生动闹腾起来。

他没有过感情经历，不知道喜欢一个人是什么感觉，却清楚地感觉到付博文的玩笑让麦萌难堪了。

也不确定麦萌会不会误会，后半路江珩心事重重。

在将麦萌送到目的地后，他简单粗暴地朝着付博文头上敲了一个栗暴，恨得咬牙切齿："以后你再不分场合胡说八道，脑袋别想要了！"

付博文哀号，直哭没天理了。

04

随着麦萌与江珩来往频繁，她渐渐成了除顾娇娇之外剩下三个姑娘里最有机会脱单的一个，少不了被舍友们打趣。

"萌萌，不主动拱白菜的猪不是好猪！听我的，主动出击，把江珩拿下！"在得知江珩与高丽是母子关系后，一连两天顾娇娇的小算盘都没停住，"高老师看在你的面子上，期末考试也不能让咱宿舍挂科呀！"

"你才是猪呢！"麦萌瞪了顾娇娇一眼，抱着被子毫无睡意，"你可能不知道，江珩对考古的专注已经到了跟女生谈恋爱都觉得是浪费时间的地步。这种有理想有追求的大佬，真不是咱这等小虾米能高攀的。"她对江珩确实有点心动，但那样优秀的人，她怎么配得上。

"本宫阅人无数，是不会看错人的。他对你真不一样，相信

我!"顾娇娇一本正经地说完,往厕所去了。

"萌萌,反正江珩绝对比李阳靠谱。"王红楠打了呵欠,丢下一句话。

人不能看表面,就好比是李阳表面斯文温和的,却又渣又没担当。而江珩看着又冷又拽的,却稳重踏实。

意识到自己也在拿江珩跟李阳比较,麦萌敲了敲自己脑门,提醒自己要克制住那个蠢蠢欲动的想法。

"叮咚"一声,微信响了。真是怕什么,来什么。

看到江珩发过来一句"在吗",麦萌"噌"地坐起来,扯着嗓子对蹲厕所的顾娇娇喊:"娇姐,江珩给我发微信了!"只不过是两个字,却像是各种引人无限遐想的粉色泡泡充斥了她的心。

"啊!他又问我明天有没有时间?他什么意思,是想约我吗?"

顾娇娇也大声回她,声音同样激动:"快回他,有时间!"

麦萌打字的手略微颤抖,按照顾娇娇的话回了信息:"有空。"

看着对话框显示"对方正在输入中",她的心又跳乱了。

然而几秒后,她一颗火热的心却在眨眼间就掉进了冰窟窿里。她用脚用力地蹬着墙壁,抓狂气愤的模样让旁边床铺上专心看书的张晓也好奇起来:"萌萌,他发了什么让你高兴成这样?"

顾娇娇也及时从厕所出来,猴急地凑过来:"被我说中了吧?他就是对你有意思!"

麦萌噘着嘴,把手机递给顾娇娇,示意她自己看。

"笑死了,他竟然让你明天去研究室打扫卫生!真是个直男!"顾娇娇一边哈哈大笑,一边自作主张地替麦萌编辑信息:

"好的呢。明天可以顺便请学长看个电影吗?"

麦萌不淡定了,夺过手机:"顾娇娇,你别害我!"

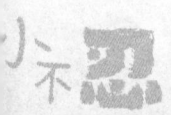

/ 072 /

这拿腔拿调的语气再配一个眨巴着大眼睛的羞涩表情，发给江珩算怎么回事？人家该不会以为她大晚上的脑子不正常吧？

"萌萌，喜欢就去追，追不成大不了连朋友都做不成，反正你缺的是男朋友。"这么霸气的话听起来一点都不像是平时寡言少语、文文静静的张晓说的。

顾娇娇意外地看了张晓一眼，重重点头："对，萌萌你勇敢追，姐妹们永相随！"

麦萌看着安静再无消息发来的手机，欲哭无泪："追个棒槌，人都已经被你吓跑了好吧？"

江珩其实是洗漱完躺床上无事，翻到了麦萌的微信，才头脑一热发了句"在吗"。对方秒回，他只能"急中生智"地找了个打扫卫生的说辞。可顾娇娇邀约看电影和那个娇滴滴的表情太不正常，就是再迟钝的钢铁直男也不得不多想了。斟酌了会儿，他还是决定给麦萌打个电话。

麦萌看到来电显示后，再次紧张得哇哇大叫："啊啊，江珩打电话了，怎么办怎么办？"此刻的手机跟个烫手山芋似的，烫得她坐立不安。

在舍友们的助威加油下，她才鼓足勇气接通，小心翼翼地"喂"了声。

"不好意思，明天我不能陪你一起看电影。"

手机开的免提，几个满怀期待的小姑娘们傻了眼。

江珩拒绝得也太直接了点吧？

麦萌很想给江珩说明一下信息不是自己发的，可又不能出卖顾娇娇，因此一时不知道该说什么好，只能抓着电话郁闷地"哦"了声。

江珩握着手机，听着这貌似"失落"的回应，立刻说明缘由："明

天打扫完研究室,我要准备下周的报告会。"顿了顿,兴许是怕麦萌不开心,他又放低了声音,"等我忙完这段时间,再陪你看?"陪人看电影这种事情对他来说跟与女孩子吃饭、逛街一样,都是极其耗时的。可是对方是麦萌,他竟觉得稍微"放纵"一下自己也未尝不可。

江珩要陪自己看电影?麦萌的心像是停电的电灯泡,"啪"地亮了。明天去买张彩票,应该能中大奖吧?

"哎哟,咱江大帅哥总算是情窦初开了,知道哄女生……哎,你别恼羞成怒!"

忽然有男生开始起哄,还有打闹的声音响起。

麦萌也不知怎么了,竟没来由地脸红心跳,慌忙地说了句"知道了",就挂断了电话。

顾娇娇和王红楠拉起她的胳膊,一边挠她痒痒肉,一边坏笑:"我说什么来着,甜甜的恋爱要来了吧?"

双手捂着发热的脸,麦萌一把将被子蒙在头上,嚷着关灯睡觉。

几个姑娘因为麦萌刚才取得的一小步进展而高兴,闹了一会儿才消停。

入睡前,麦萌回想江珩的话,握着小拳头,偷偷为自己打气:"加油!"

姐妹们说得没错,江珩这种恨不得把一天过成四十八小时扑在考古上的人肯花费时间和她吃饭、看电影,这至少说明了他不讨厌她!

她立刻芳心大动,既然江珩没有对她关闭大门,那她就试着闯闯!人总是要有点梦想,万一成功了呢?

01

10月底的天气开始带着明显的冷意,窗户半开着,风吹得窗帘微扬,像麦萌不安分的心。她趴在桌子上,下巴抵着手背,一眨不眨地盯着坐在对面的江珩。

江珩面前的笔记本电脑挡住了他的半张脸,麦萌只能看到他专注的眼睛盯着屏幕,听着他手指敲键盘的声音响在这安静的房间里。阳光落在他的头发上,像铺了一层金粉。浓眉如墨,目若星河,这样一张清俊好看的脸,完美得像幅画。

"江珩。"昨晚在心底念叨了一晚上的名字自然而然地从口中呼出,麦萌撑着下巴,大着胆子试探,"你喊我过来打扫卫生,是不是因为想见我呀?"脸皮这么厚,也是平生第一次了。

江珩抬头望着小姑娘跟浸了水似的汪汪大眼,移开视线:"多一个人打扫卫生节省时间。"

麦萌不满地轻哼,随即眼珠子骨碌一转,又问:"江珩,天冷了,图书馆现在不好占位置了。以后我能不能借用你的研究室自习?"怕江珩拒绝,她又补充,"你不在的时候,我还可以经常帮你打扫卫生!"

不知道是因为麦萌直呼他名字还是提出的"无礼"要求，江珩皱了下眉："我习惯自己待着，安静。"

"我保证，不会吵你的！"麦萌连忙掏出蓝牙耳机挂在耳朵上，一副绝对不打扰他的姿态。趁着江珩不注意，她偷偷转了转手机，利用屏幕反光去看江珩，手指用力戳了戳他的头，小声嘟囔，"这么能耐你有本事孤独终老呀。"

"麦萌。"江珩觉得麦萌跟上课喜欢搞小动作的小学生有的一拼，无奈地说，"你没事的话可以回宿舍。"

"我有事，我还得从网上找影视资料备课呢！"说着，麦萌象征性地在播放器上找一些具有代表性的经典视频或电影，准备下次教学模拟课堂上播放给外国留学生看。

江珩轻叹，将目光投回电脑屏幕上。

中医、武术、书画等一一翻过，麦萌最终选定了封面是黑地白字透露着古典气息的《霸王别姬》。据说这部经典电影不仅是哥哥张国荣的巅峰之作，也将灿烂辉煌的中国文化展现得淋漓尽致。点开视频，伴随着耳机里传出一阵紧密的锣鼓声，一群花脸群演围着男主项羽上场了，双方拿着枪转来转去的，转了好一会儿还没正式开始。麦萌想着这可能是电影为了铺垫后续特意设计的开场，于是继续耐心等着哥哥扮演的虞姬出场，可两分钟过去了，圈圈还没转完。江珩却忍不住敲了敲桌子："麦萌，麻烦你检查一下你蓝牙开了没。还有，如果这就是你说的自习，我觉得你还是回宿舍比较好。"

麦萌小脸一红，自动忽略掉江珩后半句话。她拿下耳机，发现电源键果然没亮，讪笑："对不起，我不是故意的。"怪不得感觉视频动静这么响，原来是听的外放。

在接下来霸王与虞姬咿咿呀呀的半个小时里，麦萌安静地坐着一动不动,生怕再干扰到江珩。

江珩余光偶尔扫过对面,抿了抿唇。要是麦萌在他工作的时候能这么乖巧,把钥匙给她也勉强可以。

可惜,江珩的想法刚起,就被麦萌的尖叫声给扼杀了。

"啊啊,我看的竟然是京剧!"要不是麦萌拖了进度条,可能看完四十分钟她也等不到哥哥出来。

江珩扶额:"麦萌,以后跟你在一起的人一定要有超强的心理承受能力才行。要不然你总是这么一惊一乍的,真会把人给吓死。"

巴巴地瞅着江珩,麦萌欲语还休:"那你……"

"干什么鬼哭狼叫的?"这时,一个圆胖的中年男人背着手站在门口,严厉地看向江珩,"江珩,研究室不是让你和女朋友谈恋爱的地方!"本来就不大的一双小眼因为生气更是挤成了一条缝,不多的地中海头发也被门外的风吹得像是深秋凄凉的枯草一样可怜,"付教授一直说你勤奋钻研,做事严谨踏实,是咱们考古系最有前途的学生,老师不反对你谈恋爱,可是你也要分清楚场合!"

隔着一段距离,麦萌都觉得男人的唾沫星子马上能喷过来。她忐忑不安地站起来,细细地咀嚼了下"女朋友"这三个字,偷偷垂眼去看江珩。

直男江珩果真没让麦萌失望,他站起来回道:"闫主任,您误会了,她不是我女朋友。麦萌是上次中日专家交流研讨会的翻译,今天也是付教授授意她过来帮我翻译资料的。"

虽然麦萌内心免不了有点小失望,可看在江珩为她解围的分儿上也就原谅他了。只是看到江珩一本正经地撒谎,感觉是带坏了好学生呢!

闫主任胖脸上的横肉瞬间凝结,他看看江珩,又看看麦萌,假

咳两声,为自己找台阶下:"就算这样,也不该大呼小叫的,旁边就是自习室,声音太大会影响旁人学习嘛。"

江珩"嗯"了声,没再说什么。

闫主任拍了拍江珩的肩膀,又嘱咐了几句后就离开了。

两人重新坐下,很难再回到刚才安静的气氛。江珩合上电脑,把钥匙递给麦萌:"最好不要带外人过来,毕竟是考古系专用的办公室,影响不好。"

乐滋滋地接过钥匙,麦萌压住嘴角的偷笑。

02

江珩是付教授培养的内定接班人,从去年开始不少报告会都由江珩独当一面。

曾领略过江珩的魅力,因此为抢占前面的位置,麦萌下了课直接把书包丢给顾娇娇,轻身飞跑去了报告厅。

前面几排已经坐满了人,麦萌只能坐在中间靠过道的位置。听报告会的人陆陆续续进来,主持小姐姐还跟上次一样,穿着好看的礼服等在后台。

刚要发信息问江珩怎么还没到,麦萌就看到他穿着西装进来了。虽然不是第一次看他这么正经装扮,可因为心态不一样了,她眼里的江珩连走路都闪着光,身形修长,举手投足间比同龄人多了丝成熟。

"江……"麦萌站起身,挥了挥手,下一刻扬起的笑却僵住。

"江珩。"美丽的主持小姐姐比麦萌早先一步,她熟稔地拉住江珩的胳膊,噙着温柔大方的笑不知道跟江珩在说着什么。两人离得很近,低声浅笑,看着竟然有点般配。在江珩要上台之前,小姐

姐还伸手帮他整理西装。

那自然的动作,让麦萌心头泛起一股不快。目送江珩入座,她沉着小脸,心里一个劲地翻腾。

顾娇娇不是说江珩只对她与众不同吗?看他跟小姐姐眉来眼去的样子,也是个见色眼开的人!对了,付博文之前提到的那个喜欢江珩的优秀学姐,肯定就是这个小姐姐。

越来越多乱七八糟的想法冒了出来,压在麦萌的心头沉甸甸的。再加上观众们也来得差不多了,周边乱糟糟的,麦萌心情开始烦闷起来。

江珩视线从后往前掠过,很快找到了麦萌。只是麦萌低着头,吊着脸,一副谁欠了她顿满汉全席似的表情。

"尊敬的老师,亲爱的同学们……"在各种场合都通用的开场白后,全场安静,接下来开启了江珩的专场模式。

如果没有刚才那一幕,麦萌此时一定会跟旁边的女孩一样花痴地瞅着江珩,被他的侃侃而谈和淡定自若所吸引。可是现在,她没心情。

"娇姐,江珩要是喜欢我,白菜都能拱猪了。"连头像都没看,麦萌噼里啪啦地打上一串话,"什么高冷男神嘛,他跟好看的小姐姐在一块儿可一点都不高冷!还让人碰他,一点都不自重!"这话自己都觉得带着醋味,但她现在急需一个倾诉者,找感情顾问顾娇娇正合适。

打完字,她又去看假想情敌主持小姐姐,发现小姐姐站得笔直又优雅,粉色的蓬蓬裙礼服衬得她身材高挑,而自己穿什么都跟未成年一样不成熟,麦萌酸了。她真心不想承认,主持小姐姐和江珩站在一块更养眼。

江珩的手机调成振动，随意瞥了一眼亮了的屏幕，他看到麦萌的微信头像闪了下，疑惑地看了过去。刚好麦萌也转过脸来，对上江珩询问的眸子，她情绪化地狠狠瞪了他一眼。江珩一怔，更觉得奇怪，语速也随之慢了下来："每一次的考古研究，都需要我们用最认真的态度去面对……"

有人注意到江珩的目光聚焦在某个区域，也顺着他的视线去看。坐在麦萌前后左右的女孩子都自动带入，认为江珩看的人是自己，一个个面红心跳。

麦萌心里憋着气，翻看手机看顾娇娇给她回了什么。这一看，她捏着手机的掌心瞬间冒出一层汗。她死死盯着江珩的头像，只觉得心脏都要停止跳动了。

两分钟过去了，撤回也来不及了！有没有人告诉她，她为什么总是做出这种蠢事！

再去抬眼看讲台，江珩早已移开目光，恢复了常态。等他过会儿再看向麦萌的座位时，人早已落荒而逃。

忍着好奇心，他坚持到了报告会结束才去看微信。在看到那段醋意满满的话后，他跟被人点了穴道一样，僵在原地站着不动。

见江珩绷紧了下颌，脸色古怪，主持小姐姐上前关心地问："江珩，怎么了？"

想起麦萌说他不自重，江珩语气无奈："没事，小猫闹脾气了。"

"你以前连养盆仙人掌都嫌浇水麻烦，什么时候也养宠物了？"小姐姐听后，来了兴趣，"什么品种的？"

"唔……小野猫。"江珩不养宠物，也就不了解猫的种类。什么苏格兰折耳猫、英国短毛猫，都比不上那些陶瓷、竹简有趣。

至于麦萌，看似古灵精怪，软绵绵的，毫无攻击性，可一旦耍

起性子就会露出锋利的小爪子，张牙舞爪地闹腾起来。

主持小姐姐不忘贴心地嘱咐："这样啊，那你可得小心点，别被抓伤哦。"

江珩点点头离开，点开对话框，却又不知道该回什么。正惆怅时，付教授打来电话让他赶紧准备一下，明天跟着去发掘新地点。

指尖停留在麦萌的头像上片刻，他如幽暗潭水般的眸子划过一丝挣扎，狠心删掉了她发错的消息。

03

江珩出野的地点大多为人少偏僻之地，不仅要克服技术困难，还要忍受吃住不便的问题，十分辛苦。

月亮一点点升起来，野外的星空美得不像话，也有种不同于城市喧嚣的宁静。队友们白天紧张又劳累，此时早已在帐篷里歇下。江珩坐在草地上，盯着手机上那个不知道看了多少次的头像，薄唇紧抿。

简单的丸子头，饱满的额头，可爱小圆包子脸上镶嵌着黑葡萄似的一双大眼睛，伸着手在下巴处比画着"V"。古灵精怪的麦萌，成了这些天压在江珩心上的石头。

每当黑夜来临，那种白天繁忙无暇去压制的情愫，便会像这夜里的凉风一样，一点点侵入他的皮肤，直至他全身上下的几千个毛孔，折磨得他不知如何是好。

"好小子，不睡觉跑这儿来了！"

忽然，江珩的后脑勺被人从后面拍了一巴掌，手机也被抢走。

付教授坐下，看着手机屏幕上是麦萌放大的头像照片，明知故问："怎么，惦记上人家小姑娘了？"

江珩表情不自在地夺回手机:"老师,麦萌只是我学妹。"

"黄倩情应该跟你说过,她已经填了明年去英国杜伦大学进修的申请书,以后机会合适也会留英。"付教授见江珩点头,继续问,"学校分给我两个名额,你有什么想法?"

江珩回答得干脆:"老师,我的根在这里,我不想出国。"

"让你出国去进修又不是不让你回来了。"付教授笑,从口袋里摸出一根烟来,点上却没吸,"小子,你一心沉迷考古没问题,但考古不是你生活的全部。你年纪还小,应该趁着现在大好时光,去学着享受生活。比如说,谈段恋爱。"

可能是闷在心里的话太久找不到可倾诉的出口,江珩心中的压抑情绪被点燃,沉默片刻,缓缓道:"老师,我们这些经常出野的,就跟奋斗在一线上肩负着救死扶伤重任的医生没区别,哪里有了新发现,我们就得马不停蹄地赶过去。在外面少则一周,多则几年。谈恋爱需要投入时间,我给不了人家陪伴。如果以后组成家庭,再有了孩子,很大的家庭压力也会负担在女孩子身上,不公平。"

对社会大众来说考古是个冷门专业,毕业后的路子也很窄。要么去类似于文物管理和博物馆管理等专业工作,要么就去田野发掘。江珩的爸爸继承了爷爷的志向,也是一名田野考古专家,经常跟着爷爷出野,因而江珩几乎是由高丽一人带大。高丽又是当爹又当妈,其中辛苦可想而知,与江珩爸爸的矛盾也日渐增多,最后无奈离婚。江珩犹记得高丽经常独自盯着桌上做好的饭菜发呆的情形,也不会忘记在爸爸意外出事后她痛苦的表情。江珩爸爸的离开,让高丽怨上了江爷爷。没想到江珩在高考报志愿时竟会瞒着高丽选了考古专业,高丽一气之下搬回学校公寓一住多年。

"照你这么说,咱学考古的都打光棍算了。"付教授弹下烟头,放在鼻间用力吸了吸，反驳道，"就说你师母吧，也埋怨我待在家里的时间少，可我每次出门前念念叨叨的也是她。经营一段感情，还需要理解、包容、支持和信赖。你母亲性格要强，你父亲又不是个爱交流的，所以工作忙不是造成他们感情破裂的主要原因。"

见江珩还是不说话，付教授叹气："能和谁遇见，然后再结合，共度一生，这是件不容易的事情。我劝你抓紧，别让人捷足先登了。"他把眼给江珩，嘟囔着老婆子管得严进了帐篷。

江珩握着带有付教授余温的香烟，静静望着出神。

04

看到喜欢的人跟其他异性举止亲密是什么感受？某乎上有个回答很符合麦萌当时的心情，那就是前一刻仿佛有一场印尼海啸从你心头涌过，而后一刻你却要努力维持表面的风平浪静。

对麦萌来说，第一次主动喜欢一个人的感觉，比做数学题还难。数学题至少还能有个准确答案，可喜欢这件事情，却跟高考文综相似，绕来绕去怎么说都有道理却不得分。那天从报告厅离开后，麦萌再未与江珩联系。放在书包里的钥匙不知道被她摸到多少次，可她却一次都没有踏入研究室。一连几天，她都跟蔫了吧唧的花一样，没有多少生机。

"是他是他是他，就是他，我们的朋友小哪吒……"随着童年动画片片尾曲响起，宿舍里也爆发出麦萌压抑了许久的抽泣。

"寡人宁负天下，也绝不负你。今天寡人为你而战！"一双平时明亮的大眼此时红肿不堪，麦萌坐在电脑前，正一把鼻涕一把泪哭得情难自禁，"呜呜呜，我小时候怎么没看懂纣王和妲己的爱情感人！"

以前不懂事时认为妲己是个坏女人，可长大后再看却不得不被那只为了自己痴心爱慕的纣王，历经千辛万苦才幻化成人的小狐狸而感动。尤其是城破后，妲己挽着纣王一起走进火海的场面，更是催泪弹。

"说一段神话，话说那么一家……"

当坐在床上给男朋友织围脖的顾娇娇听到开头曲第四次响起，她忍不住了："萌萌，你都把这一集刷了三次了，哭了一个小时，咱适可而止行吗？"

"妲纣"CP 的经典台词连顾娇娇都背得滚瓜烂熟了，麦萌却跟魔怔了似的，沉浸在里面出不来了。

正逗弄爱宠小黄鸡的王红楠叹气："麦萌，不就是个江珩吗？明儿我把我新收的学员推荐给你。"

张晓也紧跟而上："我辅导班一块做兼职的同事也挺帅的。"

舍友们的善解人意，让麦萌因动画片而引发的难过又泛滥了。发错消息的事情，她没告诉别人。因为江珩一直没任何动静，不回应就是一定意义上的回应。她可以去大胆爱，毫不掩饰对他的喜欢，却不敢正视被拒绝的现实。电话没拉黑，微信也没删，两个人就这么互不联系了。舍友们或多或少猜出点什么，都顾着麦萌的情绪。

麦萌仰着头，湿润的眼睛委屈地看着顾娇娇："天下人皆弃我，唯你伴我左右。爱妃是人是狐又如何？"瘪瘪嘴，刚要放纵情绪大哭，忽然眼前一下子黑了，房间也安静得出奇。

可能是哭太久，脑袋也不够用了，麦萌伸手晃了晃，哭唧唧："看不到天亮，看不到窗户，怎么会这样？如果我以后都看不见了，我会痛恨一个无能的我，老天啊，不要让我变成一个废物！"

"跳闸了，真受够了你。"王红楠三步并两步踩着凳子，"啪"

地合上电闸。

恢复"光明"的同时,江珩的电话也打来了。

麦萌看着屏幕上跳动的名字,下意识地跑去顾娇娇床边:"江珩打来的!"

顾娇娇按了接通键,并开了免提。

江珩声音干净清润:"麦萌。"

王红楠脾气直,不等麦萌说话,她先不客气:"江珩学长,你找麦萌啥事?她可忙了呢!还有个电子信息工程系的整天排着队要约我们萌萌呢!"

李阳脑子抽了,最近以一天平均两次的频率出现在麦萌的视线范围内,不是带着早饭出现在宿舍楼前,就是下课时提着奶茶出现在教室门口,烦人得很。

江珩愣了下,抿了抿唇:"我想跟麦萌说几句话。"

王红楠皱了皱眉,还是闭了嘴。

"江……江珩学长。"麦萌哭得嗓子哑了,再加上刚才发疯,说话鼻音浓重,好像嘴里含着东西卡在嗓子眼里。

敏锐地察觉到麦萌的不对劲,江珩温和地问:"感冒了吗?"

强迫自己不要去想江珩这话是否有关心的成分,麦萌强迫自己心如止水:"有事吗?"

江珩对麦萌的感情,一直因为对自己职业存在的偏差而在潜意识里压抑着。他以为不再联系对方就可以让自己走出困顿,可今晚付教授的那一番话,就像是用力将他因麦萌而动摇的心墙给推倒了。

他深吸一口气,带着一丝微不可察的试探:"没什么事情,就是想起了上次答应过你看电影。"明确的邀约他不敢提,只能用模棱两可的陈述句来掩饰自己的不安。

麦萌的心没出息地颤了下,她下意识地去看顾娇娇,见顾娇娇对自己比画了下,她强撑着底气,反问:"所以呢?"

这反应让江珩语塞,因为他不了解女孩子家的心思,更不确定隔了一周麦萌对他还有没有感觉。最主要的是,刚才王红楠说有人在追麦萌?

江珩只觉得此刻的心比这几天加起来都堵得慌,动了动唇,半晌才说了句前言不搭后语的话:"学姐帮过我很多,也确实很优秀,不过我对她没想法。我……以后会跟她保持距离。"夹在手指间的烟头发出明明灭灭的火光来,像是调皮的萤火虫在一闪一闪,他的情绪也随着忽明忽暗,不知所措。

"他要是不在乎你,就不会给你解释这些。"顾娇娇用手捂着嘴,压着嗓音给麦萌分析。

王红楠和张晓也赞同地点头。

对江珩的小火花再次燃烧起来,麦萌的嘴角不自觉地上扬,不过语气听着还是没什么起伏:"然后呢?"

"然后……"江珩声音低了下来,顿了顿,"然后等我回去再说吧,早点睡。"

"嘟嘟嘟……"电话被挂断了。

几个小姑娘听得意犹未尽。

王红楠问:"哎,怎么就这么挂了?啥意思啊?"

顾娇娇笑:"还能是啥意思,这是在间接地表示回来后约咱萌萌呗!"

王红楠了然:"哦,大佬是害羞了嘛,理解理解。"

虽然心里确实有点小雀跃,但麦萌还是怕空欢喜一场,歪着脑袋问舍友们:"接下来我要怎么办?"

她的心思已经藏不住了，再遮遮掩掩，就好比是掩耳盗铃。她喜欢江珩，又不是什么丢脸的事情，还不如大大方方地表示出来。只是要想把江珩这块老古董给啃明白了，任重而道远。

顾娇娇眨眨眼："以静制动！"

一通突如其来的电话，如观音的杨枝仙露，让麦萌枯木逢春，她信心大增："好！"

带着期待，连梦里都飘满了粉色泡泡。

第七章 醉酒吻了大神

01

江珩的那通电话如一颗突然的石子，在打破麦萌平静的心湖后，便沉入了湖底，再无联系。麦萌知道江珩忙，也没问他什么时候回来，却恢复了每天下了课就去考古研究室报到的状态。

下午的课结束后，麦萌将研究室的卫生打扫了一遍，然后趴在桌子上睹物思人。那本《会呼吸的文物》这几天里里外外被翻了好几遍，手指描画着作者的名字，她的目光渐渐变得绵长。

珩，佩上玉也。那样通透干净的人，确实美好得跟一块玉似的，让人忍不住想靠近。

因为内心有了希冀，所以等待的过程是美好的。当然，如果没有顾娇娇发来的微信，她会更开心。

"小萌萌，你又成红人了。照片我拍给你，你瞅瞅吧。"

照片里，公告栏上贴了张醒目的通报，而周边围了不少笑不拢嘴的人。

2016级对外汉语专业麦萌，于2018年11月15日中午7号楼305宿舍从窗口用浴筐将外卖吊上楼，无视学校校规，影响极其恶劣，给予其严重警告处分。

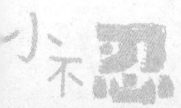

欲哭无泪,麦萌怏怏地给顾娇娇发了句"知道了",又把脸枕在胳膊上。尘埃飘浮在阳光里,像她这些日子因江珩而忽悲忽喜的情绪。

想起顾娇娇传授的"爱情36计"之一的"装可怜",麦萌灵机一动,她举起相机,将自己委屈巴巴的脸以及压在手下露出江珩名字的书拍了张照片。编辑好文字,她连带着那张丢脸的通报一块发朋友圈之前,不忘记将动态设置为仅一人可见。操作完,她重重地吐出一口气。

与此同时,被麦萌心心念着的人刚踏上返程的路。

车上都是男性,大家也就没那么多顾虑,一个个东倒西歪地躺着坐着,胡扯海聊,毫无丁点高校大学生的形象可言。

江珩坐在最后,他身上的衣服比起其他人来说并未干净多少。蓬乱的头发,胡子拉碴的下巴,虽然眼下还有微青的黑眼圈,可他疲惫的脸上却挂着零星的笑意。最近他白天忙成陀螺,晚上更是累得连吃饭的时间都没有,更别说掏出手机联系谁了。现在完成了一期任务,刚放松下来,就刷到了麦萌的动态:

为伊消得人憔悴,难得有心点外卖,可怜倒霉抓正着,难过伤心求抱抱。

不怎么押韵的几句话,没什么文采,配上两眼泪汪汪的表情,不仅没让江珩产生"怜香惜玉"的心思,还有种莫名的喜感。他没想到,麦萌会为了点外卖而想出这样的"险招"来,有点可爱又有点搞笑。不知哪儿来的恶趣味,他竟鬼使神差地点了个赞。

屏幕另一端的麦萌,猛然看到多了一条新信息提醒,一点点小

/ 091 /

窃喜之外又有点纠结。点赞是什么意思，手滑了吗？想都不想，她往江珩对话框里丢去一个黑人问号脸的表情。

江珩没想到麦萌手速这么快，他先是愣了一下，随后忍着笑，回了个同样的表情。

麦萌噘着嘴，不高兴了："这么闲吗？"这人消失这么久，冒出来就给自己点了个赞就算了，连句关心慰问的话都没有，太可恶了！

似乎能感受到麦萌的小情绪，江珩想了想，回她："最近有没有想看的电影？"

像是被无数颗小星星包围，麦萌"噌"地坐了起来，脸蓦地发烫："你忙完了？"

江珩要请她看电影了！看什么呢，恐怖片、悬疑片、爱情片，还是动画片？

"嗯。"江珩打开软件，随手浏览了下当下新上映的电影。

麦萌快速拨通顾娇娇的电话征求意见。果不其然，顾娇娇推荐的是能迅速拉近两人距离，给男生展现保护欲，给女生表现柔弱美机会的恐怖片："到了恐怖的镜头，你就往他怀里扑，别装！舍不得脸皮套不住郎！"

内心进行了几秒的挣扎，麦萌最后一咬牙把影片名字发了过去，装模作样："听说这个还不错，你觉得呢？"

江珩搜完电影名字，抿紧了唇，还是发了个"好"。虽然他已经习惯了经常去各个僻远荒芜甚至是瞧着阴森的地方出野，但对恐怖片真不怎么感兴趣。

跟江珩交好的舍友在一旁窥探了很久，瞄到封面上那七窍流血、披头散发的红衣女鬼后，"扑哧"一声笑道："哟，聊的是对外汉

语那个妹妹吧？"

江珩眸光一闪，把手机锁屏："宿志高，请你对得起你的名字，不要乱看别人手机。"

"欸，你脸红了！"宿志高嬉笑声太大，引得其他人也打趣江珩。

江珩解释无果，索性将工作帽反扣在脸上装哑巴，可听到连付教授都在不断地提麦萌的名字，他没来由地只想在地上挖个坑把自己埋起来。

这种感觉，好像麦萌真的是他藏在心底的一个秘密。

不敢说，却又正在萌动着。

02

回到学校已经晚上七点多了，江珩洗了个澡，换了身干净的衣服后才带着需要查考的资料去了图书馆。

到了离门口不远处，他意外看见了麦萌。路灯橘黄色的暖光照在她的身上，也让视力极好的江珩看清她愤怒的小表情。

"李阳，话我都说得够清楚了，你再缠着我，我喊保安了！"米黄色的卫衣套在身上，蹬着一双小白鞋，头发还是一如既往的丸子头，麦萌就算是瞪着眼睛生气，竟也有种软糯的可爱。

得不到的总是最好的，尤其是在前段时间被"小白莲"给伤了后，李阳更是觉得单纯的麦萌更可贵。不过被多次拒绝，他说话开始口无遮拦："麦萌，你知道江珩为什么这么多年没谈女朋友吗？因为他不喜欢女生，你别被他给……"

"你放……屁。"没有人能容忍自己喜欢的男生被人恶意诋毁，麦萌刚要破口大骂，就被身后的清冷声音给打断了——

"被我怎么了？"

"江珩?"没想到江珩当天就能回来,麦萌看着双手插在口袋、长腿立在面前的人,她眼睛里的星火灿若朝霞,语气也是掩不住的开心。

淡蓝色的条纹棒球服,刚洗过的头发还带着湿意,江珩身上清新好闻的气息隐约浮动在麦萌鼻间。他微微点头,望向李阳,眸底沁着寒意。

李阳不愿丢面子,顶着江珩幽邃的目光,梗着脖子,声音却比刚才少了几分底气:"论坛里都说你不喜欢女生,当着麦萌的面,你敢承认吗?"

江珩冷笑,眼神像是看一只可笑的叫嚣的老鼠。他没说话,冷脸拉着麦萌进了图书馆。

鲁迅先生说过,唯沉默是最高的蔑视。李阳跟江珩根本不是一个段位的,江珩不用说话,只一个眼神过去就能将李阳给秒杀掉,虽然很拽,可实在是酷得让人忍不住想尖叫!

手腕被江珩攥着上了楼梯,麦萌一时忘记了自己刚才是要出校门,直勾勾地盯着他更加轮廓分明的脸:"江珩,你怎么又帅了?"

不经大脑的话脱口而出,两个人都愣了一下。

江珩松开麦萌的手,面无表情地掏出钥匙进了研究室。

麦萌尴尬地摸摸鼻子,小声问:"那个……你是不是还没吃饭呀?"

江珩看了眼被打扫过的干净房间,答非所问:"你的通报明天就撤了,不过下不为例。"

麦萌脑袋一机灵,温软的"爪子"拽着他胳膊,感动得想哭:"呜呜呜,江珩,你真的太好了,我请你吃……"

尽管不刻意去想对麦萌穷追不舍的李阳,但江珩还是不舒服,

他皱眉："你跟其他人也这样吗？"

"嗯？"感觉到江珩不爽的情绪，麦萌怯怯地收回手，委屈地小声嘟囔，"你又不是别人。"

江珩挑了挑眉，心也跟着软了软。盯着麦萌无辜的眼睛，他转身一边归置资料，一边低声道："是老师给你求情的。"

话虽这么说，可付教授又没麦萌的微信，而且那条动态也只能江珩一人看到。麦萌不傻，心里默默给江珩贴了个口是心非的"傲娇鬼"标签，她连忙点头："嗯嗯，我见到付教授会好好感谢他的。"

"坏了。"忽然想到什么，她拍了下脑门，问江珩，"你知道哪里有卖鸡的吗？"见江珩一脸茫然，她又解释，"楠哥养了一只小黄鸡，每天风雨无阻地带着在寝室楼下散步，可是昨天半夜里娇姐上厕所的时候不小心把小黄鸡给踩死了，楠哥到现在都没缓过来。我要是不给楠哥再买只回去，娇姐就要真的以死谢罪了！"

宿舍里不允许养宠物，江珩动了动唇，还是放下手里厚厚的一沓资料，无奈道："走吧，我带你去。"

"啊啊啊，爱死……"经常对舍友的口头禅差点又蹦了出来，麦萌及时捂住嘴，瞄到江珩红了的耳朵，眼睛笑成一道弯月。

秋夜的风将枝头树上的树叶吹落下来，江珩骑着自行车不急不慢地载着麦萌往学校走，小路安静无人，时间仿佛回到了两个月前麦萌因为偷溜进江珩研究室被保安大叔抓住的那晚。她也是跟现在一样，安静地坐在后座，只是心情和境遇却大不相同。

拂去鸡笼子上的落叶，麦萌咽了口唾沫，大着胆子试探："江珩，你喜欢什么样子的女孩子呀？"

江珩后背一僵，气氛蓦地冷寂下来。就在麦萌打算转移话题时，他轻轻开口了："麦萌，我不会是个合格的男朋友。在我心里，没有什么比考古更重要的了。我不能经常陪在你身边,逛街,吃饭,给你打水,送你回宿舍,这些看似寻常的小事情,我恐怕不能为你去做。"

麦萌无法看到江珩的表情,抱紧放在膝盖上的鸡笼子,不死心道:"饭我自己吃,水壶我自己拎,宿舍我也可以自己回!我不需要你每天都陪我!"想到约好的电影,她又低了低声音,"电影……这种浪费时间的东西,也可以不看的。"要是顾娇娇知道自己如此小心翼翼,这般卑微,一定会翻个大白眼。

江珩抿紧唇,沉默了。

等不到答案,麦萌咬着唇,眼泪快出来了:"你要觉得这样也不行,那……"

"吱"的一声,车子猛地停下,麦萌一头撞在了江珩背上,本就要摇摇欲坠的眼泪彻底夺眶而出了。捂着酸痛的鼻子,她水汪汪的眼像是碎了一池的星河,在江珩心上泛起一阵风浪。

"麦萌。"沁出汗的掌心松开又攥紧,他喉咙滚动了几下,深吸一口气,"再给我点时间。"

"恋爱"在他的世界里是个陌生的词汇,他需要时间好好去学,需要时间去放下所有的顾虑。如果就这样答应了麦萌,这对她太不公平。

"我这是还有希望吗?"没有被赤裸裸拒绝,麦萌眨巴了两下眼睛,扁扁嘴。

江珩扯了扯唇,摸摸麦萌的头,长腿重新跨回车上。

麦萌抬手放在刚才被江珩摸过的头顶,一咬牙,从身后抱紧了江珩:"你不说话,我就当你答应了!"

被这突如其来地一抱,连带着江珩心底的小情绪也抖了出来。

他低笑,却没否认。

03

风呼呼的,十点半的街上没多少人了,唯有霓虹灯照着地上的残叶。

"死了都要爱,不淋漓尽致不痛快……"学校东门的星辰KTV里,某间包厢里爆发出一阵鬼哭狼嚎的声音。

江珩推开门的时候,闻到了浓浓的酒味,不自觉地皱起眉头来。视线落在倒在桌上的五六个啤酒瓶子上,眉头皱得更深了。

王红楠一看到江珩来了,立即像见到了救星,大喜:"江珩学长,萌萌和娇姐醉得太厉害了,我们两个没法把她们弄回去,只能请你过来帮忙了!"

一周前,顾娇娇被相恋多年的男友给劈腿了,这些天过着行尸走肉的生活。今晚因为看到前男友秀新欢的朋友圈,情绪终于崩溃了,而江珩和麦萌的关系还没有进一步的实质性发展,这让麦萌同样烦闷不已,因此两人一拍即合拉着其他两个姑娘去了KTV。谁知这一发泄,没完没了,从七点半一直唱到现在不说,还喝得醉醺醺。王红楠和张晓根本没法将她们抬回去,只能打电话向江珩求助了。

蓝紫交替的灯光在头顶转着,光线打在跟一摊软泥似的麦萌身上。她迷离着醉眼,一听到江珩的名字,"噌"地条件反射弹起来,一不小心,把倚在她肩膀上的顾娇娇给闪到了地上。

顾娇娇的头碰到了桌子,疼得号啕大哭,吓得张晓赶紧把她给扶起来。

模糊的视线里,麦萌好像看到了江珩冷着的脸,看到他用一双清冷的眼睛淡淡地看着她。他那不快的眼神,看得她心虚地缩了缩脖子，可是下一秒她又站起来，嘴里嘟囔着："讨厌鬼，梦里都这么讨厌。"脚下步子像踩在棉花上一样，她走起路来摇摇晃晃，没注意到地上缠成一团的麦克风线，"砰"的一头往前栽，被江珩及时抱住。

被干净清新的气息包围，麦萌贪婪地吸着气，并将脸往江珩胸前蹭了蹭，声音无比哀怨："江珩，我那么喜欢你，你喜欢我一下能死吗？能死吗？"音量随着旁边直立的话筒无限放大，震得人耳朵嗡嗡作响，也震得耍酒疯的顾娇娇安静下来。

见江珩一动不动，麦萌更加放肆起来。她细软的小手用力揉搓着江珩的脸，水汪汪的眼睛委屈得能滴出水来："我都没喜欢过别人，你知道不知道？"

王红楠和张晓一左一右架着不怎么闹腾的顾娇娇，对江珩道："萌萌喝醉了跟犯病没区别，上次我们费了老大的劲才把她骗回去。学长，你要不把她打晕吧。"

怎么说在场还有别人，江珩被几双眼睛盯着，很不自在。不知是害羞还是被麦萌给"蹂躏"的，他的腮竟有点红。他扶好麦萌，似哄似骗："别闹了，该回宿舍了。"

麦萌一把扯住江珩的衣领，踮着脚，吻住了江珩的唇。蜻蜓点水，带着淡淡的酒香，还有柔软的触感。

这一刻世界刹那间安静下来，嘈杂的背景音乐似乎也停止了。江珩细长的睫毛猛烈地颤动了几下。看着眼前仿佛一个得到玩具后笑得满足的女孩子，他脑袋里一片空白。

麦萌摸了摸刚才吻过江珩的嘴唇，认真地一字一句道："这里盖过章了，以后你就是我的了。"

这行如流水的疯狂举动，让其他围观者忍不住在心里为麦萌

叫好!

被这真诚如稚子般的眼睛看着,江珩难得有种心慌得不知所措的感觉,两颊升起两团粉嫩的云。

"麦萌,我……"他的话还没说完,麦萌却捂着肚子难受地蹲在了地上,一个劲地喊疼,上一秒明媚的脸,此刻脑门上沁出了细汗。

"麦萌?"江珩脸色一变,抱起她跟一阵风般冲出了门口,只留下另外三个姑娘目瞪口呆。

04

"乐极生悲"这个词,似乎就是为了麦萌而创造的。上次她因为接到了江珩在野外的电话,一高兴点了个外卖被抓了,这次在她成功地吻了江珩后,肚子疼得死去活来。

校外的门诊室里,没了刚才对江珩胆大妄为的"作劲",麦萌白着脸躺在床上,丸子头因为折腾了一晚上,早就散成一团,狼狈的样子真应了那句"弱小无知又可怜"。

穿白大褂的中年男医生说话有点大舌头,例行公事地问:"有没有性生活?"

江珩心急听错,转头问酒醒了一半的麦萌:"有没有新农合?"

麦萌嘴里哼哼唧唧:"在家。"

中年医生神色鄙视,又大声重复了一遍,江珩听后抽了抽嘴角,麦萌红着脸摇头,声如蚊子:"没有。"

问清楚情况后,医生初步诊断麦萌可能是啤酒喝多了刺激了肠胃引起的肚子疼。麦萌的血管太细,打吊针一直扎不进去,哎哟哎哟地叫唤,但目光一遇到江珩明显担心的样子,就不敢乱叫了。她咬着嘴唇,看着医生一次次地拿着针头继续扎。

江珩深吸一口气，稳了稳情绪："医生，要不换只手扎吧？"

医生可能有强迫症，固执道："不用，就这只。"他再次执着地拍了拍麦萌的手，幸好这次找准了血管。针头扎进去的瞬间，麦萌虽然疼，可也有种终于从医生的"毒手"下解脱了的感觉。

"睡一觉，明天拿点药回去就行了。"医生嘱咐了几句，夹着记录本离开。

房间顿时安静了，麦萌想起她腹痛之前色胆包天"强吻"江珩的画面，猛地倒吸一口气，咽了口唾沫。

"怎么了？"江珩俯下身子，动作略显紧张。

麦萌张了张嘴，支支吾吾说不出完整话来，这让江珩更觉得肯定是她哪里不舒服了："你等会儿，我去喊医生。"

"江珩！"麦萌拉住江珩的胳膊，眼睛不敢看他，"我没事，睡会儿就好。"以身相许，对他负责这种话，她说不出口。毕竟刚对人家做了那么没脸的事情，再说这种厚颜无耻的话，那她真的以后不用做人了。

江珩仔细地看了看麦萌，在确认她没有撒谎后，点头："睡吧。"

麦萌"嗯"了声，见江珩坐在旁边的椅子上，她转了个身，将脸面向墙壁，偷偷松了口气。

墙上的石英钟"嘀嗒嘀嗒"地走着，很快麦萌就发出了均匀的呼吸声。白色的被子将她裹得严实，只露出来一个小脑袋，像只蚕宝宝。江珩盯着麦萌的后脑勺出神，耳边不断回响着她那句沙哑含糊的话，全身的血液涌上心口，跟烫了个烙印一般，烧得他坐立难安。

将掩住麦萌脸的被子小心翼翼地往下扯了扯，他喃喃自语："小傻子。"

从小到大，江珩就因为太过优秀成了大家嘴里那个"别人家的

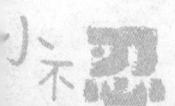

孩子"。他少年老成，随了父亲内敛深沉的性子，不喜欢将情绪流露出来。

然而麦萌，真的是个闯入他生命里的意外。不知从何时开始，他的情绪也会因她而波动，他的注意力也会被她的一举一动所牵扯。

喜欢一个人会死吗？答案肯定是，不会。只不过，现在的他还无法给她全部的爱和时间，这样的喜欢会坚持多久呢？

重重地叹了口气，江珩陷入了无法可解的沉思。

第二天，麦萌揉着眼睛醒来时，已经快八点了。她歪头看了一眼椅子，没看到江珩，却看到了对面床上坐着三张八卦的脸。

王红楠笑嘻嘻地过来，打趣道："怎么，看到我们很失望？"

张晓也笑，一语双关："萌萌，你昨晚上表现得有点猛，都把我们给吓到了。"

麦萌坐起来，咳嗽两声，转移话题："你们怎么都来了，不去上课吗？"

可能是失恋的情绪被酒精给稀释掉了，顾娇娇今天的状态还不错，回她："上午的大课调明天了，你可以安心在这儿躺一天。"

"这又不是什么好地方，躺这儿干吗？"麦萌噘着嘴，捂着扁扁的肚子，不满，"哎，你们也不给我带点吃的过来？好饿。"

顾娇娇翻了个白眼，看向门口："有人给你买，哪里还轮得到我们？"

王红楠挤了挤眼睛："可不是，江珩学长买的肯定比我们买的好吃。"

江珩提着冒着热气的塑料袋子进来了，装听不懂这两位话里的意思，把散发着糯香味道的黑米粥和灿黄的水煎包拿了出来，又细心地把湿巾拆开递给麦萌擦手："你昨晚喝太多，先简单吃点吧。"

"谢谢。"麦萌现在已经没法掩藏心里的欢喜,欢喜到她恨不得此刻天地间只有她和江珩两个人,连带着看相处了几年的舍友都觉得特别多余。咬了口包子,她给顾娇娇使眼色,"娇姐,我没事了,你们不用担心了,快去忙吧。"

顾娇娇对麦萌做了个"重色轻友"的口型,很给面子地带着王红楠和张晓离开了。

今天的风虽然还是很大,阳光却比昨天明媚。细软的光线落在江珩的身上,温暖又柔和。

麦萌小口小口地喝着粥,时不时偷抬眼皮瞄着背对自己站在窗前的男孩,只觉得12月的第一天在诊所度过的感觉奇妙得很,有点甜蜜,又有点好笑。

她的笑声发自内心地从嘴巴里溢出还不到一秒,江珩转过了身子,一脸严肃,警告道:"麦萌,以后不准再喝酒。"

"遵命。"她甜甜一笑,对江珩行了个军礼。

01

　　每年的校园艺术节，都是定在被网友称作"拥抱情人节"的12月14日。江珩是通过付博文的"不小心"透露才偶然得知麦萌在艺术节晚会上有节目的，他嘴上说着不感兴趣，但在麦萌临上场之前十分钟，还是出现在了大礼堂。顾娇娇也早就被麦萌安排了重任，她守在门口，一看到江珩二话不说就引着他往前面几排的"家属区"走。

　　舞台上粉黄交替的暖光来回地转着，一身汉服的小姐姐在弹古筝，而大家的视线却都不自觉地一路追随着江珩。难得换了烟灰色羽绒服，让他少了几分沉闷，竟多了丝清新的少年感。面色淡淡地落座后，他的目光瞥见了后台帘幕后正探着脑袋往这边瞧的麦萌，眼神顿了下。

　　麦萌穿着及膝的蓝黑格子百褶裙，脚上蹬着白色帆布鞋。上身黑色T恤的V字领露出她精致的锁骨来，底端打了个漂亮的蝴蝶结。经久不变的丸子头跟上次随江珩去参加中日考古交流会一样，烫了披肩大波浪卷发，头顶还戴了个猫耳朵发卡，可爱又性感。一双因画了眼线显得更灵动的眼睛在看到座上的人后，骤然一亮，又弯成月牙，似乎并未发现江珩微微蹙起了眉。

悠扬婉转的古筝曲结束后，汉服小姐姐下了台，紧接着响起了主持人的报幕声："青春激昂，劲舞飞扬。接下来，让我们掌声欢迎对外汉语系的麦萌和日本留学生濑户洋同学为大家表演舞蹈，Boombayah。"

灯光暗下来的瞬间，麦萌和舞伴从后台闪身到了前台。随着急促又带有动感的音乐开始，灯光也再次转换。

麦萌第一次跳舞，望着满场乌泱泱的人，有点紧张，但好在濑户洋能主动带着她，很快让她渐渐找到了舞台的感觉，跳得也更加自信。

濑户洋穿着白衬衫、黑色卫裤、白色板鞋，同样青春气息满满，印有骷髅头的棒球帽的帽檐虽然遮住了他的半张脸，可那清晰的脸部轮廓，高瘦的身形，帅气逼人得很。

绚丽的颜色打在舞台上，音乐的节奏越来越快，麦萌如只娇媚慵懒的小野猫，站在濑户洋左侧，一手搭在他的肩上，轻甩长发，绕环、送胯、扭腰，身体呈波浪形扭动，动作奔放热情。裙摆扬起，在半明半暗的光影里像短暂飞过的蝴蝶。她的一举一动，不经意间撩拨人心，似星火点燃了人群里的沸腾声。

顾娇娇有种"吾家有女初长成"的自豪感，她眼睛直直地盯着舞台，很兴奋："没想到咱家这棵清纯的小白菜也能有这么狂野的一面，啧啧！"她忽然转头，对江珩说，"学长，我手机内存不够了，你帮我给萌萌录个视频吧？"

江珩抿着嘴，脸上表情不像顾娇娇那样雀跃，竟比刚来时还冷清。他望了舞台上热舞的麦萌片刻，眸底波澜不惊的湖水浮起波纹圈圈，喉咙里拒绝的话也变成了一声低叹。

拿起手机,他将摄像头对准了正扬着灿烂笑容看过来的小脸,于是四目相对,两道目光穿越人群,彼此的眼中闪烁着同样的星光。

江珩目不转睛,胸腔里的那颗只为一个人跳动过的心脏,叫嚣了。他忽然很想告诉她:

麦萌,世界很大,大到我如今才遇到你;世界又很小,小到我遇见你还不迟。

遇见你,是意外,也是注定。

02

"震惊!考古系高岭之花竟被她俘虏!"

艺术节的一支舞让麦萌再次成了学校论坛里热议的红人,与她同登校园论坛首页的还有拿着手机专注录视频的江珩。

奶茶店的暖气温柔地吹着,麦萌惬意地半躺在身后的沙发上,痴痴看着手机上新换的屏保,咬着嘴里的吸管,吸溜吸溜地喝着奶茶:"付博文这个小鬼还真有两下,我总算是撬开了江珩这座冰山。"

照片里的江珩不知道是谁拍的,侧脸轮廓分明,鼻梁高挺,深邃的眼睛里撑满了星辉,而星辉深处只有麦萌自己,麦萌当然看不够。尤其是底下那些带着羡慕意味的评论,更让她陷入其中难以自拔。只是江珩的"破壳日"很特别,刚好是冬至。麦萌原来打算织一条围巾,可她又不会这种细致的毛线活,又想不出其他有新意的礼物,这让她很惆怅。

王红楠瞧着麦萌春风满面,笑她:"这照片你都快看三天了,还没看腻?"

对面的张晓接话:"最可怕的是,她把每条祝福她跟江珩的帖

子都截图了。"

正在低头跟前男友剪不断理还乱发信息的顾娇娇，一心二用给麦萌出主意："江珩的生日礼物你也别纠结了，我看你把自己送给他好了。冬至冬至，投怀送抱！"

麦萌瞪了眼顾娇娇："我干脆去食堂给他包份饺子算了，绝对是史无前例最独一无二的礼物。"

三个舍友一听，"扑哧"笑了出来，竟点头表示赞同。

中午，麦萌给江珩发微信试探性地询问他喜不喜欢吃饺子时，江珩正拿着铁锹将冻得冰硬的表土翻开。

荒僻的野外，不同于城市里有高楼大厦来挡风，空气干冷，风更是阴森凛冽。呼出的气像白烟，萦绕在江珩戴着的眼罩上，蒙蒙眬眬。艺术节第二天，他又跟着付教授去了野外挖掘。

与以往每次不留只言片语洒脱离开不同的是，江珩的心里竟开始有了不舍。他在出发之前犹豫了会儿，把麦萌的微信设置成了置顶的"星标朋友"特别关注，并且难得给她发了大概回程的时间，这也更让麦萌确定了自己在江珩心里是有着特殊地位的，以至于从小到大十指不沾阳春水的她当真打算亲手给江珩包饺子。

由于生日的特殊性，江珩除了生日蛋糕外，吃得最多的就是饺子，他对饺子不怎么热衷，但既然麦萌这么问了，他也能猜出小姑娘的心思来。摘掉眼罩，他冻得通红的手略微僵硬地回了个"嗯"。麦萌高兴于对方的秒回，自动忽略掉这不冷不淡的回应，兴冲冲地裹着厚重的羽绒服冲向了食堂。

可能是因为天气太冷，食堂里学生并不多。麦萌迈着小碎步，一路畅通无阻地直接去了卖饺子的窗口。窗口寂寥无人，里面的热气氤氲在窗上，麦萌把脸贴上去才能勉强看到还站着人。

"三鲜,鸡蛋韭菜,猪肉芹菜,香菇白菜……"系着围裙的食堂阿姨将两手插在棉袄的袖子里,跟麦萌大眼瞪小眼片刻,呼啦一下拉开窗,两眼像黑夜里骤然打开的电灯泡,眼神异常明亮,菜单报得一气呵成,"姑娘,你吃啥馅儿的?"

麦萌被阿姨过分的热情给吓到,往后缩了一下。她也是第一次才知道原来食堂里的饺子还挺丰富,抓了抓丸子头,不好意思地摇了摇头。她怎么能忘记问江珩喜欢什么馅儿的呢?

一天没遇到一个客人的阿姨看着她的表情,以为她都不满意,闪烁着的光芒瞬间跟突然断电似的熄灭了。

麦萌灵机一动,在给付博文发了条信息后,她跟一只成功偷了鸡腿的小狐狸似的,眼睛比刚才阿姨的还亮。她眉眼一弯,笑得甜腻:"阿姨……"

阿姨哆嗦了下,甚感古怪。

03

江珩比告诉麦萌回来的时间早了一天,因为知道麦萌的课表,所以他提前等在她教室斜对角的平台上。

从来没等过哪个女孩子下课,这种等人的感觉好像有点奇妙。他低着头,看着手机上的时间,觉得五分钟竟那么漫长。依靠在身后的窗户上,他不由得想起刚开学没几天给母亲送钥匙时就撞见了门口罚站的麦萌。那时的她自作聪明地用书挡在脸上,却把书给拿倒了。

他笑着摇了摇头,终于等来了下课铃声。

"我那条裙子太轻薄了,你不知道我当时多担心走光!"

"哈哈,那你内裤穿得好看一点就不丢脸啦!"

"濑户洋,把你的爪子给我拿开,冻死我了!"

熟悉的打闹声传来,毫无疑问,率先出来的人是麦萌,而她身后的人就是艺术节的舞伴,濑户洋。

濑户洋与江珩冰山"老干部"一本正经的形象完全相反,没戴鸭舌帽的他露出了"庐山真面目",剑眉朗目,笑容张扬,阳光帅气又放荡不羁。这样的男生,像极了初高中女生喜欢的坏男孩。只见他一手推着麦萌往前走,另一只手按着她的脖子,动作亲昵。

随着从教室出来的人越来越多,江珩渐渐被人流给挡住。说不清是因为被麦萌忽视了,还是看到她跟其他男生打闹,总之现在江珩的心里很不舒服。他深吸一口气,轻拨开人群,快步往前走。在走到麦萌身侧时不轻不重地用肩膀碰了她一下,在她转头的时候他又加快了步子擦肩而过。

"哎?"麦萌被江珩一晃而过的侧脸给惊到了,她的大脑暂时陷入卡机状态。不敢置信地盯着江珩的背影,她怀疑自己看错了人。

那件外套的颜色,还有肩上斜背的包,是江珩没错!可他不是明天才回来吗?

"麦萌?"濑户洋见麦萌突然跟撒了鹰的兔子一样,朝着前面的男生追去,惊愕不已。

"江珩!"拖住江珩的胳膊,麦萌又喜又怒,"你回来怎么不告诉我?"

江珩没反应,只拿着双清冷深邃的眼睛看着麦萌。麦萌被他看得不明所以:"怎么了?"

耐人寻味的眼神落在旁边的濑户洋身上,江珩笑得寡淡,将麦萌的小手拿开:"没怎么。"

在麦萌眼里,跟她认识了一年的濑户洋就是"妇女之友",提到化妆品、衣服店什么的，没有人能比他还精通的了。早前麦萌跟宿舍的姐妹们还怀疑濑户洋心理有问题，但在半个月前偶然"捕获"到他的性取向后，她们也就"放心"了。

尽管江珩语气平淡，但这足以昭示着他在生气。濑户洋张嘴本打算解释，但转念一想又一副事不关己地闭嘴了。

麦萌第一时间接收到江珩传来的信息，恍然大悟，赶紧指着濑户洋撇清关系："这是我闺密，跟顾娇娇她们一样，都喜欢……唔……"还没说完，就被濑户洋一把捂住了嘴。

濑户洋恶狠狠地警告："麦萌，你是想死吗？"

社会正在朝着多元化发展，价值观也在多元化。在麦萌的认知里，每个人的选择不同，只要合理合法，不违背人伦道德，就不该存在偏见。只是，这并不代表所有人都跟她有一样的观点。

麦萌也意识到自己差点"祸从口出"了，抱歉地摇了摇头。

周围还有学生走过，看到两人的动作不禁都多瞅两眼，表情八卦。

江珩扯扯薄唇，大步流星地离开了。

"江珩，等等我！"甩开没眼力见儿的濑户洋，回研究室的一路，麦萌跟在江珩身后百般解释，好话说尽，奈何江珩就是不理她。

进了屋子，看着江珩把背包里的东西一一拿出来收拾，麦萌像泄了气，趴在桌子上，有气无力："江珩，我和濑户洋要真是你想的那种关系，早就在一起了，我怎么还会……"

"会怎样？"江珩将手中的资料放下，两手撑在麦萌两侧，居高临下，头微微低下，额前的头发若有似无地触碰到麦萌光洁的额头，软软的，痒痒的。

本来没奢望能得到江珩的理睬，冷不丁地见他逼近，麦萌有点

蒙。他的眼睛仿佛有魔力,抑或是一团化不开的浓墨,让她不由自主地粘住了视线,从不敢说出口的心思也不自禁地流露出来:"会喜欢……你。"

听到这个答案,江珩一把扣住麦萌的肩膀,冰凉的手就要往她脖子后伸,见她下意识地往后躲了下,他不高兴:"躲什么?濑户洋碰你,怎么没见你躲开?"

如麦萌所料,江珩确实是因为濑户洋吃醋了。也不能怪江珩,要怪只能怪濑户洋长得太妖孽。

不知道从哪里来的勇气,麦萌两手顺势环在他脖子上,凑近一些,她眼睛紧紧盯着他瞬间变红的俊脸,笑眯眯地说:"承认喜欢我,就这么难吗?"

江珩眼神闪烁,拍开麦萌的手,与她拉开距离:"我还要忙,你没事就走吧。"脸上的红热勉强能平息下去,可他的耳朵还是红的。

麦萌并不想就此放过江珩,非得要一个肯定才肯罢休。她又凑了上来,缠着他:"江珩,你上次给我拍的视频还没传给我,你让我看看呗。"说着,不等江珩同意,她以迅雷不及掩耳之势夺走了他的手机。

"没了,早删了。"江珩想躲,却慢了一拍。他的手机里除了野外发掘现场的几张照片,没什么不可告人的东西,所以一直没设置密码。可是那个视频,却成了他想私藏的秘密。这般欲盖弥彰,正说明了他心里有鬼。

麦萌直接打开相册,翻到一周之前的照片,果然翻到了江珩给自己录的视频。江珩伸手还想抢,被她一只胳膊挡住了。

动作时而帅气时而妖娆,眼神到位,节奏精准,兴许是心理作

/ 111 /

用，麦萌觉得江珩镜头里的自己是这二十多年来最好看的一次。自我陶醉地看了完整视频，就在她要把手机还给江珩时，突然听到视频里有女生在大声嚷嚷："这么帅，他怎么只录她一个人？肯定是女朋友！""女朋友"这三个字，咬牙切齿似乎还带着酸。

麦萌眨了眨眼睛，看向故作平静、低头写字的江珩，乐不可支，起了逗弄他的兴致："哎，人家说我是你的女朋友呢？"见他别开脸，装聋作哑，她又将身子凑过去，戳了戳他的腮，像是在宣告，"江珩，我喜欢女朋友这个称呼。"

"别吵我，快回去。"江珩话说得虽生硬，却没否认。

当一个人不由自主地去关注另一个人，情绪随着她的一举一动而起伏不定，介意她跟其他异性来往，那就不只是好感这么简单了。当初江珩那些不易让人察觉的，傲娇隐秘又别扭的心虚，在这一刻再明了不过了。

而当麦萌确定了在江珩心里的地位后，也就不会再患得患失、心神不定了。因为这种肯定，会成为她无所畏惧的底气。哪怕是以后遇到风雨，踏上荆棘，她都会义无反顾，不再彷徨。

心满意足地将手机放回原处，麦萌背起自己的书包，一边往门口走，一边对江珩做了个鬼脸，黑宝石般的眼睛荡漾着笑意："江珩，我很开心，你已经喜欢上我啦！今晚跟我们宿舍一块去唱歌，咱们七点半，不见不散哦！"

像只欢快的兔子，她关上门，蹦蹦跶跶地走了。

江珩看着纸上力透纸背的字，无奈低笑："我真是……栽了。"

他栽在了麦萌手里，栽在了一个像星星一样可爱，像太阳一样明媚的女孩子身上。

喜欢你，是怦然心动，也是心甘情愿。

04

还不到下午四点，麦萌就把预订好的包厢信息发给了江珩，谁知六点半才收到江珩的回信，那句轻飘飘的"不去"气得她打消了明天给他包饺子的念头。

K歌地点还是上次麦萌和顾娇娇喝醉发酒疯的地方，可张晓这几天忙着给快期末的孩子做补习工作，王红楠临时有事也来不了了，所以能陪着顾娇娇"放纵"的只剩下麦萌了。

容纳七八个人的包厢，只有两个人K歌，凄清又寂寥。任是麦萌点了好几首欢快暖场的歌，也没能暖热包厢里的氛围。虽然很受伤，可她仍旧眼巴巴地盯着门口，期待什么时候江珩能突然出现。

而组局的顾娇娇，则是穿着半高筒长靴，上身豹纹打底衫，化着风情万种的浓妆，抱着麦克风唱刘若英LIVE版的《成全》《解脱》。

面对前男友的出轨，顾娇娇伤心欲绝地折磨过自己，也有过藕断丝连的犹豫不决，但当昨晚前男友回头求"复合"时，她的理智战胜了情感，毅然决然地拒绝了。

如歌里唱的那样，成全是让别人解脱，而解脱是成全自己的开始。麦萌知道顾娇娇貌似洒脱的面具下藏着不想让人戳破的难过，因为真爱过的人不是说放下就放下，只能希望时间的良药能抚平她的伤口。

为活跃气氛，麦萌打电话喊来了濑户洋。两个人是唱，五六个人也是唱，濑户洋在征得麦萌和顾娇娇的同意后，带来了几个要好的朋友。人多了，再加上都是一个学校的，很快热闹了起来。

濑户洋的朋友里有认得麦萌的男生，对她有好感，邀请她一同唱《爱很美》。这是首情歌对唱，麦萌觉得不太合适，但看对方坦

/ 113 /

荡大方,她又认为自己拒绝显得太做作,就答应了。

"oh baby,爱爱爱你这一生只爱你,闭上眼睛听见爱的花语……"

男生的声音低沉温柔,麦萌的嗓子甜美干净,第一次合唱竟无比默契合拍,有喜欢闹腾的男生开始起哄,看他们的眼神都冒起粉色心形泡泡了。

麦萌红着脸,在纠结要不要放下话筒时,门开了。在看到门口的人后,她愣了下,随即直扑了过去,声音听着不高兴却带着不自知的撒娇意味:"我还以为你不来了呢!"

江珩换了件黑色风衣,看了眼麦萌和男生手里的话筒,又听着这甜腻的音乐声,明白了什么。他对沙发上的众人点点头:"有事情来晚了,不好意思。"

麦萌也不知道自己怎么养成了一看到江珩就习惯性把"爪子"攀在他胳膊上的习惯,刚要把手抽回来却被江珩给顺势握住了。

江珩的手凉凉的,可两手相握,麦萌的心内就像着了一把火,火星四射,小鹿乱撞。

沉浸在被江珩第一次主动牵手的不敢置信中,她只知道咧嘴傻乐,连什么时候坐回到了沙发都不知道。

大家看到麦萌对江珩的态度,也就知道这两个人是怎么回事了,刚好歌曲也结束了,对唱的男生落座,大家把注意力放在了江珩身上。

顾娇娇相互介绍了一下,招呼麦萌和江珩点歌。相对于濑户洋的自来熟,江珩倒是疏淡不失礼貌。濑户洋知道江珩肯定还在为自己跟麦萌打闹的事情介怀,摸摸鼻子不说话。

"你要点什么,我帮你?"好不容易能光明正大地拉着江珩的

手,麦萌舍不得松开,死死地拽着他到了点歌机前。

江珩挣开麦萌的动作又不好太大,只能任由她当着这么多人的面"放肆",在大家笑得暧昧的目光里,他有点后悔刚才的"不理智"了。

整个大学时期,不是在研究室待着,就是跟着团队野外挖掘,可能修复文物是他唯一的娱乐方式。最近一次去KTV还是两年前,被舍友宿志高强制拖着去庆祝生日。因为唱歌太好听,以至于当了一晚上的免费"唱机",从那之后他再也不敢在人前开嗓了。

江珩摇摇头,撒起谎来面不改色:"我不会唱歌,你点吧。"

"我本来还想点个《小酒窝》的,哎,可惜你不会唱。"麦萌转头,看向濑户洋,将欲擒故纵运用得炉火纯青,"洋哥,咱俩……"她的话没说完,就被江珩反扣住了手腕。

麦萌挑了挑眉,故作不解:"怎么了?"

"不怎么。"江珩俏白的脸没什么表情,另一只手在屏幕上划了几下。

麦萌以为江珩点的是情歌,可当看到歌单后,瞪大眼睛:"你会唱 *Boombayah*?"

江珩云淡风轻的语气像是在说今晚吃了什么一样随意:"勉强会点。"

麦萌喜欢BLACKPINK组合,朋友圈经常分享她们的单曲。这首歌是麦萌艺术晚会跳舞用的,歌曲的前奏一响,麦萌全身的细胞都活跃了起来,拿起话筒,站起来反客为主,率先开口:"Blackpink in your area……I don't want a boy I need a man……(在你的地盘我知道我曾是个坏女孩……我不想要男孩我想要男人……)"

江珩日常说话声音就很好听,谁也没想到平时高冷的冰山男神唱起这种狂野激情的歌来竟也毫无违和感。

"Like Daladaladandan Daladaladandan……오늘 밤 너와 춤추고 싶어……（不管在哪里都特立独行……不管是不是盯着我看，我想要舞蹈）"英文夹杂着韩语的动感歌词快得旁人听得跟烫了嘴似的，只有麦萌和江珩合唱得火花四射。

因为喜欢，所以BLACKPINK的所有歌麦萌都会唱，她不相信江珩能唱下完整的歌来，越唱越起劲，像在"斗歌"。她等着江珩出错，奈何江珩的韩语标准，英语听起来更没毛病。

一个站着，一个坐着，两个人不唱情歌，可那"眉来眼去"的看在其他人眼里胜似情歌。尤其是麦萌看江珩的眼神太过赤裸直白，眼珠子都不转了。

不过只有江珩看懂了麦萌眼神里的好胜欲，他眼里也升起一抹亮光，无形中火花更旺盛。

可惜四分钟的歌太短，麦萌拿手的歌曲却分不出胜负来。她有些小小的挫败感，两根手指挠了挠江珩的手心，嘟着嘴："你老实交代，什么时候学的？"

"学了一下午。"江珩可不想告诉麦萌，他将韩语百度音译成了中文写在字条上才背过的。

"哎，大家伙都在呢，你俩能不能注意点！"太容易得到的不会珍惜，顾娇娇不想自己养了几年的白菜就这么被江珩轻而易举地拱了，提高声音道，"学长，我们家萌萌从来没跟哪个男生牵过手，你是不是得对她负责呀！"

江珩当然知道顾娇娇话里的意思，这是要他对麦萌表个态。想到麦萌和濑户洋跳舞时两人有过牵手的动作，他低头看着麦萌柔软的小手，认真道："我也没跟女孩子牵过手，麦萌，我允许你对我

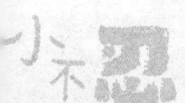

负责。"

大家都没见到过这样奇特的表白方式,濑户洋啧啧两声,竖起大拇指,真心表示佩服:"哥们儿,长见识了!哈哈!"

顾娇娇虽然高兴江珩肯承认对麦萌的感情了,但这么傲娇的态度可不行:"学长……"她刚想为难一下江珩,却见麦萌紧紧抓着江珩的手,猛地点头:"江珩,你放心吧,我会对你负责一辈子的。"

"就这样?"按理说,表白什么的都应该很感人肺腑,深情浪漫,但江珩很不满麦萌这么不走心的话。

麦萌想了想,小脸真诚庄重:"以后有我一口吃的,绝对饿不死你!"她的语气和神态像是举着右拳郑重宣誓的少先队员,把濑户洋他们看得想笑。

顾娇娇嘲笑麦萌不改吃货本色,又生气她太没出息,狠狠地伸手戳了一下她的脑袋:"女大不中留!"

麦萌吐了吐舌头,把江珩的手攥得更紧了。

十指相扣,心手相贴,空气中飘浮着甜蜜的味道。

第九章 大神的男友力

01

麦萌的初恋,在江珩的套路下开始了。

出了KTV后,顾娇娇和濑户洋一群人走在前面吵吵闹闹,跟后面从出门后就一路无言的江珩和麦萌形成了鲜明对比。

江珩不说话,是因为感情经历一片空白,虽然他变相地确认了跟麦萌的关系,但还需要点时间适应一下。而当麦萌头脑中的兴奋热潮褪去,冷静下来后,觉得顾娇娇当时说得对,自己当时确实太没出息了。别人谈恋爱都是男孩子在宿舍楼下摆好蜡烛,拿着花向女孩子表白,而她跟江珩这关系确认得也太不正式了。

再说了老爸总是给自己灌输女孩子要矜持,不能上赶着倒追男生的传统思想。麦萌想着想着有点伤感了,晃了晃江珩的手,委屈巴巴:"江珩。"

江珩一手被麦萌拉着,另外一只手插在口袋里。第一次被女孩子用这样近似撒娇地晃着手,感觉奇异。他努力稳住表情,低眸看她:"嗯?"

麦萌停了下来,有些难为情地小声说:"告白这种事情,不应该是男孩子主动吗?"话是问句,可意思传递出来是肯定句。

她一双大眼睛眨巴眨巴的,浓密的睫毛被路边的光线一照,根根分明。白嫩的小脸被风吹得有点红,生出楚楚可怜之态。

江珩深深地看了麦萌一会儿,轻笑:"对呀,是我主动的。"

感情像是一架天平,如果只有单方付出和投入,那么天平一定会失衡。单恋很辛苦,在迟迟得不到回应,看不到希望的日子里,就像是等待晴天的漫长雨季。要不然守得云开见月明,要不然只能任由心底的情愫发霉烂掉。

"哼,是你主动耍了小心机让我告白的。"麦萌很憋屈,吸吸鼻子,"一直都是我在追着你跑,你喜欢我肯定没有我喜欢你的多!"

嫩黄色的羽绒服裹在身上,毛茸茸的耳罩戴着,像只小黄鸡一样可爱的小人站在眼前,再被她水汪汪的眸子盯着,江珩只觉得要被萌化了。他心头一热,做出活到现在最大胆放肆的动作。

他微弯身子,环住麦萌,贴近她的耳朵,把脸转向她看不见的方向,一字一句,声音缓缓轻柔:"I want to be your man as well as your boy!"

我想做你的男孩,也想做你的男人。

男人?是她想的意思吗?麦萌的脑袋"轰"地炸开了烟花。

麦萌的反应让江珩觉得自己在做坏事,他下意识地歪头去看前面,发现前面的人不知道何时没了影,提着的一颗心才松了下来。

"我允许你做我的男孩和男人。"察觉到江珩的紧张,麦萌的郁闷一扫而空,"我的男朋友,你在怕什么?"

"先别说话。"江珩绷住脸,把头靠在她肩膀上,半响才小声道,"麦萌,我喜欢你。"

江珩别扭的样子,让麦萌也红了脸,瞬间仿佛置身于梦境。她静静地在心里咀嚼着他最后这四个字,伸手大胆地抱住他,抱着曾

在梦里多次出现过的男孩,抿嘴偷笑:"江珩,我成功上了你的贼船。"

如果说最初的江珩是冰山面瘫男,那在受了濑户洋的刺激后他开始暴露出霸道的占有欲了:"是,上了我的船,你就别想下了,以后不准和别的男生打闹。"

麦萌轻咳两声,用极轻的声音,在江珩耳边嘟囔了句什么。

"任何闺密都不能摸你碰你。"江珩顿了顿,深吸一口气,"你是我的,我会不开心。"

麦萌再次被江珩给震惊了,她只是想要江珩一个主动的告白,没想到给自己挖了个坑。

江珩要求自己跟异性保持距离可以理解,但连女生都得注意,这也太过分了吧?宿舍里那几个姑娘整天闹来闹去的,难道有了男朋友就不要姐妹了?

江珩不悦地看着麦萌,用脸色告诉她,他是认真的。

这样一本正经乱吃飞醋的江珩更可爱了,麦萌笑得灿烂又干净,声音有点大:"江珩,我很开心,我终于不是单恋了。我很开心,你终于喜欢我了。你知道吗?我真的真的很开心。"她一连串用了多个"开心",这发自内心高兴和满足的模样也感染了江珩。

江珩也很开心,因为他终于敢承认自己的心意,终于不再逃避麦萌对自己的感情了。如云雾散去,他的心现在是坦坦荡荡地摊在了麦萌面前。

"傻子。"摸了摸麦萌的头,他牵着她的手刚转身,下一刻就傻愣在了原地。

拐角的阴影里,有两排脑袋上下撂着。濑户洋的手机还亮着屏幕,光照在他和顾娇娇的脸上惨白诡异。

麦萌瞪大眼睛,三秒钟后明白了怎么回事,羞得跺脚。

"哎哟，不错哦！"

"小萌萌，本宫也很开心很开心很开心！哈哈哈！"

顾娇娇从角落里出来，捂着嘴笑得发抽，确实一副开心得不得了的模样。

情侣之间说几句小情话很正常，但被那么多人偷看，脸皮再厚的人也端不住了。

"顾娇娇，你完蛋了！"矛头直指顾娇娇，麦萌恼羞成怒地跑了过去，作势要打她。

顾娇娇虽然踩着小半高跟，可跑起来丝毫不受影响，她见麦萌张牙舞爪地扑过来，撒腿就跑。

两个人你追我赶，友谊的小船说翻就翻。

江珩看着麦萌和顾娇娇在马路上疯，摇了摇头。

濑户洋这时走了过去，对江珩伸手："濑户洋，麦萌的男闺密。"

"江珩，麦萌的男朋友。"男人之间的默契有时比女人还可怕，江珩握手，这次笑容比唱 K 时开怀。

02

江珩生日那天，麦萌亲手做的饺子他没口福吃，因为外省某朝太后的陵墓被盗，部分文物丢失，还有部分遭到了严重的损坏，急需专家团队赶去现场。所以上午九点多，付教授就带着江珩出发了。虽然麦萌心里很不舍，但也只能嘱咐江珩路上小心。

至于那天晚上告白被偷看的事情，麦萌被舍友们笑了好几天，反正脸都丢尽了，她也就厚脸皮地当作什么都没发生的样子，没事就黏在顾娇娇身边，询问顾娇娇"爱情 36 计"。怎么说顾娇娇都

是宿舍四个人里最有发言权的人，军师坐镇，万事无忧。

鉴于在自己之前还有跟江珩同专业的出色的主持人小姐姐这个情敌，麦萌对顾娇娇的话奉若圣旨，决定先从跟江珩培养共同话题开始，为她的爱情奠定基础。

早就从付博文那儿了解过江珩，他的志向在考古，而麦萌的梦想是做一个优秀的对外汉语老师，她想将灿烂的中华文化传播出去，也要让外国人看到现在繁荣昌盛的中国。

依着江珩的性子，要让他把对考古的注意力放在麦萌的兴趣爱好上恐怕有点难。麦萌起码之前帮付教授翻译过相关的考古资料，也当过临时日语翻译，所以喜欢考古肯定要比江珩研究她的喜好要容易得多。在一番斟酌后，她找到了一个完美的切入点，看考古野外发掘的纪录片。

严谨的纪录片看久了会乏味，麦萌坚持不住就想到了个好办法，看盗墓类电影。不能在顾娇娇这种娇滴滴的女生面前看，也不能打扰张晓学习，她就抱着笔记本电脑，到宿舍一楼的空宿舍看。

电影里的音乐阴森吓人，麦萌大气不敢出。剧情进行到正惊险时，突兀的手机铃声响了，吓得她一个激灵。在看到是江珩的来电后，她拍了拍受惊的小心脏，接听了电话，声音发颤："喂。"

江珩白天发掘文物，晚上整理材料，像是个上了发条的闹钟，没白天没黑夜地忙碌着。这两天把重要工作忙得差不多了，他才有时间给麦萌打个电话。

只这一个字，江珩就听出了麦萌声音的不对劲："在干吗，身体不舒服吗？"

"没有，我在看盗墓的电影。"麦萌盯着屏幕上暂停的恐怖画面，怯怯地问，"你们在野外工作的时候也这么危险吗？真的太可

怕了。"

"我们考古跟盗墓是不一样的。"江珩想象着麦萌害怕的模样，放柔了声音，"《盗墓笔记》《鬼吹灯》这些我多少看过一点，电影跟小说都是经过艺术加工虚构的。你如果对这些感兴趣，可以看《民国盗墓史》，里面讲解得很详细，也很有趣。还有啊，考古不是挖坟。"

误解了江珩的专业，麦萌无地自容。就在她想要为自己解释时，忽然窗户发出隐约的"咯吱"声。循声望去，只见窗户缓缓打开后，窗前立着一个黑影，深情款款地对着麦萌伸手，喊"宝贝，我来了"。

麦萌脑袋比被江珩吻了还蒙得厉害，想跑，两腿却动弹不了，本能地爆了句粗口："卧槽，有鬼！"

对方的脸半遮半掩在阴影里，看不太清楚，但从肥胖壮实的体态来看，绝对是个男生。他一听麦萌的声音，立马意识到自己走错了地方，也回了句"卧槽，走错地了"，然后消失得无影无踪。

麦萌这边的突发情况，吓坏了江珩。他绷直身子，皱紧眉头："麦萌，发生什么事情了？"

学校严禁男生进女生宿舍，否则后果自负。麦萌缓过神来，哆哆嗦嗦地抱紧笔记本电脑，一边往楼上狂奔，一边将刚才的惊心动魄描述给江珩听。

江珩一听麦萌自己一个人在空宿舍，还遇到了变态男，脸色立马变得冷峻起来，语气严厉中带着责备："你为什么不在自己的宿舍好好待着？非得出了事情才知道后怕吗？"

"耳机坏了……在宿……宿舍看太吵。"惊魂未定地回到了宿舍，麦萌把电脑一放，气喘吁吁，"还……还不是为了……为了和你找共同语言吗？"

江珩没想到麦萌看电影是为了跟自己有话题聊，因为担心和不安产生的怒气一点点平息。他轻叹，有点无奈又有些歉意："麦萌，你就做你自己喜欢的事情就好，不需要为我改变什么。"

"可是……两个人在一起连话都没得说的话，会很无趣。万一哪天……"麦萌不想自己跟江珩发展到像顾娇娇和前男友那样无话可说，最后分道扬镳的地步。

"不会有那天的。"能猜到麦萌的顾虑，江珩毫不犹豫地打断了她的话，"麦萌，我喜欢一个东西，如果它不坏不丢，我会一直都喜欢下去的。人也是一样的，只要你喜欢我，我就不会改变，明白吗？"

半含蓄的承诺，给麦萌吃了颗定心丸，也让她泪目了。像江珩这样不善言辞的人，能说到这个地步，真的是破天荒了。

她咬着唇，忍着马上要溢出来的眼泪，重重地"嗯"了声。

江珩看了眼笔记上记的东西："你要是太闲，明天开始抽空帮我整理资料吧，我过会儿把内容发你邮箱。"

帮江珩干活这也算是一种增进感情的方式，麦萌急忙应下，不忘记问："那你什么时候回来？"

"这边文物破坏得有点严重，具体不好说。"江珩揉了揉眉心，面色疲惫。

麦萌体贴江珩的辛苦，不敢打扰太久，乖巧地道了晚安。

"看什么，没见过小仙女吗？"见顾娇娇和张晓若有深意地看着自己，麦萌不好意思地躲进了被子里。

简易的房间外面夜色浓浓，漆黑一片。风吹得呼呼的，像谁的手在恶作剧地拍打着窗户。

江珩挂掉电话，盯着手机屏幕愣神。

他忙起来时全心全意都扑在了工作上,但一有稍微喘口气的工夫他就会控制不住地去想麦萌。变得如此牵肠挂肚,真是越来越不像他了。

翻开相册里麦萌拍的那盘自己未能吃到的饺子,江珩低喃一句"傻子"。走进房间的付教授从背后吓了江珩一跳:"这饺子看着没卖相,不过像是能吃一辈子的。"

"老师,偷听人说话很不礼貌。"付教授戏谑的表情洞察一切,江珩故作平静,继续手里的活儿。

付教授拍拍江珩的肩膀,笑得欣慰:"终于正常了,不容易啊!"

03

尽管江珩这个男朋友因为经常出野而"形同虚设",可因为心里盛着满满的爱,所以麦萌现在的座右铭就是"两情若是久长时,又岂在朝朝暮暮"。如江珩所说那般,他不会轻易改变,她亦是如此。

与喜欢的人共同做一件事情,是一种很美好的感觉。麦萌愿意做江珩不怎么专业的"助理",与他一起为了同一个目标而努力。这样的无形"陪伴",比整天沉溺于男女之情的腻歪更有价值。

还有两周期末考试,图书馆的人越来越多。麦萌要给江珩查文献资料,少不了要抱着笔记本电脑与学弟学妹抢座位。

图书馆的网也不给力,半天卡得要死,麦萌好不容易打开一个网页,却被网页右下角占据了四分之一的某有色网页给吓住了。身上不着寸缕的美貌女郎不仅做着大胆撩人的动作,还发出某种羞耻的声音来,在安静的图书馆里极为明显。

周围齐刷刷的目光如刀子一样秒射了过来,让麦萌如坐针毡。她羞得抬不起头来,手忙脚乱地去关网页,可惜这个网页关不掉,

彻底卡死了。

"英雄，来玩吗？来玩吗？来……玩……吗？"

有人认出了麦萌，开始憋不住大笑。麦萌欲哭无泪，只能背起包，把电脑一合，仓皇逃走。

跑回宿舍后，她"呜"一声，扑在了床上，使劲地捶被子，一副受刺激的模样。

顾娇娇停下手里的卷发棒，好奇地用脚轻踢了麦萌一脚："怎么了，跟江珩吵架了？"

"不，比跟江珩吵架还严重！"麦萌大有樊於期壮士断头的气势，气呼呼地把刚才的糗事三言两语说了一遍。

打开麦萌的电脑，女郎妖娆的声音再次响起，顾娇娇笑得肚子疼："哎哟，我真是……哈哈哈！"

"你们在干什么？"门不知道什么时候开了，忽然导员带着学生会的进来了。

顾娇娇的笑声戛然而止，学生会的同学目瞪口呆。

见导员的脸阴晴不定，麦萌再次粗暴地"啪"地把电脑合上，脸一阵红一阵白："老师……"

导员神色复杂，欲言又止。她的视线从电脑上移开，随意扫了一圈，拿走了顾娇娇的卷发棒，并让跟在后面的学生会干事记录下违章电器。

跟麦萌相识的人在离开之前，还不忘记"好心"地提醒麦萌下次锁好门。

"啊啊啊，我不想活了！"麦萌羞恼不已，而被没收刚新买没两天卷发棒的顾娇娇同样不爽地仰天长啸，于是整个走廊都飘荡着两人的鬼哭狼嚎。

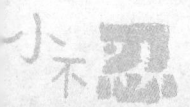

好事不出门,坏事传千里,这句话在麦萌身上永远适用。先是对面宿舍来找她要小视频,然后貌似整层楼都传了麦萌跟顾娇娇偷摸地看小视频被导员给抓了个现行。去水房打水,遇到了濑户洋,濑户洋还要给她优盘拷贝视频。

麦萌极力解释,可百口莫辩,没人信,好在当她快抑郁而终时江珩回来了。

奶茶、蛋挞、提拉米苏、酸奶……考古研究室里的桌面上,摆满了女孩子喜欢吃的零食。

麦萌一边往嘴里塞着蛋挞,一边倾诉着心里的郁闷:"我真觉得我今年倒霉透了,要是时光倒流,我一定不会在那个阳光明媚的下午打开那个讨厌的网页!"

江珩替麦萌将奶茶吸管插好,轻笑:"遇见我呢,也算倒霉吗?"

只要是能吃的,在麦萌面前都无一幸免。她连想都不想直接摇头,继续往嘴里塞着吃的。

江珩瞧着麦萌鼓鼓的两腮,好笑地戳了一下她的脸:"这么爱吃,就不怕胖吗?"

用力吸了口奶茶,麦萌振振有词:"你不喝,我不喝,珍珠奶茶往哪儿搁;你不尝,我不尝,蛋挞早晚要打烊;你不胖,我不胖,镜子面前谁来哭。"说完,她又故作惆怅,"再说了,我不是爱吃,只是我的心被现实给伤成了很多片,于是每一片都爱上了不同的食物。"

能把贪吃说得这么清新脱俗的人,恐怕也只有麦萌了。不过话说回来,麦萌确实是干吃不胖的体质,每次放开胃胡吃海喝的时候都会成为姐妹们口诛笔伐的对象。

美食在口,美男在旁,又将满怀的不快倾诉完毕,麦萌才想到

男朋友刚回来没说几句话,大把的时间光听她一人吐槽了。感情是相互的,交流也应该是双向的。她把酸奶也插上吸管,往江珩手边推了推,站在他身后,甚是体贴地按摩他的肩膀:"对了,这次出去还顺利吧?是不是很辛苦?"

江珩想到那些有着沧桑历史的花瓶因盗墓贼不科学不合理的发掘方法而变成了一地碎片,玉钗断成两半,他的心揪了起来,眉头也泛着沉重,语气痛心:"辛苦是其次,我只怕有些东西修复不好,那些被盗走的也追不回来了……"

历史文化遗产是民族的宝贵财富,是不可再生的文化资源,而盗墓贼却为了一己之私,盗窃了一个民族的过去。丢失、损坏的是文物,也是一段永远被尘封、埋葬的历史。当看到棺室里满目疮痍的景象时,江珩愤怒得说不出来。

麦萌见过江珩修复文物,知道其中的艰辛。她又帮不上江珩实际操作上的忙,只能垮着脸叹气:"那些盗墓的也真是可恶,怎么能做这种昧良心的事情。"

"还不是为了钱?"江珩冷笑,不愿再聊这不愉快的话题,他让麦萌坐好,给她发了个网址,"这个网站是全国业内最权威的网站,图书馆里没有的资料,在上面差不多都有。"有意打趣她,他又补充了句,"放心,绝对不会弹出有色网页来。"

"你讨厌!"哪壶不开江珩就提哪壶,麦萌瞪了他一眼,还是将网址给收藏了。

江珩指了指奶茶:"这个东西高糖、高油、高热量,长期喝容易造成血管硬化,你以后少喝。"

麦萌摇头晃脑,滋溜又喝了一大口:"不健康你为什么还给我买?"

江珩无奈:"你因为被误会看小视频的事情不开心。"

麦萌眼睛亮了亮,一秒又暗了。

那么丢人的事情她不好在江珩没回来之前就给他说,可他却一回来就从学校对面的糕点店里买了甜食等,这说明了他早就知道了。

麦萌眯着眼睛:"说,是谁告诉你的?"

见江珩笑而不语,麦萌机智地拿着他的手机翻。在看到是濑户洋在微信里通风报信后,她直嚷嚷江珩是个蛊惑人心的妖精。

江珩嫌她叫唤的动静太大,赶紧捂住她的嘴。

门外,付教授的老脸笑成了褶子,而他身边的付博文则撇撇嘴,一脸早已料到的表情。

04

江珩和麦萌没有像其他情侣那般,确定关系后就各自发朋友圈"官宣",可整个朋友圈都知道了他们两个人在一起了。李阳不知什么时候把麦萌给删了,论坛里又有一些人在之前的帖子里跟帖,把江珩送她回宿舍的照片发了上去,坐实了帖子的主题:高冷冰山男神栽在了她手里!

付教授跟慈祥的老父亲一样,对自家徒弟总算情窦初开一事表示极大的欣慰和高兴,为此放了江珩一段时间的"恋爱假",带着江珩其他的师兄师弟继续干活去了。江珩虽然觉得有些不妥,但还是拗不过付教授,最后选择放空自己,全心全意地陪麦萌。

元旦学校放三天假,以往的跨年夜顾娇娇跟男朋友出去约会,麦萌都是跟王红楠和张晓一块买很多零食,坐在电脑前看跨年演唱会的。而今年,她终于也可以有甜甜的约会了。

街道上挂满了闪烁的彩灯,天空中时不时绽放着五彩的烟花,整个城市都弥漫着迎接元旦的喜庆。麦萌喜欢的那家饭店人满为患,好在江珩做了备选计划,带着麦萌去了早先预订的一家本市最火的烤肉店。

烤肉店的装潢采取了田园式的风格,红砖白缝的墙面上搭配着木质纹理的书架,书架旁有的摆放着插着两片清新绿萝的透明玻璃花瓶,有的用枯树枝这些自然元素进行装饰,再加上实木桌椅,环保又文艺。

外焦里嫩的烤羊排上来了,配上孜然和辣椒,看着就很有食欲。咬上一口,确实肉质松脆可口,麦萌吃得尽兴,两手并用,一点都没有其他女孩子在男朋友面前的矜持形象。

江珩的饭量不大,他吃得很慢,配合着麦萌的速度,偶尔帮她剔骨头。动作一顿,他皱了皱眉头。等麦萌吃完,他把一旁的服务员喊了过来。

麦萌以为江珩还要点单,刚想阻止他,却听得他语气淡淡:"麻烦你请你们的经理过来一下。"

刚好经理从后面经过,瞧着江珩和麦萌一身学生气,笑得公式化般僵硬:"有什么需要吗?"

江珩神情冷淡:"我怀疑你们用猪排来代替羊排。"

麦萌瞪大眼睛盯着一桌子剩下的骨头,又看看江珩,一脸疑问。

听到江珩的话后,经理的脸立刻拉了下来。他抱着双臂,冷笑:"这位同学,我们店开了这么多年,是从来没出现你这种情况的。你说我们拿猪排来冒充羊排,没证据的话我们可要追究责任的。"

服务员也跟风:"可不是,好好的学生不学好,学那些吃霸王餐的?"他的声音有点大,周围的人看了过来,好像明白了什么,看着江珩和麦萌的眼神有些古怪。

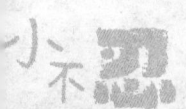

麦萌还是头一次被人当作吃霸王餐想赖账的人,她嘴角的油渍还没来得及擦去,窘得脸红。她偷偷看江珩,见他一副云淡风轻的模样,她便坐直了身子,挺直了腰板。她的动作,让江珩很满意。

江珩从骨头堆里扒拉出来一块骨头,继续说:"虽然椎骨和肋骨这两块地方很难分出是猪排还是羊排,但是肩胛骨这个地方却很容易。羊的肩胛骨形状偏长三角,猪的有一个呈圆弧状的边缘。再就是,羊、牛的肩胛骨还会有一个肩峰,猪是没有的。你看,这块骨头……"

接下来的十五分钟,江珩从猪骨的形态、尺寸给经理和围观过来的其他客人讲解了一番。光一个骨头,就有很多名称。那些张口就来的专业术语,听得大家渐渐对江珩流露出欣赏的表情。尤其是一些年纪小的女孩子,见他颜值高,还有才识,很想要微信,但碍于麦萌的存在还是止步了。

逻辑缜密,条理分明,江珩淡定自若的样子无形中透着让人信服的能力。经理还想狡辩,却吞吞吐吐,很难找出反驳的理由来,只能用略带恐吓的话来吓唬他们。

江珩其实想要的很简单,只要一个真诚的道歉就好,但经理这种死不悔改的态度真是不见棺材不掉泪,着实是让江珩不悦了。

他抿了抿唇,声音低沉了几分,也带着股冷意:"像现在市场上这种挂羊头卖狗肉、猫肉的现象不少,我想我可以联系一下电视台的记者朋友,还有动物考古专家,让他们一起来参与这次全城的餐饮质检行动,来捍卫大家的正当权益。"说完,他作势要拨打手机。

"哎!"经理一看江珩不是吃素的,而且不少客人也开始嚷嚷着自己刚才吃的羊排都是猪排,才想要息事宁人,"我说这位同学,这是个误会,咱们有事情去那边商量行吗?大喜庆的日子咱别影响其他客人吃饭。"

江珩当然知道经理想做什么,他摇头:"认错道歉,及时整改,以观后效。"

认错道歉就意味着间接承认了确实是用猪排来冒充羊排的事实了,这种打脸的操作尽管经理不愿意,但也没办法。要不然等记者报道出去了,那后果就更严重了。

经理纠结片刻,鞠了个躬:"今天这件事情因为采购的疏忽有些小失误,我代表我们店向大家诚恳地道歉。我保证,以后这种情况不会再发生,希望大家多多包涵。"

有些客人不买账,嚷嚷着自己点的羊排也是猪排。

经理见众怒难犯,一咬牙,再做出妥协:"为表达我店的歉意,今天所有点过羊排的客人按照半价结单。"

这个处理方式,勉强能让大家接受,毕竟不是所有人的羊排都是猪排,算捡了个便宜。

江珩也不是喜欢斤斤计较、得理不饶人的性子,他对经理点点头,然后付了全款,在大家惊讶的目光里带着麦萌离开了。离开之前,他还不忘记细心地帮她擦掉嘴角的油渍。

牵着江珩的手走在回宿舍的路上,路灯将两人并肩的身影拉长。麦萌低头看看脚下,又抬头望望江珩,抑制不住地傻笑出声,笑得江珩莫名其妙。

麦萌两眼冒小星星,毫不掩饰自己对江珩的更多喜欢:"江珩,你真的好厉害,连动物考古都懂。"

她的男朋友,在高颜值的基础上,不仅专业精深,而且人品还靠得住,真是个宝藏男孩!

"考古分很多种,动物考古相对于其他分类来说是一个相对小

众的学科，搞的人很少。每次国内开动物考古会议的时候，最多也就四五十个人。"江珩想起有次跟动物考古专家吃猪排，他们就猪骨头是野生猪还是家养猪进行了半个小时研究，笑道，"如果今后能够将考古和公众社会紧密联系在一起，那考古专业也就能够被更多的人了解。"

"嗯，一定会的！"江珩对考古的热爱，让麦萌也为之振奋。

每个人都有梦想，她很开心江珩有这样一个高大上的梦想，她愿意与他一起为梦想而努力，为梦想而坚守。

感觉到麦萌的支持，江珩用力回握住了她的手："麦萌，我……"

"女生宿舍着火了！"有学生呼喊女生宿舍楼着火了，打断了江珩的话。

麦萌和江珩加快了脚步往前走，在看到冒黑烟的窗口好像是自己的宿舍后，她瞬间不淡定了。

走廊里浓烟滚滚，飘出来一股呛鼻的味道，楼上跑出来不少女生。

麦萌不知所措地抓着江珩的手，小脸发白："江珩，我走之前张晓去图书馆了，娇姐和楠哥她们还在上面！"她眼睛一眨不眨，紧紧盯着门口，见跑下来的女孩子里还没见到熟悉的面孔，她急得甩开江珩的手就要往里冲。

"萌萌！"

江珩刚要拉住麦萌，有一道人影冲出门口就直扑进她怀里。

"呜呜呜，萌萌，我快吓死了！"认识了这么多年的王红楠一直秉承着"女汉子有泪不轻弹"的原则，她红着眼睛将麦萌抱紧一阵哭号。

顾娇娇裹紧羽绒服也紧跟其后，她的情绪还算稳定，不过却在埋怨王红楠:"楠哥真是疯了,竟然学着网上的视频在宿舍给自己艾灸!幸好我发现得及时,要不然她真能把整栋楼给烧了!"

艾灸的烟雾太大,触动了报警器,以至于很多宿舍以为发生了火灾,都不明真相地惊慌而"逃"。

"我的天哪!"麦萌不敢想象整个宿舍都化为灰烬会是个什么"惨绝人寰"的现象,倒吸一口气。

王红楠瑟瑟发抖:"呜呜呜,我知道错了,我以后再也不敢在宿舍里艾灸了!"

"先穿上外套吧。"这时,江珩把自己的外套脱了下来,给麦萌使了个眼色。

麦萌这才发现,王红楠可能是真吓到了,手里只攥着手机、钱包,穿着个夏天的睡衣就跑下楼,这么冷的天竟然连外套都没穿,赶紧将外套给她穿上。

"是她,就是她!"突然,阿姨领着教导处的一群人气势汹汹地过来了,指着王红楠像指认纵火犯一样。

王红楠"哇"的一声,彻底放开嗓子哭号。

01

今晚可能是麦萌这辈子最难以忘怀的跨年夜，因为她、江珩、顾娇娇以及从图书馆接到消息赶来的张晓，四人正陪着王红楠在教导处的空房间里接受"审讯"。

兴许是宿舍阿姨当时在不知情的情况下真的误认为发生了"火灾"，所以第一时间给导员和相关领导打了电话，领导们一听，当即赶了过来却发现是个乌龙，脸色都难看得厉害。

王红楠头快垂到了胸口，自责懊悔的话早已说得语无伦次了，可教导处还是要给她记过处分，这让麦萌和顾娇娇两人很无奈。

麦萌下意识地看向江珩，很想开口求助，毕竟江珩的优秀是在学院里出了名的，而且又是付教授的学生，学校的领导老师们可能会看在他的面子上网开一面。只是话到喉咙，她又不知道怎么开口。

犯了错误受到惩罚，这是天经地义的事情，只是让江珩出面，有些为难。

只看麦萌这一眼望过来，江珩就能猜中她的想法。他看出了她眼神里的犹豫，笑了笑，声音淡淡："主任，王红楠同学在宿舍里使用明火，违反了咱们的校规校纪，影响极为恶劣，劝退处分都不

为过。"

两撇胡的教导主任刚才听多了替王红楠说情的话，脸色缓和了许多，语气欣慰："嗯，还是江珩知道事情的严重性。"

麦萌一愣，顾娇娇则瞪着江珩，小声不满道："怎么还胳膊肘往外拐的？"

王红楠气得发抖，情绪崩溃："江珩，我和你什么仇什么怨，你要这样……"

麦萌一边安慰王红楠，一边转动着脑子，心想江珩一定是在用迂回路线。

果不其然，江珩接着继续："但是，咱有个成语叫'将功抵过'。据我所知，王红楠同学在大一时以个人名义获得了市跆拳道比赛第一名的好成绩，大二和大三又指导咱们学校的跆拳道社获得省级荣誉，这些荣誉不只是她个人的，也代表着学校。上次省评估，咱们学校还在这方面得到了极高的评价。"

江珩的意思是，本来江河日下的跆拳道社能蒸蒸日上，学校能在省评估里获得赞誉，王红楠没有功劳也有苦劳。

王红楠这下听懂江珩的话了，含泪感激地重重点头。

教导主任眉头微皱，跟坐在旁边的小主任对视一眼，貌似觉得江珩说得也对，又看看导员。

王红楠怎么都是自己的学生，导员就是再生气，也不忍心真把记过处分写她档案里。见领导看自己，她试探开口："要不就先留校警告处分？如果再犯，就直接开除，绝不姑息！"

"开除"两个字有大义灭亲的气势，王红楠拍着胸脯再三保证，教导主任总算是松了口，采纳了导员的建议。

"嘭嘭嘭！"在一行五人走出办公室时，远处的天空绽放出一大朵艳丽的烟花,里圈是红绿相间,外圈是紫黄色,像夜空里的圈圈涟漪,散落时又如点点流星,美得让人移不开眼。

此情此景,令人心潮荡漾。

麦萌抬手看了眼手腕,时针和秒针刚好重合指在十二点上,她左手揽着江珩,右手揽着王红楠,忘记了身后走出来的老师们,大声喊:"2019,永远在一起!"

"2019,永远在一起!"江珩弯了弯唇,转头凝视着麦萌,跟着大家一起对着那灿烂的天空喊出了对新一年的期待。

02

元旦后三四天,麦萌在日语班的兼职课也要马上结束了。

最后一堂课,全员来齐。学生们此时一本正经地端坐着,静静地望着讲台上的麦萌。

虽然在学校里带过留学生,但这次带着十几个学生的感觉与以往完全不一样。高中生的青春洋溢、活泼张扬,总能让她找寻到那段回不去的年少时光。这种单纯的美好,让她很不舍。

视线在座位上一一扫过,麦萌的眸光停留在付博文身上片刻,抿了抿唇。

自开学始,付博文就顶着奇怪的发型,以一副不良少年的姿态出现在了课堂上,然而今天他却将头发给梳平了,没抹发胶的黑发软软地贴在额前,不戴耳钉,少了丝邪气,看着很是乖巧清秀。

付博文也在看着麦萌,少年的眸子不知何时早已褪去了年少轻狂的锋芒,清澈平和,这样的蜕变,有些突然。

察觉到麦萌眼神里的疑问,付博文习惯性挑眉,耸耸肩,笑得依旧没心没肺。

江珩昨天告诉过麦萌,付博文已经决定了去日本回到妈妈的身边。她压抑着分别的情绪,在黑板上写下一句潇洒飘逸的日语,字正腔圆地念了出来:"最後の授業、別れる(最后的作业,离别)。"

她刚念完,学生们也跟着齐声读了一遍,声音洪亮。

麦萌站得笔直,紧握着粉笔:"同学们,今天这节结业课,我们的主题是'离别'。自古以来,文人墨客留下了很多分别诗。有'劝君更尽一杯酒,西出阳关无故人',有'海内存知己,天涯若比邻',还有'执手相看泪眼,竟无语凝噎'……分别的原因不同,表达愁绪的方式也不同。在日本文化里,鞠躬送别或者是挥手道别至完全看不见对方为止是很常见的礼仪,因为在日本人的眼里,每次见面都应当被珍惜,所以离别在他们眼里也是伤感的,长时间目送对方离开,能够更好地表达尊重、不舍……"

以前麦萌讲课时,语气都是轻松自在的,而这次她的语调低沉了许多,语速也比平时慢了些。

大家从小到大上了不少补习班、兴趣班,接触过各种各样的老师,但在他们心里没有哪个老师能像麦萌这样独特,她不仅能将枯燥乏味的知识讲得那样生动有趣,简洁易懂,还能将中日文化联系在一起进行对比。在有限的时间里开阔了眼界,这一点是最难得的,因此大家对于这节课听得全神贯注。

在讲完相关习俗礼仪后,麦萌又在黑板上写下一句"青春は散らない(青春不散场)"。沙沙的粉笔声,像敲击声打在学生们的心上。

这时,不知有谁发现窗外飘起了雪花,大家都不约而同地往外面望去。

雪花像是谁站在顶楼上撕纸片扬下来似的,细细碎碎的,与这

淡淡的离别气氛很应景。

"成长就像是一列火车，你途中遇到的所有人都避免不了分别，像是风景一样随着你前行变成了过客，但只要我们拥有过美好的记忆这就足够了。跟你们在一起的几个月，我很开心。我也很高兴你们在日语培训班结束后会开始新的旅程，青春不散场，梦想正启航。"深吸一口气，麦萌牵着嘴角，"在快下课之前，我给大家唱一首歌吧，《雪之花》。

"のびた人阴を舗道にならべ，夕暗のなかを君と步いてる，手をつないでいつまでもずっと……（随着不知不觉变长的身影，与你一起走在黄昏的黑暗中，我俩手牵着手一直到永远……）"

轻柔的歌声，低缓的旋律，让室内的热气很快朦胧了窗户，朦胧了外面被雪覆盖的光秃秃的树枝，也朦胧了大家的眼眶。

一首歌唱完，下课铃声也响了，麦萌再次将每张小脸看了一遍，认真地说了句"下课"。

以前大家一听到下课都欢快得没了人影，可现在都坐着没动。麦萌不想让自己的眼泪掉下来，开玩笑说自己马上要下班了，多上一分钟的课是要收费的，一个女孩子才哭哭啼啼地上来抱了抱麦萌离开了。之后，越来越多的人跟麦萌告别，只剩下了付博文一个人坐在座位上。

因为太熟悉了，以至于麦萌懒得矫情，她直接丢了一个粉笔头过去："你终于换了你那个'飞机头'，舍得从良了？"

付博文轻而易举地躲过粉笔头，拎起背包，双手插兜，酷酷地走过来："麦萌，我要走了，你是不是该给我准备份礼物？"

"麦什么萌，要走了还这么没大没小。"麦萌用力拍了一下付博文的脑袋，收拾完东西，跟付博文往楼下走，"哪天的机票？"

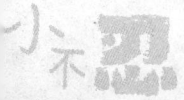

付博文低着头，眼睛被刘海挡住："过几天的，还没订票。"

麦萌叹了口气，揉了揉他的脑袋："你这日语水平吃喝拉撒勉强够用，去了别打架，挨揍我可飞不过去救你。"

付博文扒拉开麦萌的手，"喊"了声，大步流星地摆摆手，出了校门。

兴许是受付博文即将离开的影响，麦萌连吃晚饭时都有些郁郁寡欢。吃完后，江珩带她去了一个地方。

麦萌站在一片荒芜的废墟前，一脸茫然。

四周静悄悄的，方圆几十里放眼望去没有一个人。冷风迎面吹来，刮得人脸疼。要不是有江珩在旁边，麦萌可能就被吓死了。

再看江珩，他表情复杂，静默不语地在原地站了快三分钟了。清俊的脸部轮廓在这寂静漆黑的夜里，更显分明。

麦萌提了提高领毛衣，往江珩身边靠了靠："江珩，这是哪儿啊？"

江珩一边握着麦萌的手往前走，一边开着手机的手电筒照着脚下的路，提醒她看脚下："这里是我小时候跟爷爷住的地方，前段时间拆迁了。"

能被江珩带来他成长的地方，这意味着麦萌在他的心里有着不同的地位。她心里涌出一股说不出的感觉，有点高兴，有点意外，也有点小难过。

毕竟生活了这么多年的地方，记录着江珩的喜怒哀乐，现在变为了沙土石砾，他心里应该没有表面上这般平静。

地上凹凸不平，江珩牵着麦萌走了一段距离，停下："我们家在四楼，我爸以前经常出野，我妈加班，我就跟我爷爷坐在这个窗口，他修复文物，我就在旁边写作业。"

"有一次我好奇我爷爷刚修完的拓片，就拿着铅笔在上面画画，结果被他狠揍了一顿……"

江珩轻笑着给麦萌讲过去有趣的事情，麦萌听得认真。

最早还是江珩让麦萌把钥匙转交给高丽，让高丽早些回去给老爷子过生日，麦萌才知道江珩和高丽的关系，现在再听他提到爷爷，脑海中不禁浮现出一个古板严厉的老头儿来。

出门没戴耳套，麦萌摸了摸冻得快失去知觉的耳朵，不忍心打断江珩。

看到麦萌的动作，江珩也意识到自己絮絮叨叨了太久，伸手捂在她的耳朵上，轻轻地揉搓着："现在还因为博文去日本难过吗？"

麦萌一愣，抬起头看着比她高出一个头的江珩，他黑亮的眼睛在夜里如倒映着明月，也荡漾着她的模样。

原来，他带她来这里，不是单纯地回忆过去，而是想消散她的不开心。

他的两手也不怎么暖，但马上暖意由她的耳朵传递到了她的脸颊，到她的心里。可能是被风吹得太久，也可能是因为江珩这细致入微的贴心，她的眼睛有点发酸。

含着泪花，压抑了一天的情绪终于绷不住了。她抱紧江珩，像只小猫似的，声音软糯糯："江珩，你为什么这么好！"

江珩摸了摸麦萌的头，笑得宠溺："傻子。"

"嘭！"远处有人在放烟花，尽管没有跨年夜那天盛大灿烂，但也能照亮这荒凉的地方。

麦萌从口袋里掏出一面小镜子，放在江珩手心里，调整好角度，小小的镜面上反射出来一朵朵烟花："你看。"

江珩只看了一眼镜子，又继续看麦萌，伸手给她擦了擦眼角：

"以后别哭，会变丑的。"

麦萌情绪来得快走得也快，又让江珩继续看镜子："你看，不只有烟花，还有我呢！"

江珩盯着她跟刚被露水打湿过一样亮晶晶的眼睛，又在心里叹了句"傻子"。

烟花很美，你比它更美。

03

付博文的飞机票其实早就订好了，只不过时间刚好是麦萌期末考试的前一天。因为他知道依着麦萌的性子，她必定会在送他的时候矫情，所以他才谎称没订机票，并嘱咐江珩不要告诉她。只是江珩想来想去，还是在送付博文去机场之前，给麦萌发了信息。

当时麦萌正在自习室外面的走廊上大声背书，看到信息后，生气地骂了付博文一句"小没良心"的，抓起外套就打车往机场冲。

付博文是八点半的飞机，从学校赶去机场要将近四十分钟，不知是老天爷顺遂付博文的心愿不想让麦萌送行，还是今天去机场的人太多，总之往机场去的方向堵车堵得厉害。

坐在后座上，麦萌张望着前面排起来跟长龙一样的车辆，急得抓耳挠腮。司机叔叔见状，安慰她："姑娘，这还得再等会儿，少安毋躁。"

眼见马上就要八点了，麦萌哪能等得了，她给江珩打电话："喂，江珩，付博文这个死孩子安检了没？好，你让他先给我等着，我马上就到了！一定要等我！"粗暴地挂断电话，她掏出钱包，一脸豁出去的表情，"叔叔，你看看还有哪条道能最快到达机场，我给你加钱！"

"好嘞！"司机叔叔是老手，对于周边的大街小巷熟悉得很。他爽快地应了声，然后单手快速地打着方向盘，在右侧方的车刚往前面挪了半米，就以极快的速度见缝插针拐了过去，再打半圈方向盘，直冲进小巷子里去了。七拐八扭，车子又不知道蹿哪条路上了。

这条路上没红绿灯，车子开得飞快，麦萌两手把着座椅，身子由于惯性来回直晃，一颗心七上八下。

与此同时，机场的广播开始提醒旅客们进行安检了。

付博文全部家当只有一个黑色的行李箱，付教授夫妇依依不舍地站在一旁，念叨个不停："博文啊，你去了之后一定要听……"

"哎呀，爷爷，我都知道了，去了听我妈的话，每天打个电话回来，按时吃饭，好好学习，这些话你昨晚上就说过了！"付博文夸张地捂住耳朵，扭头，瞥向大厅门口。见麦萌还没来，他的眼神有点失望。

江珩刚才连句话都没插上，麦萌就把电话给挂了。在听到广播后，他也有点着急了，低头给麦萌发信息。

又过了五分钟，麦萌还没来，信息也没回，而广播已经响了三遍了。

等不来麦萌，付教授拉起付博文的行李箱，提醒道："博文，时间不早了，该进去了。"

付博文回头又在人群里寻了一眼，故作无所谓地笑笑，拖着行李箱往安检区域走去。

"付博文！"麦萌的声音很大，加上她上气不接下气，以至于听起来很突兀，丸子头因为跑得太急也散了。

付博文下意识地回头，脸上的笑才算是真的开怀："傻萌萌，你要来就早点，来晚了多没诚意？"

/ 146 /

麦萌抚着胸口，大口地喘着气，不满道："你走都不告诉我一声，还嫌弃我没诚意？我告诉你，一日为师终身为父，你去了那边也不准忘记我！"

"终身为父？那你得先变性才行。"付博文轻哼，伸出手，"我的礼物呢？"

"少不了你的。"麦萌拍了一下付博文的手，从包里拿出一个掌心大小的藕色荷包来。

荷包上面绣着翠绿色的竹子，打开后是一个胖胖可爱的小玉佛，玉佛的肚子中间有一抹翠绿色。

不等付博文反应过来，麦萌已经把玉佛挂在了他脖子上："这个玉佛是爸爸给我求的，保平安用的。绳子是我自己新编的，就当礼物送你了。"

"我不要……"这份礼物太有意义，付博文当即就要摘下来。

麦萌话锋一转："好啦，我骗你的。这玉佛是我昨儿从古玩市场淘的赝品，不过绳子确实是我自己换的，反正不值几个钱，你就收着吧。"

酝酿不到三秒的感动因为麦萌这句话瞬间荡然无存，付博文翻了个白眼。把玉佛塞进了衣领里后，他拖着箱子，一边倒着往后跑，一边用比麦萌刚才还要大的声音喊道："麦萌，私はあなたを覚えます（我会记得你的）！"

"我也会记住你的！"麦萌用力地对付博文挥挥手，直至他完全没了影子。

与麦萌一起站在落地窗前，仰头看着付博文坐的那班飞机在蓝天上划过一条美丽的弧线的时候，江珩揽住了她的肩膀，也在她耳边说了一句话：

"不要难过,我会陪着你,陪你到白发暮年。"

04

身为大三生,虽然已经经历了无数次考试,可从小就有考试恐惧症的麦萌,在考试前一天晚上又习惯性失眠了。

顶着大大的熊猫眼,她垮着小脸,跟着江珩一块去食堂吃完了早饭,全程再无平时那般雀跃活泼。

第一场就是高丽老师的课,麦萌更是觉得压力山大。江珩无奈,只能亲自将她送到考场门口,以示鼓励。

走廊上还站着几个背书的学生,麦萌趁着高丽老师来监考之前,伸出手来:"大神,我能不能最后再握一下你的手?"

江珩之所以能闻名于考古专业,除了他专业精通之外,再就是他每次考试都能取得专业第一的好成绩,因此也被考古专业的学弟学妹们称为"考神"。有很多上课睡觉或者是跷课的学生,在考前都托关系找江珩画重点,而江珩每次画的重点十有八九命中,再往后老师就直接明令禁止江珩再给学弟学妹"走后门"了。

"幼稚。"嘴上这样说着,江珩还是伸出了手。

好像革命时期被首长接见的小同志一般,麦萌用力地握了一下,表情严肃恭敬:"大神,请赐予我力量吧!"

"快考试了,在门口做什么?"真是怕什么来什么,麦萌还没沾完江珩的仙气,高丽老师就抱着一沓试卷从楼梯口上来了。

麦萌一个激灵,"嗖"地抽回手,只剩下江珩的手还尴尬地抬在半空中。

跟江珩相似的眸子犀利地在他们二人之间打量了一会儿,高丽老师面上没流露出什么情绪。

可能是高丽老师的气场太强大，于无形中同样给人压力。

大脑给麦萌下达的第一信号就是一溜烟地跑进考场去，可她犹豫了一秒，又站稳了脚跟。

因为眼前的人不只有高丽老师，还有她的儿子江珩。

那句话是怎么说的来着，丑媳妇总是要见公婆的。她既然认定了江珩，那高丽老师就是自己未来的婆婆，她得留个好印象才行。

麦萌咽了口唾沫，努力地扯着嘴角，费劲地挤出一句"高老师好"。

高丽老师"嗯"了声，以眼神示意麦萌进考场。

麦萌走后，她才幽幽地对江珩开口："论坛里说的都是真的？你是真喜欢上了这个女孩子？"

谁都没想过在学生眼里严厉刻板的高丽老师竟然还会关注学校的论坛。江珩沉吟片刻，神色坦然："是，我很喜欢她。"

高丽老师很了解江珩，他既然能这么说就代表是真的喜欢麦萌。在这一点上，江珩跟他的父亲简直是如出一辙。只要是他们父子二人认定的东西，那就十有八九不会改变。

麦萌性格活泼单纯，江珩则太闷无趣，这样两个人在一起刚好互补。她深深地盯着江珩看了好一会儿，半晌丢下句"别给我谈砸了"就离开了。

江珩抽了抽嘴角，笑高丽还是一如既往地别扭。

不知道是不是因为跟江珩关系的转变而导致的紧张和心虚，麦萌在考试的时候总感觉站在前面的高丽视线时不时地投射过来，她全程埋着头，攥紧手里的笔，脑袋间断性卡壳。更为尴尬的是，每次她抬眼偷瞄高丽时，两人的目光总能"默契"地交汇。

狠狠掐了自己大腿一把，麦萌把注意力放在试卷上，在距离考

/ 149 /

试结束还有五分钟前勉强答完卷子。见高丽把卷子收上去后看了几眼,她放在桌下的手十指交握,默默祈祷"及格万岁"。

接下来的考试,麦萌在摒弃心中乱七八糟的想法后,下笔如有神,答得很顺利。

当最后一场考试铃声响起时,麦萌放下笔,舒了口气。

窗外又下起了雪,这次的雪比上次还大,被风狂卷着密密麻麻,跟一张白色的大网一样铺天盖地飘了下来。

在窗户上哈了一口气,麦萌望着冰天雪地的银色世界,在窗户上写了"江珩"二字。

01

好的爱情是通过对方可以看到更好更广阔的世界,坏的爱情是为了对方丢掉自己,放弃整个世界。

寒假对大部分情侣来说,像是王母娘娘的一条银河,将情侣划分为异地两岸,可对江珩和麦萌来说却是一个增值自我,做好未来规划的好时光。

来年江珩就要毕业了,虽然有几家研究所早已对他抛出了橄榄枝,但他在与付教授商量后,决定留校跟着付教授读研,继续研究考古。麦萌则忙着攻克申请对外交流的第一关,劝动麦妈妈和麦爸爸松口。

麦爸爸和麦妈妈一个是儒雅的语文老师,一个是急脾气的英语老师,两人都认为女孩子将来做个老师安安稳稳的,再嫁个本分踏实的人这辈子就可以了,所以他们不太赞同麦萌一个女孩子独自去外面。尤其是麦妈妈,三令五申要麦萌趁早打消出国的念头。

厨房里,麦妈妈在包饺子,麦萌在旁边给她打下手:"妈妈,学校这边过完年就开始征集下半年的出国交流志愿了。"

麦妈妈当然知道麦萌什么意思,她装作听不见,拿着菜刀"咚

咚"地剁着菜板。

沉默有时也是变相的回答，麦萌抱着麦妈妈的肩膀，撒娇："妈妈，我也想跟你一样做个伟大的人民教师，牺牲自己照亮别人，可现在时代变了，不跟你们那时候一样了。老师也要考得上才能当，就我这个脑子根本记不住那么多东西。我要是考不上，街坊邻居肯定会笑话你和爸爸的。"

"考不上就先干着代课老师，也比你跑那么远好。"麦妈妈沉着脸，丝毫没有半分松动。

"妈妈，我是真的很想去做对外汉语志愿者。"麦萌把脑袋搭在麦妈妈的肩膀上，依旧坚持，"外面没有你想的那么乱，国家对志愿者的安全都有保障政策的。而且你想想呀，能把咱们国家的优秀文化输送出去，你应该为你的女儿我骄傲呀！"

麦妈妈冷哼，一把拨开麦萌的头："我的女儿要是能给我找个优秀的女婿回来，我更骄傲！"

麦萌撇撇嘴，反驳："妈妈，做人要有长远的眼光和博大的胸襟，你目光不能这么短浅！"

麦妈妈懒得跟麦萌废话，指使她把厨房收拾了，然后擦擦手到客厅跟麦爸爸一块儿看电视了。

对于男朋友一事，麦爸爸和麦妈妈早在她放假第一天就开启了狂轰滥炸模式，麦萌宁可被念叨得耳朵生茧子也不会把已有男朋友的事交代出来，因为她知道爸妈一定会各种打破砂锅问到底的。现在她和江珩才刚开始没多久，她不想这么着急地把男朋友领回家。毕竟妈妈这么挑剔的人，太难应付。

巧的是麦萌刚说完，江珩的电话就打来了。不巧的是，手机放在客厅里是麦爸爸接的。

/ 153 /

麦萌的异性朋友很少,能听她经常挂嘴边的就一个男闺密濑户洋,在看到电话里出现了一个从未听麦萌提过的名字,麦爸爸的八卦之心瞬间被点燃,接通了电话。

江珩先是愣了愣,意识到接电话的可能是麦爸爸,在问好后,请麦萌接电话。

他的声音很好听,又很有礼貌,让麦爸爸瞬间心生好感,自动在脑补江珩是一个怎样的温文尔雅的形象,很想询问一下他的身份,又觉得有些冒昧,于是把手机送去厨房:"萌萌,电话。"

"谁啊?"麦萌正憋着一肚子气,所以语气听着也不怎么好。她磨磨蹭蹭地洗了手,看也不看来电,"喂"了声。

"心情不好?"敏锐地察觉到麦萌的情绪,江珩不自觉地放缓语调,"怎么了,谁惹你生气了?"

放假以来,麦萌只敢偷偷躲在自己的房间里跟江珩打电话,每次还要注意着门外的动静,谈个恋爱搞得像地下情一样鬼鬼祟祟、小心翼翼。

麦萌一听是江珩的声音,立刻调整了状态。她一边往房间走,一边用余光注意着沙发上正两眼直勾勾盯着自己的父母,压低了声音:"嗯,我没事。"

房门关上,麦爸麦妈"噌"地从沙发上站了起来,两人把耳朵贴在了门上,仔细地听着屋内。

"嗯,我还好吧,就是出国的事情还没和我爸妈协商好……"聊起自己的烦心事,麦萌跟一摊软泥一样倒在床上垂头丧气。

跟江珩的聊天很日常,麦爸麦妈保持一个动作听了五分钟,累得腰疼。就在他们失望地打算离开时,隐隐约约听到了麦萌似乎问了句"你想我吗",这四个字让两人再次站稳了脚。

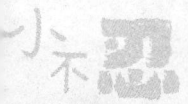

麦妈妈用胳膊肘推了麦爸爸一下，示意他自家女儿有情况，麦爸爸猛地点头，表示赞同。

江珩对于麦萌的感情，向来都是克制的。不是不喜欢，只是不擅长直白地表达。而麦萌则是因为太喜欢江珩，所以时刻都想让对方感受到。不过这么直接地问，也是第一次。她问出来后，有点羞赧，把脸埋进了被子里。

江珩坐在堆满了考古资料的桌前，扬起嘴角轻笑："嗯，是有一点点想你。"

这样的回答，在麦萌看来已经有了很大的进步，她也忍不住笑了："就一点点呀？"

江珩"嗯"了声，很是傲娇，不肯承认其实是有很多点。他翻了一下日历，轻咳两声，装作无意地问起："你什么时候返校？"

明德大学可能是本市放假最早、开学最晚的大学，跟大多数想多赖在家里的人不同，她是能早回学校就早回，因为在家待的时间久了，她会被嫌弃到怀疑自己不是妈妈亲生的地步。

麦萌不假思索地回答："过完十五吧，我可不想在家招人烦。你真不知道，我爸妈有多能唠叨，尤其是我妈这个人，真是……"

之后的十分钟，江珩耐心地听着麦萌的"抱怨"。通过麦萌有声有色的描述，他大概能想象出麦爸爸和麦妈妈的性格以及这一家子的相处模式。他成长的家庭环境严肃古板，对比之下麦萌一家很是可爱。

听麦萌说话就跟看她吃饭一样，是一件能够让心情变好的事情，江珩一边看资料，一边插话安慰她几句，气氛温馨和谐。

可是，门外的麦妈妈在听到麦萌对自己的无限吐槽后不淡定了。她的脸色越来越黑，要不是麦爸爸把她拉走，恐怕她早就冲进去了。

"淑芬,别生气别生气,想想萌萌是你亲生的心里就舒服了。"麦爸爸给麦妈妈拍完后背,又削了个苹果,堆着笑递上去。

麦妈妈横了麦爸爸一眼,气呼呼道:"就因为是亲生的我更生气!翅膀硬了就开始嫌弃我了?不行,我……"

见麦妈妈一副暴走的气势,麦爸爸又按住了她,然后在她耳边低语一番。

麦妈妈听罢,质疑了几秒,拨通了手机里存的电话:"喂,娇娇啊,我是你麦阿姨!"

正在转呼啦圈的顾娇娇听着麦妈妈这温柔得能挤出水的声音,后脑勺凉飕飕的。

02

春节的热闹气氛,在麦萌和麦妈妈的每日针锋中一天天到来。麦爸爸和麦妈妈两方的亲戚很多,麦萌仍摆脱不了小时候跟着父母走亲访友的"命运"。一群人围着你,由询问成绩变成了关心考上的大学,而上了大学后大家最关心的问题就是麦萌有没有交到男朋友。

以往几年,麦萌都是被大家笑而不语的尴尬对象,今年麦爸爸和麦妈妈本以为麦萌能挺直腰板,理直气壮地在亲戚们面前承认有男朋友了,可谁知她还是腼腆地摇摇头,这简直气坏了麦妈妈。

麦妈妈又不能直接拆穿麦萌的谎言,只能任由自己憋出内伤来,在过完了正月十五,直接让麦爸爸将麦萌丢回学校去了。

麦萌巴不得早点回学校,因为过两天就是情人节了,刚好江珩也回学校了。

等了两天,朋友圈全部都被情人节的消息给刷屏,江珩却对情

/ 156 /

人节的事情只字未提,这让麦萌很忧伤。

宿舍里只有约了家教工作的张晓回来了,前一天晚上,两个人闷在没人气没暖气的宿舍里,一个抱着热水袋坐在桌前备课,另一个则抱着热水袋缩在被子里。

"晓晓,江珩就是没吃过猪肉总该见过猪跑吧?全世界都知道明天是情人节,他怎么像被世界给屏蔽了一样,一点表示都没有?"盯着安静的对话框,麦萌很郁闷。

张晓头也不抬:"他不表示,你可以表示啊!现在也没规定必须得男生主动。"

麦萌纠结,到底是要再顾及一下女孩子的矜持还是真的像张晓说的主动一点。信息打了又删,直至四五遍后,对话框里突然冒出了江珩的消息。

"还欠你一场电影,明天还。"

麦萌一脑袋的问号,她忍住笑,克制住立马秒回江珩消息的冲动。

这人连邀请自己看电影都这么傲娇吗?身为她的男朋友,欠她的电影可不只是这一场。另外说逛街,江珩也没陪过几次。要真的较真,那他往后的日子光还债了,连考古都别钻研了。

同样傲娇地回复了一个"嗯"字,麦萌心情蓦然大好。

与此同时,江珩正在一块紫檀木上雕刻着什么,手边还放了一个图册。他低头看了眼麦萌这冷冷淡淡的消息,能想到她这时的心思。笑了笑,他继续着手里的活儿,没给她回应。

麦萌等了几分钟,见没消息回过来,收拾好心情早早入睡了。

其实,她要的并不多。情人节可以没有玫瑰花,可以没有礼物,但必须要让她知道,她的男朋友是在意她的,心里有她的。只要看

到他的展眉一笑,她就满足了。

第二天,麦萌出门之前根据顾娇娇远程视频教导的化妆技巧,精心捯饬了一下自己。她穿着临行前麦妈妈放在箱子里的粉色小香风套装裙,脖子上围着白色围巾,头上戴着贝雷帽,像个洋娃娃从宿舍楼道里出来了。

江珩看着粉嫩嫩的小人,心也跟着粉嫩一片。他从口袋里掏出一个纸袋,塞进麦萌手里:"拿着暖手。"

温暖透过纸包传递到麦萌手里,她好奇地打开,"扑哧"笑了出来:"人家男朋友给女朋友的都是奶茶,你竟然给我烤地瓜?"

江珩将麦萌的手放在自己的口袋里,牵着她往校门外走:"不想让你喝奶茶。"

烤地瓜的香气从袋子里飘出,麦萌忍不住想吃。她松开江珩的手,两手捧着纸袋,准备开吃。

出了校门,街上来往的姑娘们手里要不拿着玫瑰花,要不拿着礼物盒,只有麦萌拿着的是香喷软糯的烤地瓜,成了人群中最不一样的风景。她身边的江珩也跟其他男孩子不一样,手里拎着麦萌的包之外,还拿着一个垃圾袋,给麦萌装垃圾备用。

烤地瓜的皮很薄,剥开后露出了金黄的地瓜肉,麦萌咬上一口,感慨于男朋友的贴心。

看电影的地点在距离学校两条街外的综合型商场,江珩注意着路上的车辆,走路将麦萌护在斑马线内侧。两个人无形间的默契,自然又美好。

走到商场门口的时候,没想到竟然遇见了多日不见的李阳。

麦萌对李阳向来坦荡,可李阳还是对麦萌心有芥蒂,他盯着江珩和麦萌牵着的手,面无表情地绕了过去。

江珩拿出纸巾递给麦萌，收好她的垃圾，似笑非笑："有人喜欢你，应该很开心吧？"

麦萌摇晃着江珩的胳膊："被喜欢的人喜欢那叫开心，被不喜欢的人喜欢就是烦心了。再说了，我有喜欢的人，管他做什么呢？"

江珩揉了揉麦萌的脑袋，带着她先去一楼将包存储物柜里，再去三楼的电影厅。

大厅的灯光已经暗了，黑影里麦萌紧紧抓着江珩的手，喊了句"江珩"。

江珩回头："怎么了？"

屏幕上方的白光一半笼罩在江珩身上，他好看的眸子里盛着麦萌的影子。

麦萌嘻嘻一笑："没怎么，就是想喊你。"

江珩习惯性低喃一句"傻子"，嘴角也扬起来。

03

江珩订的电影票是下午五点半的，中间三四排的位置，周边坐满了情侣，无一空座。

电影通过歌舞和音乐的结合，讲述的是一心想要成为女明星的小演员和一个对音乐有着洁癖的爵士乐的音乐家，两个人在追梦的过程中产生了爱情，可爱情却在梦想和现实中煎熬。导演将故事拍得很美，每一帧画面都令人沉醉，从男女主的初次相遇跳舞到天台上的舞蹈，再到遗憾的结局，在场的观众似乎都能与男女主人公产生共鸣，他们的情绪随着剧情的波澜而产生波动。

直到出了影厅，麦萌还唏嘘不已："江珩，如果他们两个当时没有分开，过得虽然不富裕，但应该也会幸福吧？"

江珩摇头，很理性："没有如果，如果再让他们回去重选一次，可能还是同样的结局。"

麦萌咬着唇，不甘心道："那如果将来我和你的未来选择不同，你会不会为了你的理想而离开我？"

这个问题很现实，也是两人在现实中即将要面临的问题。江珩要留在国内投身考古事业，而麦萌至少要外出交流一年。

一年的时间，不长但也不短，还要跨越异国距离，不知道这棵刚出头的爱情小苗是否能经得住现实的考验。

江珩眸光微动，薄唇抿了抿，没有正面回答："先去拿包吧。"

麦萌望着江珩的眸子里殷切的光渐暗，她张了张嘴，还是不吭声跟在江珩身后往储物柜方向走去。

江珩将小票递给麦萌，麦萌心不在焉，想也不想就丧着小脸将二维码对准机器。

"啪"的一声，柜子门开了，一大捧娇艳欲滴的玫瑰花出现在了麦萌的眼前。

麦萌愣了一下，随即"啊"的一声，下意识"啪"地又把柜门给合上了。

像是被吓到了一样，她拍着胸口，声音着急："江珩，这不是我的柜子！"她潜意识里认为打开柜子后第一眼看到的应该是自己的背包，而这个放着玫瑰花的柜子，明显是她开错了。

江珩还没来得及反应，那沾着水珠的玫瑰就在两秒钟后被关进了柜子。他又好气又想笑，无奈地看着麦萌，一时又不知道该说什么："我真是……"

瞧着麦萌惊慌无措的表情，他叹气，从口袋里又掏出一张小票，对准机器，从另一个柜子里把麦萌的包取了出来。

麦萌看着自己的包，脑袋还是转不过来："哎，那我刚才开的到底是谁的柜子？"见江珩不说话，她有些后怕，"人家会不会把我当小偷？"说着，她还转头看了看四周。

"是，你就是个小偷。"江珩以手扶额，小声嘟囔了句，"不知道什么时候偷走了我的心。"

"哈，你说什么？"麦萌还处在忐忑不安中，没听清。

江珩揉乱她的头发，往一边服务台走去了，她不明所以地跟了过去。

"你好，我刚才不小心把 A12 柜子又关上了，能不能帮我打开一下？"将小票出示给服务人员，江珩语气有些抱歉。

服务员小姐姐看了看小票，又看看江珩帅气的脸，犹豫了会儿，很为难："不好意思，咱们的柜子只能凭借小票打开一次，我们无法确认您的身份，不能给您打开。"储物柜旁边的纸篓里丢了很多小票，如果谁都能捡张小票找服务人员开柜子，那就麻烦了。

江珩也知道这确实有点为难人家，掏出钱包，打开后商量道："柜子里是我给我女朋友买的玫瑰花，这是我的身份证和学生证。您打开柜子后，可以先检验一下柜子里的东西。"

麦萌现在要是再听不懂，真的可以咬舌自尽了。她讪讪地扯了扯江珩："你给我买花干吗不告诉我？"

"我怎么知道你这么笨？"江珩苦笑，看向服务员小姐姐，再次请求，"你看这样可以吗？"

有颜值又浪漫的男孩子，谁不喜欢呢？小姐姐想了想，点头答应了。

柜子开了，麦萌这才看清楚原来玫瑰花瓣的边缘还用金粉点缀着，精致好看极了。她小心翼翼地把玫瑰花捧出来，真诚地给小姐姐道了声谢。

小姐姐羡慕地祝两位情人节快乐，回了服务台。

往学校走的路上，麦萌也成了有花收的小姐姐。她一手挽着江珩的胳膊，一手抱着花捧，嘴角的笑压不住。

江珩想起刚才的窘事，用力在麦萌脸上捏了一把："我觉得，以你这个智商以后是不配收到花的。"

他第一次送女朋友花，本想搞个小惊喜，结果她的女朋友不解风情，让惊喜搞成了尴尬。

"那你这意思是说，以后都不给我买花了吗？"麦萌一听，不乐意了，委屈巴巴。

江珩点头，很不客气："对。"

"不行，你不能……"麦萌刚要张牙舞爪地大闹一通，忽然手机响了。

在看到来电显示后，她做了一个噤声的动作，接听了电话。

"喂，妈妈？"

04

"那个男孩子是不是叫江珩？比你大一岁，考古系的？长得还挺……还凑合吧！"电话那端的麦妈妈一边用手划着手机屏幕，一边开启了狂轰滥炸模式，"你是大孩子了，可以带回家来给妈妈看看，妈妈和你爸爸……"

"妈，你听谁说的？真没有的事！"麦萌脑袋一蒙，瞅了两眼江珩，急忙打断妈妈的话，"不是，我们就……就是普通同学。真的，纯洁得跟大白菜一样！"

麦妈妈不高兴了："萌萌，妈妈有千里眼和顺风耳，你做什么

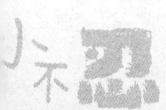

妈妈都知道的。"

麦萌从小被麦妈妈这句话给骗大的，旁边的麦爸爸无语地撇嘴，被麦妈妈给踢了一脚。

麦妈妈和麦爸爸着急让麦萌找男朋友的心就跟王红楠特想打遍天下无敌手当跆拳道冠军一样，简直是太可怕了。将手机拿远一点，她借着信号不好直接挂了电话。

她重重呼出一口气，转头看见江珩插着兜，两眼直直地瞅着自己，那眼神瞅得她心虚。

"那个……我妈的电话。"

江珩虽然不知道麦萌和麦妈妈在说些什么，但洞察力超强的他还是能从麦萌的语气和神态来判断电话里在说什么。他往后退了一步，挑眉："大白菜？"

吃了人家的烤地瓜，收了人家的玫瑰花，她还敢当人家面说是普通同学，这换了谁都不爽。知道江珩生气了，麦萌解释："江珩，我妈妈这个人脾气太急，我要是把我们的事情现在就告诉她，她肯定又要念叨了。我不想让她盯着我谈恋爱，会很烦的。"

江珩"哦"了声，转身往前走。麦萌见状，赶紧跟上："我真不是有意的，等过段时间，我再告诉她，好不好？"

江珩还是没说话，麦萌偷偷瞄着他平静的脸，不敢再说话。毕竟言多必失，而且她又不是个能说会道的人，万一哪句话再戳中了江珩的雷点，那今天的约会就要在不完美中结束了。

走了一段路，到了宿舍楼前的树下，江珩冷着脸，幽幽的眸子盯着麦萌，才开口，蹦出两个字来："哄我。"

"嗯？"麦萌眨眨眼睛，怀疑眼前的男朋友换了人，"你说什么？"虽然知道江珩闷骚又傲娇，可这样的傲娇方式也太可爱了。

"好,我哄哄你。"麦萌玩心大起,踮起脚,大胆地钩住江珩的脖子,大眼亮亮地望着他,"男朋友,别生气啦,改天带你见家长,好吗?"

两个人的鼻尖轻轻碰着,呼吸近在咫尺。

江珩的视线落在麦萌粉嘟嘟的唇上,喉咙发干,咽了口唾沫。他绷紧了身子,脸发热。奈何麦萌并未发现江珩的异样,以为他像小媳妇一样不好意思了,抽回手。

"男朋友,我今天很开心,再见啦!"她扬了扬手里的花,嘻嘻哈哈地跑进了宿舍楼。

看着麦萌跟只小鸟似的飞进了楼道,江珩转身刚要离开,又停下。他的手插进口袋,摸到给麦萌准备的小礼物,这才想起还没给她。

他揉揉眉心,无奈地轻叹:"江珩,你真是没治了。"

不仅他的情绪不受自己控制了,就连他的心和思想也一样了。

可能,这就是爱情吧。

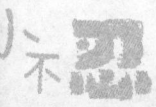

01

日子在开学后,好像过得更快了,春风吹走了寒冬,吹绿了街边的柳树,吹红了校园的玉兰,又悄悄地吹来了4月。

大三下学期,专业课相对减少,舍友们也都有了各自的奋斗目标,张晓备考研究生,王红楠在跆拳道馆兼职教练,顾娇娇找了家公司实习。不管大家的选择如何,每个人似乎都在为自己的未来去拼搏,似曾相识的感觉又像是回到了高三那一年,一群人为着"高考"起早贪黑地拼搏。

江珩比起上学期也更忙了,虽然已经确立了保送推免资格,他却对自己要求苛刻,执意要撰写两篇专业论文出来。付教授知道江珩执拗,只能减少了他出野的时间,好让他专心待在自习室里写论文。

下学期出国支教可选择的国家有泰国、韩国、菲律宾、印尼,麦萌申请交流的国家是泰国。可在填写申请写自己的优点时,她犯难了。

写的优点太多好像太虚伪,优点太少又怕在竞争者里不够突出。咬着笔杆,麦萌皱着眉,半天竟然想不出个优点来,不免郁闷起来。

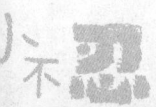

江珩不解："怎么了？"

麦萌把申请表推给江珩，指着写优点的空白处，扁着嘴："这个怎么写才合适？"

江珩以写代说，用铅笔在纸上总结了五个字：可爱又聪明。

麦萌捂着脸，不敢笑得太得意："我的男朋友不抽烟不喝酒不玩游戏，最大的优点就是会挑女朋友。"

江珩不置可否地点点头，低头继续整理论文大纲。

麦萌的出国申请书审核结果至少一个月才能出来，但她对泰国的风土人情一窍不通，所以江珩在自习室写论文的时候，麦萌也坐在他的旁边安静地学习。两个人面对面坐在靠窗户的位置，各忙各的，互不干扰。

只是，没想到江珩被人给盯上了。

麦萌接水回来时，右后方穿着黄格子外套的女生给她递了个字条，打听江珩的星座、血型、爱好。这些问题问住了麦萌，因为身为女朋友的她，竟然也不知道，这也侧面反映出自己对江珩的关心不够。

问江珩的话，麦萌难以启齿。纠结了两分钟，她准备昧着良心回复不知道，字条却被江珩给抽走了。

江珩一眼扫完，将字条压在手下，把问题抛给了麦萌："我的星座、血型，你知道吗？"

"您是摩羯座。"磨磨蹭蹭地回答完星座，麦萌赔笑，"血型嘛，当然是我中意的男朋友型。"

江珩抬手在麦萌脑门上敲了一下，把字条给揉成一团，"我不喜欢你帮别人追我。"

麦萌捂着脑门，狡辩："人家问我，我也不好拒绝吧？"说实话，爱美之心人皆有之，她的男朋友太招人喜欢了，她能怎么办呢？要怪只能怪江珩太好，让人惦念。

江珩冷哼，没再搭理麦萌。

麦萌用笔戳着纸团，忽然意识到一个问题。她跟江珩在自习室整天形影不离，有女生却对江珩产生了想法，那到底是他们情侣的关系不够明显，还是说现在流行"只要锄头挥得好，没有墙脚挖不倒"的追人趋势了？

麦萌悄悄地回头，正撞上也偷偷瞄过来的黄格子女生。女生从将字条递过去开始就一直巴巴地等着，她将江珩和麦萌之间的互动看在眼里，又见麦萌看自己，连忙低头假装学习。

麦萌摸着下巴认真地思索了会儿，找了张便利贴，在纸上写下江珩已经有女朋友了。

女生看到字条后，一秒的失望后并未死心，她又在麦萌的话后面加上了一句：是你吗？

麦萌很意外，也佩服女生的勇气，回了一个大大的"对"字，之后再没收到回应。

江珩虽然没有刻意去看麦萌在干什么，但麦萌就坐在他对面，他也不能当自己是瞎子完全无视她的一举一动。

他又在她的脑门上敲了下，赏给她一句"无聊"。

麦萌委屈，她招谁惹谁了？

02

五一后，天气转热，自习室人又多，麦萌看了会儿书后，昏昏欲睡，连打了几个呵欠。江珩摘下耳机，轻声问："困了？"

"有点热。"麦萌坐直身子，强撑着精神，"还能看会。"

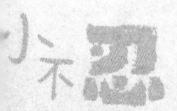

以前窗户都是江珩来开的，麦萌以为江珩今天是忘了，就想自己打开窗户，可窗户被关得太紧了，她拧了一会儿把手，没拧动。

江珩从座位上站起来，椅子腿不小心在地上摩擦出不小的声响，大家都看了过去。麦萌觉得可能影响到了别人学习，不好意思地赶紧摆手示意江珩不用。

江珩开了窗户后，回到了座位上。没两分钟，他捂嘴压抑着咳嗽。

麦萌忽然意识到江珩是因为身体不舒服才没开窗户，她有点懊恼自己的疏忽，"噌"地又站起来，抬手把窗户关上了。她关窗户的声音比刚才江珩移动椅子声还大，大家眼神古怪地看着他们两个人一开一关窗户的谜之行为。

她脸上发烫，直接趴在桌子上，把脑袋缩了缩。

江珩低笑了一声，那声音因为感冒带着一丝沙哑，像极了最近热播的广播剧《倾世王妃》里男主对女主宠溺的笑声。麦萌的心，瞬间萌动了，脸也更热了。

她一边偷偷在心里吐槽江珩越来越妖孽，一边吐槽这到底是什么鬼天气，温度上升得不正常。

突然，右耳边传来一阵小凉风，轻轻的，柔柔的，在这个没开风扇的自习室里极为的"诡异"。

麦萌转脸，看到江珩一手拿着本子给自己扇风，另一只手还在写字。他细长的睫毛低垂着，表情认真，心无旁骛。

偷偷地观察着江珩，麦萌越来越觉得她这辈子用光了所有的桃花运，可能只是为了遇见眼前这个男生。

人品可靠，颜值无敌，专业精湛，反正不管怎么说江珩都是无人可比的。盯得时间久了，麦萌竟然产生了想跟江珩结婚生孩子的念头。这么优秀的基因，如果不遗传给孩子，岂不是浪费了？可是，

转念一想,她跟江珩去年 12 月确立的关系,到现在快五个月了,两个人只进展到牵手、拥抱的地步。

顾娇娇在得知麦萌和江珩还没把彼此的初吻送出去后,直接丢出"不正常"三个字。

二十多岁的女孩子当然知道男女谈恋爱是怎么回事,只是麦萌不太好主动去亲近江珩,只能把想法藏在心里。

望着江珩的唇,麦萌脑袋里乱哄哄的,书也看不下去了。

"江珩。"她反手握住江珩扇风的手,黑亮的眼里流淌着别样的光,"你嘴唇有点干,要不要涂点唇膏?"

江珩摇头,拿起水杯:"不用了。"

麦萌认输了,把书扣在脸上,不敢再去看江珩。

古人说的"美色误国",用在江珩身上,也一点不为过啊!

江珩写了一会儿,转了转发酸的手腕,余光瞥见麦萌放在笔袋里的唇膏。细细地回味着她刚才的话,他脑海里有点点星光闪烁。

摸了摸嘴唇,江珩内心不平静了。

他想的,跟麦萌要暗示的意思是一样吗?

不敢再胡思乱想,江珩闭上眼,深呼吸。

03

沉浸在爱情里的麦萌,引起了宿舍小姐妹们的公愤,个个说她见色忘义。为证明自己不是重色轻友的人,麦萌计划在晚上请姐妹们去吃一顿鸡公煲。原本大家嚷嚷着让江珩也去,但江珩在进行紧张的论文收尾工作脱不开身,他给了麦萌一张卡,让她带着舍友们去吃日本料理,这才平息了众怒。

酒逢知己千杯少,饭遇舍友吃得香。在美食面前,姐妹们大快

朵颐,吃得不亦乐乎。其间,大家一边感慨江珩这个男朋友真不错,一边时不时地叹气惆怅。

因为对于大四毕业生来说,有些人踏出校门后可能再也不会有学生时光,有些人就要自此各奔东西不会再见。毕业,是离别,是告别,也是开启新征程的一个起点。

而麦萌她们,在两个多月后也将马上成为大四生,在明年的现在,也将告别校园和朝夕相处了几年的舍友,带着一纸毕业证被丢进社会的大熔炉里"深造"。这种对学校的不舍和留恋之情,很是伤感。

不过大家都是乐天派,想着未来像一张白纸一样在她们一笔一画的努力描绘下渐渐变得丰富多彩,她们又充满了无限期待。

吃饱喝足后,姐妹们见江珩来接麦萌,知趣地不做电灯泡,打趣几句后先走一步。麦萌对她们做了个鬼脸,拽着江珩的手往另一条回学校的路走去。

夜晚的风不冷不热,舒适得刚好,月亮挂在天上,洒下皎洁的月辉。

"我们小手拉大手,今天加油,向昨天挥挥手……"麦萌的手一甩一甩的,嘴里不自觉地哼出梁静茹的《小手拉大手》,欢快的调子也让江珩的心情跟着愉悦起来。

"哎呀!"歌曲哼了没几句,麦萌突然叫了一声,吓了江珩一跳。

"怎么了?"

摸了摸口袋,麦萌伸出两只握拳的手,问江珩:"你猜一下,哪只手里有糖?"

江珩指着她的右手:"这个。"

麦萌摊开右手,什么都没有。

江珩配合着麦萌的幼稚，又指向她的左手。

"猜对啦！"麦萌顺势握住江珩的手，把一颗被彩纸包裹的水果糖塞进了他的手掌心，然后一语双关道，"你是我这辈子唯一一颗糖。"

"从哪里学的这些？油嘴滑舌。"江珩强作一本正经，瞪了她一眼，牵着她的手继续往前走。

麦萌盯着江珩的侧脸，试探地问他："江珩，你有没有什么想跟我一起做的事情呀？"

"嗯，想跟你一起去旅行。"江珩认真地想了想，想到了一个好去处，"爷爷回乡下的老房子住了，等改天有时间，咱们一起去看看他吧。那里跟吵闹的城市比起来空气清新，风景很好，也很安静。"

"咱们"这个词，像一根无形的绳子将麦萌和江珩系在一起，显得更为亲密。她点点头，笑得开心："好啊。"顿了顿，她又引导，"那除了一起去旅行，你难道不想跟我再做点别的吗？"

麦萌的语气暗示性太强，江珩的心扑通乱跳。他稳住情绪，低头缓缓问她："那你想跟我做什么呢？"

"我……"麦萌被江珩幽深的眸子望着，嗓子发干，她鼓起勇气，点起脚尖，吻了他的侧脸一下，眼睛亮晶晶，"我想一亲芳泽。"

头顶的路灯将两人的身影映在地上，麦萌后脑勺的丸子头像个小包子，胖嘟嘟的，有点可爱。而江珩身影修长，站得笔直，如修竹一般。

"傻子，一亲芳泽不是这么亲的。"江珩勾了勾唇，温柔地捧起麦萌的脸，低下头，唇也一点点地靠近。

麦萌意识到接下来要发生什么，她猛地闭上眼，心里也跟着揣

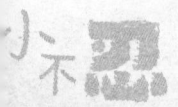

着一只小鹿似的,跳得七上八下。

然而就在麦萌以为江珩的吻要落下时,眼睛上却像是落了一片树叶一样冰凉。

江珩竟然亲了自己的眼睛?麦萌睁眼,不知道是什么样的心情。

可能是麦萌茫然又夹杂着些许失望,江珩轻轻拍拍她的脑袋,将她揽在了怀里:"别急,美好的东西要留在下一次。"

麦萌想的事情,江珩不是没想过,只是看着麦萌单纯干净的样子,他会没来由地紧张。就像刚才,他的后背已经冒出了一层汗了。

"谁急了!"麦萌猜不透江珩的心思,只觉得他这是在笑话她太心急,羞得把脸埋进他的怀里,用力捶了他一下。

"我,是我急了,好吧?"江珩觉得麦萌真是可爱得无与伦比,转移了话题,"老师说我的论文没什么问题了,让我明天跟着他去出野。"

"啊?"麦萌一听,不高兴了,"那你这次要去多久?"

江珩牵着麦萌继续回宿舍,在心里算计了下时间:"保守地说,得至少一个月。"

"这么久啊?"江珩还没走,麦萌就已经开始不舍了。她抱着江珩的胳膊,像只抱着树不撒手的树懒,"可是我7月以后也要去培训了。"

为梦想努力的过程是充实的,而与喜欢的人一同努力的过程更是幸福的。在江珩的论文顺利提交时,麦萌出国的审核也通过了,这意味着两个人的未来更光明了。

不过一个月后就是6月中旬了,这学期也要过完了。暑假到来,麦萌就要去邻省集合,跟来自全国各地的其他志愿者一同培训,来回路上需要三四天的时间。

江珩也不愿与麦萌分开,他安慰般拍拍她的肩膀:"不要难过,你培训的时候我会经常去看你的。"

"好,一言为定。"不知不觉已经走到了宿舍楼下,麦萌伸出手,勾了勾江珩的手指,挥手要进宿舍,又被江珩给拉住了。

江珩定定地看着麦萌,语气有点飘:"你是不是忘了什么?"

情侣间的默契,通过眼神交会便能心意互通。麦萌故意装作不理解,问江珩:"忘了什么?"

江珩别开脸,话说得生硬又小声:"忘记亲我了。"他不想承认,跟麦萌分开一天都会想她。

麦萌憋着笑,"啪"地对着江珩的脸亲了下,然后小跑着上了楼。

阳台上,不知道看了多久热闹的顾娇娇等人在楼上狂吹口哨,害得江珩也难得害羞地慌忙转身走人。

04

麦萌出国申请的事情尘埃落定了,接下来的时间也空闲了,没事的时候她借着顾娇娇的关系去公司实习。

顾娇娇实习的公司跟顾爸爸的公司有过生意往来,是国内外有名的对外汉语培训机构。老板是英国人,公司平时接触的客户大部分都是各使馆的工作人员,或者是跨国公司的高层、总裁等。不管是视野还是格局,都对麦萌产生了很大的影响。

从最底层的小菜鸟做起,麦萌比顾娇娇还敬业,每天是整个办公室里最早去的,并没有因为是暂时短期实习而有任何懈怠的想法,她的勤奋和好学让同办公室的前辈很欣赏。

麦妈妈还不知道麦萌填报的出国申请已经通过了,在得知她在公司实习后,很是高兴,电话里一个劲地夸麦萌长大了,麦萌嘴上

呵呵笑着，心里却有点愧疚。不过在麦妈妈提到男朋友这个话题时，麦萌倒是没再跟之前一样回避了，含糊地应下有机会带男朋友回家。麦妈妈听麦萌松口了，心里悬着的一颗石头总算是放下了。

晚上下班后，麦萌会在江珩不忙的时间跟他视频，尽管江珩很累，可每次麦萌要跟他视频时，他都努力提起精神来，争取用最好的状态来面对她，即使累得已经睁不开眼。有好几次，江珩都在视频的过程里睡过去了。视频的另一端，麦萌看着江珩眼下的黑眼圈，还有胡子拉碴的下巴都会忍不住心疼。之后，她会主动减少联系。实在忍不住想念，她就看存在手机里跟江珩视频的截屏。

在习惯了忙碌的实习生活后，曾经难熬的一个月时间也变得飞快。麦萌每过完一天就会在日历本上画一个"×"，随着日历上的"×"越来越多，江珩的归期也越来越近。

江珩负责出野的收尾工作，在所有人离开后他自己坐着火车拖后几天才回来。

麦萌提前一天收到了江珩发的短信，激动得一晚上没睡好。毕竟分开这么久，她有太多的话想跟他说，想用力地抱抱他，还想跟他去看电影，去新开的那家比萨店吃比萨……总之，她想跟他做的事情太多了。

一想到看电影，她就迫不及待地打开手机软件去搜最近有哪些热映的电影。可是搜来搜去，不是动画片，就是恐怖片或者科幻片，一部她想看的都没有。她郁闷地叹了口气，搜了一下她第一次跟江珩去看的电影。

影片的评论很多，有感动于男女主相互鼓励追梦的，也有感慨爱情遗憾的。麦萌翻着翻着，手指停在某一条日期是2月14日的评论上，酸意蓦然涌上眼眶：

电影很好看,但是我没看。一直在纠结要不要吻她,等以后有机会二刷吧。

在几乎一连串的五星好评里,只有这个留言的用户给电影打了四颗星。它的头像跟江珩微信的头像是一样的,一枚古色古香的玉佩,系着的穗子飘扬在半空中。

麦萌吸了吸鼻子,嘟囔了句"傻子",然后从床上爬起来翻箱倒柜地找明天要去接江珩穿的衣服。

顾娇娇吃住都在公司,王红楠因为这几个月表现优异也已经提前签了就业合同,今天调的是晚班。学霸张晓从图书馆回来也快十一点了,所以在没人给参考意见的情况下,麦萌挑来拣去半个小时后,最后选了一条简单的牛仔背带裤,内搭了件白色短袖。

江珩第二天的火车是晚上七点五十五分到站,麦萌从学校打车到火车站要二十分钟,她六点半就已经等在火车站的出口了。手里提着两杯柠檬水,她眼睛一眨不眨地看着出来的人群。虽然知道江珩的火车还没到站,但她的眼睛就是克制不住地想去看。

在等了一个多小时后,麦萌终于从广播上听到了火车即将到站的消息。她穿过拥挤的人,使劲往前挤,她想让江珩出来看到的第一个人就是自己。

出口检查人员将警戒线放下,陆陆续续有人从里面出来了。麦萌的身高不高不矮,她踮着脚,抻长脖子张望了一会儿还没看到江珩。

又等了五六分钟,江珩才拖着行李箱慢吞吞地走出来。

江珩身上穿着在古董店铺初见时的墨绿色工装,虽然脸上一片

倦容，头发长得挡住了眼睛，但这风尘仆仆的样子丝毫不影响他的清俊。

那些最前头举着牌子拉客住酒店的大妈一看到江珩，立刻凑了上去，围得密不透风。

麦萌见状，玩心大起。她一个箭步冲到江珩面前，一把抱住了他的胳膊。

江珩没看到麦萌是从哪里冒出来的，他愣了一下，刚要开口，却听得麦萌捏着嗓子，娇娇地问了句："帅哥，住旅馆吗？咱家的旅馆，五百二一晚上！"

一个穿着白花褂子的大妈听后，赶紧插嘴："小伙子，俺们的宾馆一晚上才八十八，有热水有'歪 fai'，很划算！"

另一个嘴角有颗媒婆痣子的大妈也不甘示弱："八十八也贵，我们家的才五十八！"

"帅哥，一分价钱一分货，你光看看他们酒店的宣传人员的形象就知道宾馆到底怎么样了。真的不考虑一下我吗？"麦萌故意往江珩身上靠，像是没了骨头一样。

这般"轻浮"的举动看在大妈眼里简直不自重极了。

"哟，小姑娘，人要脸树要皮，你贴人家小伙子身上这算什么话？"

"可不是，也没见过这么抢生意的，真是过分！"

原来是竞争对手的两个大妈竟然将枪口一致对准了麦萌，一个声音比一个大。

麦萌弱弱地躲在江珩身后，可怜巴巴地装委屈："帅哥，她们凶我！"

从麦萌扑过来说第一句话开始，江珩就猜到了她要做什么。看

着她自娱自乐得起劲,他觉得无奈又好笑。他揉了揉麦萌的头,柔声道:"别闹。"说完,他对大妈点点头,牵着麦萌走了。

大妈愣愣地盯着两个人的背影,瞬间怀疑人生,彼此的眼里写着同样的一句话——这样也可以?

麦萌有种做坏事得手的成就感,回学校的路上笑个不停,引得出租车司机频频从反光镜里看她。

窗外的风景在倒退,麦萌看着靠在后座上闭着眼小憩的江珩,嘴角的弧度更大。

01

江珩这次回来后,可以休息一段时间,在学校里整理文本资料。他的头发太长了,刚好麦萌也需要修一下头发,所以周六的时候,两个人一起去了学校附近的"春风"理发店。

理发师是个年轻的小哥哥,之前也在明德大学就读,毕业后自己研究美发这行,在这几家店里做得还比较成功。

江珩对自己的发型没什么要求,简单清爽就行,因此他的头发理得比较快。麦萌是想给头发打一下层次,当小哥哥问麦萌要把头发剪到哪里时,麦萌想也不想地回答:"剪到下巴吧。"

小哥哥脑袋好像是抽了,冷不丁地来了一句:"是哪层下巴?"

这话一出,在场的三个人都愣住了。

空气死一样的寂静,小哥哥尴尬得想找个地缝钻进去,江珩憋着笑,忍得很痛苦。

这一刻,麦萌忽然想到了一句话:你过得好不好没人知道,可你胖不胖,别人一眼便知。

这么多年来,她一直以吃多少都不胖的体质活在女同学羡慕嫉妒恨的眼光里,可没想到在这一个月的时间里,自己竟多出来一

层"二下巴"？一定是她对江珩的思念太深太重了，以至于体重增加了！

麦萌摸了摸脸，皮笑肉不笑地转头看向小哥哥，眼神像极了死亡凝视："我一共几个下巴？"

小哥哥被麦萌吓得一哆嗦，闭嘴不敢说话。

江珩转过身，借着翻看杂志的机会，低头偷笑。

麦萌余光瞥见江珩微微抖动的肩膀，小脸气鼓鼓，决定今天下午坚决不要跟江珩说一句话。

事实证明，凡是立下的flag，必定是用来打脸的。理完发，麦萌面无表情地跟在江珩身侧，江珩只当她因为刚才理发师无意的话在生气，也没在意。见路边有麦萌爱吃的章鱼小丸子，他主动给她买了一份："番茄味道的。"

诱人的番茄酱抹在小丸子上，散发着美味的香气，挑逗着麦萌的嗅觉。她盯着小丸子咽了口唾沫，冷哼一声，扭头大步往前走。

江珩不明所以，端着小丸子追在后面："哎，你不吃了？"

麦萌不为所动，咬紧牙关继续往前走。

从出了理发店就一声不吭，现在连吃都不动心了，这可不是生理发师的气这么简单了。江珩脑子转得快，他从后面拉住麦萌的胳膊，把小丸子往前凑了凑："你知道我不喜欢吃这些东西，你要真的不吃，那就只好丢了。"

麦萌自己跟自己较劲，紧抿着嘴唇就是不想说"吃"这个字，可当她看到江珩拿着章鱼小丸子真的走向垃圾桶时，顿时绷不住了："等会儿！"

江珩明知故问："你不是不吃吗？"

"我什么时候说我要吃了？"麦萌瞪着江珩，"只有凡人才要吃东西,我们仙女都是靠仙气活着!"

江珩挑眉,有意逗弄她:"所以呢?"

"浪费可耻,所以你……你不能丢,我带回去给楠哥吃。"麦萌避开江珩含笑戏谑的眼睛,板着脸把小丸子给接了过来。拿起竹签插了一个,她深吸一口气闻了闻,又放了回去。

江珩也不去拆穿麦萌,反正谁馋嘴谁知道。从口袋里掏出那次情人节没送出去的礼物,他拉过麦萌的手,放在她的掌心:"情人节前给你刻的,一直忘记给你了,再在我这儿放着可能就成古董了。"

一枚细长精致的紫檀木印章,侧身刻着"执子之手,与子偕老",底端则是麦萌的名字。顶端用深棕色的流苏串了起来,古色古香。

"这是你自己刻的?"记得江珩说过,学考古的人不仅要精通发掘技术,还要会雕刻、装裱等。麦萌看着那带着书卷气的刻字,满眼都是对江珩的崇拜,完全忘记了刚才不搭理他的茬儿了。

江珩点头,表情很平淡:"你一个我一个,挂在钥匙上也算情侣挂坠了。"情侣之间一般都会有个共同的标记,比如说什么情侣网名、情侣装之类的,当时他想来想去,觉得还是自己亲手做的东西比较有意义,因此就想到刻一对印章了。

麦萌在情人节给江珩买了一盒巧克力,后来交往到现在也买过情侣牙刷、耳机,但看到江珩的礼物,她才觉得自己的礼物没人家用心。她握着印章爱不释手,抱着江珩,语气有点惭愧:"江珩,你这么好,我要再送你个什么才能表达我的心意呀?"

不知道为什么,江珩的脑海里冒出来《小王子》里的一句话:"如果你爱上了某个星球的一朵花,那么只要在夜晚仰望星空,就会觉得漫天的繁星就像一朵朵盛开的花。"他对麦萌的感情与日俱增,麦萌可能不会知道,他对她的喜欢其实已经超越了她的。曾分

开的一个月,他无时无刻不在想她。对她的思念,渗透到了每个细胞。只不过,他擅长压抑和隐藏罢了。在见到她出现在车站的那一刻,他所有波涛汹涌的情绪都化为平静。

回抱住麦萌,江珩不在乎周边来往人投来的目光,将下巴搁在她的肩膀上,深情款款:"你已经把最好的东西给我了。"

"什么?"麦萌不解,歪了歪脑袋去看江珩。

江珩在麦萌额头上落下一吻:"你就是最好的礼物。"

在数以万计的汉字里,麦萌第一次觉得只有这几个字组成的情话是最悦耳动听的。

心之所动,情不自禁,麦萌"啪"地吻住了他的唇。

第一次吻一个人,她不知道要如何去做,只敢停留在江珩的唇上,一动不动。

第一次被一个人吻,眩晕感来得猝不及防,江珩同样不知所措,感觉自己的呼吸都停止了。

两个人大眼对小眼,"噌"地跟亲嘴鱼一样又分开了。

麦萌两手捂着脸,不敢去看江珩,羞得很想自己变成土行孙钻地里去。

人家电视剧或小说里男女主人公的初吻都是发生在浪漫的海边或者是星空下,而她却在大马路边就头脑一热地亲了江珩。这不仅不浪漫,还太不矜持了!

不过再想想交往半年才初吻,她和江珩这也矜持得够可以了!

江珩的脸也在发烫,他轻咳两声,转过头装作看路边,掩盖自己的失态:"那个……对面有家店,进去看看有没有情侣装吧。"

麦萌"哦"了声,表情不自然地跟在身后。

02

江珩的魅力,不止于校园。他刚走进衣服店,就被五个女店员给围住,场面比上次那宾馆拉客的大妈还夸张,而跟他一起进去的麦萌则被完全忽视掉了。

麦萌站在一旁,抱着双臂翻白眼,心里泛起了酸泡。

"帅哥,你看看,这是我们刚进的新款,昨天刚到的货!"

"帅哥,你是搞艺术的吧?"

……

江珩不是头一次遇到搭讪的,但这种团体搭讪让他有种扛不住的感觉,无奈看向冷眼瞧着自己的麦萌,拉着她往女装区走:"不好意思,我想先给我女朋友看看衣服。"

"当我是透明的吗?"麦萌噘着嘴,挽着江珩的胳膊,宣示主权。

江珩知道麦萌的小情绪,捏了捏她的手背:"待会儿去别的地方再看看情侣装。"

喜欢一个人,就想着让她充斥在自己生活的各个角落,满世界印上她的痕迹。如果可以,他真想往后每次出野的时候都带着她。

"好。"麦萌痛快地应了声。也不知道是不是因为刚才店员们对江珩的过分热情引起了她心里的不快,她在衣架前看了两眼,摆摆手,"给你看看男装吧。"

一个扎着马尾辫的店员听了,立刻堆着假笑:"帅哥身材比模特都好,咱们家很多款式都合适呢!"

麦萌是真心想给江珩买件衣服,这样以后江珩每次穿这件衣服都会想到自己。不同于刚才的敷衍,她很认真地将衣服在江珩身上比画比画,时而点头,时而摇头。

江珩一年四季的衣服没有新鲜的颜色,黑白为主,穿得多了人

的气质也冷了。

"你试试这个。"将一件半袖衬衣塞进江珩的手里,麦萌很期待他穿上这件今年最流行的粉色后的效果。

江珩皱眉,很为难:"这个颜色太……娘了吧?"

"你试试看嘛。"麦萌将江珩直接推进了试衣间,不给他拒绝的机会。

"哎,这个黑色裤子不错!"

"我记得咱们店里好像还有个工装裤不错!"

"不行,那个颜色难看,我去找那条带拉链的裤子!"

麦萌坐在休息椅上等江珩的过程,店员们忙得满店跑,好像她们才是江珩的女朋友一样。麦萌的笑脸凝固了,安静得像个雕像。

直到江珩出来,几个人还在争论谁手上的裤子好。

"怎么样?"头一次穿粉嫩嫩的衣服,江珩很是别扭,手脚都不知道放在哪里了。

如果说之前的江珩是座冰山,那现在的他就是团软绵的棉花,让人忍不住想捏一下。

"帅哥,你就是个行走的衣架子,穿咱家的衣服绝对好看!"

"这条工装裤配这个衬衣也刚好,帅哥要不要去试试?"

"帅哥,你真的不是学艺术的吗?你……"

"可以先不要说话吗?太吵了。"眼前好像是一群鸭子在乱叫,吵得江珩头疼,也吵光了他所有耐心。

几个店员有点尴尬,对视一眼闭了嘴。

重新看向麦萌,江珩的语气温柔,跟刚才的清冷判若两人:"可以吗?"

麦萌稳坐如山,笑眯眯地点点头:"还好。"

"还好"二字，一语双关，既是说这件衣服适合江珩，也在暗示江珩刚才的表现不错。

江珩领会到了麦萌话里的意思，揉揉她的头发，去房间里把衣服给换了下来。

准备付钱时，麦萌按住江珩的手，非常土豪霸气地把自己的钱包拍在桌子上。

"剩下的就当你们陪我男朋友聊天的小费了，不用找了。"从里面抽出三张大票后，她昂首挺胸地挽着江珩离开了，留下怅然若失的店员小姐姐。

出了店门，江珩"扑哧"一下笑了，他捏着麦萌的小脸："小嘴这么毒。"

麦萌摇头晃脑，扬扬得意："才不是嘞，我感谢她们不行吗？"

"衣服两百九十八，有给人两块钱当小费的？"江珩笑完，又恢复了正经，"以后不许这么胡闹了。"

麦萌做了个鬼脸，自己乐呵呵地跑开了。

江珩望着她的小丸子头在脑后一颠一颠的，又看看手里拎着的衣服袋子，心里流淌过甜蜜的细流。

03

江珩和麦萌的朋友圈里都知道两个人在交往，但为避免有人挖墙脚，麦萌也会跟其他女孩子一样，偶尔拍拍照片发朋友圈里。为了凸显自己，她会适当地给江珩打上略微朦胧的马赛克。不过，得事先屏蔽掉麦妈麦爸才行。

短期实习后，离志愿者培训还有半个月，而江珩在时间上也刚好空闲，两个人决定先去江珩爷爷的老家，然后再去周边地区转转。

怎么说都是两个人的第一次旅行,意义重大。原本江珩打算开车,可麦萌认为既然是旅行,那就应该行走在路上才更有趣,所以两人坐着大巴车回老家。

出发之前,江珩负责做攻略,麦萌负责收拾行李。

28寸的大行李箱里,江珩拿了三四套换洗的衣服,叠起来缩在箱子的一角,剩下的空间都是麦萌的东西。睡衣两件,帽子三个,凉拖一双,运动鞋一双,高跟鞋一双,帆布鞋一双,短裤三条,裙子五件,T恤四件,防晒服两件,薄款外套两件,装满瓶瓶罐罐的洗漱包一个,医药包一个……总之,江珩在最后清点物品时发现,光麦萌的东西就四十多件。

在江珩感慨女生出门带的东西多时,麦萌却说她其实还想再塞些零食的,但实在是怕撑坏箱子就只能忍痛放弃了。对此,江珩表示佩服。

去江爷爷家的大巴车需要三个多小时,麦萌本着上车睡觉,下车拍照的游客特性,一上了车就习惯性地坐在靠窗的里边。她调了一下椅背的按钮,想要把椅背放低一点躺着,然而调了半天都没变化,就在她没耐心准备喊江珩时,却发现他整个人已经平躺下来了。

两个人坐在倒数第二排,幸好最后一排没人,要不然江珩现在直接躺在人家的腿上了。他侧着脸,表情淡淡:"你的按钮在右边。"

"呃……"麦萌不好意思地吐了吐舌头,又把江珩的位置调了回来,赶紧重新换了个按钮。

对于麦萌的蠢萌行为,江珩已经见了太多,但每次还是能被麦萌给搞到无语。她就像是一本新奇的书,又可爱又让人无奈。

"麦萌,你以前也一直这样犯迷糊吗?"

麦萌把耳机戴上，耸耸肩："你说什么，我听不到啦。"

"掩耳盗铃。"江珩拿下麦萌的一只耳机，塞进自己耳朵，低头翻着手里的专业书。

麦萌听的是轻音乐，舒缓悠扬的旋律，让麦萌的心情平和安静，看着车外的街景快速地倒退，她渐渐有了睡意。

等过了十几分钟，江珩再去看麦萌，她已经睡着了，头靠着玻璃窗，随着车身的转弯颠簸时不时地碰着玻璃，浓密的睫毛偶尔颤动两下，小模样越看越移不开眼睛。怕麦萌的睡姿不舒服，他小心翼翼地把手垫在她的头和玻璃之间，然后把她的脑袋轻轻放在了他的胳膊上。

软软的小人靠着自己，好像将所有的信任和安全感都交给了他。江珩吻了吻她的脸颊，小声地唤了句"小迷糊"。因为他觉得这个称呼更适合麦萌，也更可爱。

迷糊中，麦萌似乎感觉到有什么冰凉的东西贴了下来，她动了动身体，把头贴近江珩，找到了个更舒适的位置。

江珩一手握着麦萌的手，一手翻着书，不管是他的头脑还是心灵，一路都是充实踏实的。

梦想在左手，爱人在右手，如果能这样一路走下去，那么他的人生应该是没有遗憾的了。

04

在麦萌睡觉的几个小时里，江珩像忠诚守护公主的卫士一样一动不动，等快到汽车站前十来分钟，他才将她唤醒。

麦萌在车上睡得从来没有这么安稳过，她揉了揉惺忪的睡眼："到了吗？"

江珩捶了两下肩膀,活动了下身子:"快了,准备一下要下车了。"

麦萌瞥见江珩衣服上有一小块水渍,她下意识地摸了摸嘴角,果然发现是自己的口水,脸蓦地一红,赶紧掏出纸巾来。

"没事,衣服到了后洗洗就行。"可能是爱屋及乌,不管麦萌怎样,看在江珩眼里都是好的。她的小脾气,她的小习惯,她的小瑕疵,只要不是原则性问题,在他这里统统都能接受。

麦萌知道自己枕着江珩睡了这么久,江珩一定很累,她让他转过去,她从后面帮他敲打着肩膀。

在家经常给爸爸按摩,麦萌练出了一门好手艺。敲推捏拿,力度适度,没一会儿,江珩觉得刚才发麻的地方舒服多了。

"手法挺专业。"

"是吧?我这手法在外面都得花钱才行。"麦萌轻哼,按得更加用心。

江珩瞧着麦萌得意的小模样,捏了一下她的鼻子。

很快,车到站了。

下了车后,江珩一手拉着行李箱,一手拎着麦萌的小包,而麦萌两手空空,只挽着江珩这个男朋友就好。

江爷爷七十多岁了,再加上几年前江奶奶去世后,他的状态大不如以前,所以早就有了回乡的念头。刚好住的地方拆迁了,于是老人家去年在城里过完生日后没多久就回了老宅。

老宅在一个有着百年历史的古镇上,距离车站还要二十分钟。出租车将江珩和麦萌两人送到了古镇路口,映入麦萌眼前的是一排排乌瓦白墙,像课本上的铅笔画似的民居。

脚下青石板路,身侧是一座石桥,桥下荡漾着一条碧绿的河水,河边的杨柳垂着柳条，有人撑着小篷船唱着当地的小调，这样古朴安静的画面之前只存在于麦萌看过的电视或者是杂志里。

远离了都市的繁华，麦萌挽着江珩，走在青石路上，鞋子与青石发出轻微的叩响声，风吹过夹带着自然的花香，心中也宁静一片。

"江珩，这里真的好美呀！"

江珩拖着的行李箱的轮子摩擦着地面，发出一阵有节奏的"咕噜咕噜"声。他点头："这像是个世外桃源，与世隔绝。以前每次跟爷爷回来，都有种不想离开的感觉。"

一路往前，麦萌看到了有老人搬着小马扎坐在树下乘凉，也有穿得花花绿绿的女人们在门口洗衣服。

临近傍晚，有炊烟缕缕升起，袅袅的烟雾缭绕在半空中，最后一点点消失，如梦如幻。

走了十来分钟，两人停在一座院落面前，门半敞开着，麦萌能看到庭院里种的花花草草，也依稀能听到院子里传来的类似于砍锯木头的声音。

推开门，只见干净的小院里左侧有一个花圃，里面种满了虞美人、月季、紫薇等，右侧是一个小池子，养着几条红鲤鱼，游来游去的，很是自在。池子旁长着一棵树干半米粗的大槐树，枝繁叶茂，绿意盎然。一个头发略微发白，身形偏瘦的老人在低着头做木工。

"爷爷，我回来了。"江珩牵着麦萌上前，恭敬地喊了句。

江爷爷抬头，在看到江珩后，先是愣了愣，然后把老花镜往上推了推，深邃的老眼里闪过一丝喜色，随即又板着脸拍了拍手上的木屑，站起来："臭小子，上个月让你回来看看我，你说回不来，这次又为什么不打招呼就回来了？"说完，他将视线移到一旁的麦萌身上，打量的眼神充满深意。

可能江爷爷向来严肃，以至于表情也跟旧时门外贴的门神一样，让人不禁心生畏惧。麦萌被江爷爷盯着，不由得紧张起来，乖乖地喊了句"爷爷好"。

江爷爷只有江珩父亲一个孩子，高丽早年就搬离了江家，家里人只有高丽知道江珩跟麦萌交往的事情。如果江珩不主动说，可能江爷爷到孙子结婚才知道他有女朋友。知道老头儿口是心非的性子，江珩低笑："这次是带女朋友回来给爷爷看的。"

麦萌本身就一副乖巧可爱的形象，又是江珩带给他看的第一个女生，江爷爷心里高兴却不习惯表露出来，他点点头，领着两个人进屋。

屋内一张大圆桌，其他家具摆设也都是老旧色的木质家具，厅堂中间挂着一副写有"上善若水"的大字，整个屋子同样古朴高雅。

桌上的茶具是白底蓝花的青花瓷，江爷爷拿出两个茶杯来，一边给江珩和麦萌倒茶，一边问："我听说，姓付的老头儿上次领着你去发掘，遇到麻烦了？"

付教授和江爷爷两个人在考古界的威望不相上下，被称为"考古双神"，年轻时是好友，老了后是"对头"。因为付教授比江爷爷小几岁，如今还能奋战在考古一线上，这让十年前就退居二线的江爷爷心理很不平衡，以至于每次提到付教授语气听着都不太友好。

江珩抿了口茶："嗯，是有点棘手。以前发掘墓葬，挖出来的大多是'干尸'，上次竟挖出来一具'湿尸'，恰巧那几天天气又潮湿闷热，在处理上确实困难，不过老师很快就解决了。"

"湿尸"遇到空气、水等容易腐化变质，处理和保存不当的话将会遭到破坏，对于今后的考古研究来说是一个巨大的损失，故而在面临这个问题时，付教授带着考古团队连续开了两天两夜的紧急会议，最终想出来一个保守方案，那就是先将"湿尸"的内脏等器官小心摘除，然后再将尸体浸泡在福尔马林溶液里短暂保存。等在博物馆营造一种与发掘之前的地下温度、湿度条件相同的环境后，再长久存放。

不管是发掘技术还是保存费用，对付教授的团队而言都是一个不小的挑战。

江爷爷坐下来，摸着短短的花白胡子，哼哼道："棘手什么？把内脏摘了，泡福尔马林里，再造个恒温恒湿的玻璃柜就完事了。"

江爷爷所说与付教授的做法一致，江珩瞧着江爷爷这不服输的样子，忍着笑："爷爷，老师也是这么做的，你们还跟以前一样默契。"

"谁要跟他默契？这个糟老头子！"江爷爷别过脸，傲娇地丢下一句"饭你自己做"，就出门继续忙活刚才没做完的椅子了。

麦萌偷偷瞄了江爷爷一眼，把他跟笑眯眯和蔼可亲的付教授对比起来，发现这真是一个脾气执拗又古怪的老头儿。

江珩学着麦萌经常做的动作，耸耸肩，摊开手："自己做吧。"

第十四章 爱她就和她去旅行

01

淅沥沥的小雨，形成了一层朦胧水雾，像一层薄纱，将小镇笼罩起来。

麦萌站在小木窗前，看着模糊了的青石砖，看着雨水打在地面上的水洼里溅起一朵朵水花，有种置身诗画中的感觉。

老宅有四个房间，江爷爷住在主间，麦萌和江珩在西边住隔壁，东边还有一个房间做储物室。在麦萌听雨的时候，江珩在台阶上帮爷爷打磨做好的椅子半成品。

爷孙两个都不是话多的人，但一旦讨论起考古的话题，你一言我一语就停不下来。偶尔提到付教授，江爷爷就会发小脾气，惹得麦萌偷笑。

江爷爷很喜欢这个笑起来眉眼弯弯的小姑娘，见麦萌抿着嘴在笑，便放下锯子："丫头，去大厅，我给你看个好东西。"

"好嘞。"欢快地应了声，麦萌对江珩眨眨眼，做了个口型小声问，"你爷爷要给我看什么呀？"

江爷爷收藏的宝贝很多，江珩也不知道老头子要给麦萌看什么，吹了吹木屑，随口道："可能是传家宝吧。"

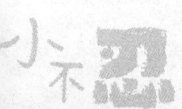

传家宝？麦萌一听，眼睛像被打磨后的珠子一般锃亮。一想到这可能是传给孙媳妇的宝贝，她的脸"唰"地红了。

坐在大厅里，她紧张地看着江爷爷洗了手，从柜子里拿出一个被红布包裹得四四方方的东西来。

"爷爷，这是？"嘴上虽然在问着，可她内心已经十有八九地确认了，这一定是装传家宝的盒子！

红布还没揭开，麦萌已经在纠结地戳手指了。毕竟她跟江珩还没到谈婚论嫁的地步，这种意义不凡的礼物她要如何拒绝呢？

她的纠结还没持续半分钟，红布里包着的东西打破了她所有幻想——一本封皮微黄的旧相册。

"萌萌，这里面都是江珩小时候的照片。"江爷爷把照片往麦萌跟前递了递，一边翻着，一边指着上面的照片给她介绍，"这张是江珩的百岁照，当时还尿了摄影师一身。"

麦萌把脑袋凑过去，看着照片里的江珩，瞪大了眼睛。

百天的江珩白白胖胖的，头上戴着个虎头小帽子，粉嫩嫩的一张脸，一双圆溜溜的眼睛黑亮又有神，眉心一点红，咧着嘴笑得喜庆，活脱脱像是从年画上抱下来的娃娃，可爱得让人想抱抱。

后面一张照片是江珩三岁时站在一架废旧飞机翅膀上拍的，手里还拿着一个大苹果。脸没了百天时的婴儿肥，略微瘦了些，露出两颗小白牙。

往后翻，江珩被父母抱在中间，站在幼儿园门口。年轻时的高丽脸上神色温柔，而江珩的父亲也是一个风度翩翩的俊俏男子，剑眉星目，笑容温和，江珩无疑是继承了他们二人的优秀基因。

江爷爷抚摸着儿子的照片，叹气："江珩的爸爸受我影响，当年也干了考古这行。我们这些出野的，很可能遇到墓室坍塌，砸死在里面给文物陪葬了。我和付老头活了一把年纪没遇上，倒是让我儿子遇上了。"

似乎是想到过去白发人送黑发人的心酸事，江爷爷语气低沉下来："聚少离多，江珩妈妈很不赞成江珩爸爸从事考古，两个人先是吵了好些次，后来离婚了。直到江珩爸爸没了，江珩妈妈也就彻底搬出去不回来了。"顿了顿，他又叹了一声，"他妈妈现在还怨我，怪我当初让他爸爸去发掘。"

江爷爷老眼里的泪光灼伤了麦萌的心，她也不知道如何安慰老人家，只好把照片往后翻，转移了话题："爷爷，这个是幼儿园的毕业照吧？"

照片最上方写着"北海路幼儿园大一班"，三十多个小朋友站在一起，个个脸上化着妆，男生穿着白衬衫加小背带裤，女生穿着白纱小裙子，跟一个个粉雕玉琢的小团子似的。和善的园长坐在中间，两个幼儿园老师坐在两侧。

麦萌仔细地数了数，照片上一共才十来个男生，找了好几个，她才发现第二排最右侧的小不点是江珩。

江珩额前的刘海被梳成一个冲天揪，跟其他在喊"茄子"的小朋友比起来表情呆板，抿着嘴没什么表情。再细看，他的旁边好像还有一个乱入的小女孩。

小女孩没穿演出服，穿了一套粉色的小短裤，剪着齐刘海的樱桃小丸子同款发型，脸上挂着眼泪，伸着手，不知道在抓什么。

看着小女孩手腕上戴着的红绳穿的猪骨手串，麦萌觉得异常熟悉，越看小女孩的脸，她更是觉得似曾相识。努力地在记忆里回想了一会儿，她才恍然大悟。

这不就是小时候的她吗？妈妈以前还说过，人家大班的小朋友

要照毕业照，她看了也要上去，妈妈不肯，她还号啕大哭了。

原来，他们小时候就在一个幼儿园，缘分可真是奇妙！

有种说不出的开心，仿佛已经看到了拴着她和江珩的那条绳子在无限延长，直至他们终老。

"这个是江珩小学五年级照的，当时学校搞六一晚会大合唱，班里女孩子人数不够，老师说江珩长得好看，就让他先顶替人数。因为不想穿裙子，他还哭鼻子了。"指着下一张照片里一个头戴着花环，系着红领巾，穿着红格子裙，涂着口红和眼影的小朋友，江爷爷不苟言笑的脸上竟难得挂着笑容。

照片上的江珩不知道是因为抹了眼影，还是哭得久了，眼睛红红的，眼眶里似乎还蓄着泪水，瘪着嘴，委屈巴巴的。

不得不说，江珩化上妆，穿上小裙子，真的比女孩子还要好看。

如今的江珩虽然脱了小时候的稚气，但五官跟小时候一样精致，如果现在的他穿上女装，又是一个什么样子？麦萌在脑海里幻想着，跟江爷爷一起笑得更灿烂了。

从刚才麦萌进大厅开始，江珩就在外面竖着耳朵一直留意着里面的动静，听到麦萌和江爷爷在笑他，脸上立马挂不住了，快步走了进来。

"爷爷，你干吗呢！"他伸手就要将相册拿走，却被麦萌给抢了回去。

"我要把你小时候的光辉历史都拍下来！"麦萌做了个鬼脸，抓起相册一溜烟地跑回她的房间。

"麦萌！"说实话，那本相册已经有不少年头了，江珩早就忘记了里面还有哪些自己的"黑历史"，他敲了几下门，竟失去了以往的风度，急得叫了起来，"你给我开门！"

屋子里头，麦萌趴在床上，一边不紧不慢地拿着手机拍照片，一边笑嘻嘻地回："等我拍完了我就给你开啦，别急啊！"

一个执意要开门，一个就是耍赖不开，两个人斗嘴，你来我往的，看得沙发上的江爷爷眉开眼笑。

江珩的性子就跟那些不会说话的文物一样，沉闷无趣，能让他跳脚的人，除了麦萌这个活宝还有谁呢？

江爷爷走到主卧，打开黄花梨老柜子，从里面拿出来一个红木漆的老旧首饰盒，打开后小心地摩挲着里面的墨玉镯子，舒心地轻叹一声："老婆子，咱们家江珩有人照顾了，你可以放心啦！"

02

古镇有一条中心商业街，里面有很多的特产。比如说豆腐花、臭豆腐、八珍糕等，临行前一天，麦萌拽着江珩从街头逛到街尾。这一路上，麦萌负责吃吃吃，江珩负责买买买。

以前王红楠喜欢吃臭豆腐，曾不止一次地想将这人间美味分享给麦萌，奈何麦萌每次都"退避三舍"。可是，跟江珩在一起，她竟觉得那一块块涂上辣椒酱的金黄色臭豆腐看着也是那么香脆诱人，咬一口，香气满满。糕体松软饱满的八珍糕，清爽可口，同样让人馋涎欲滴。

麦萌走了一路，吃了一路。江珩跟了一路，买了一路。

暮色升起，街道上挂起来红灯笼。江珩牵着麦萌走到石桥上，看着一艘艘小船从桥下划过。船上的灯光，岸边的灯笼在河面上交相辉映，如星河点点。凉风吹过，沁人心脾。

"真好。"麦萌抬头看着空中的月亮，有感而发，"江珩，跟你在一起真好。"

江珩也浅笑着回了一句:"我也是。"

麦萌把脑袋搭在江珩的肩上,望着波光粼粼的湖面,眸中同样熠熠生辉:"明天去哪儿?"

江珩摸了摸麦萌的头:"你想去哪儿就去哪儿。"

麦萌吻了下江珩的唇,挑眉:"天涯海角,去吗?"

江珩:"去。"

麦萌又问:"刀山火海,去吗!"

江珩:"去……"

麦萌嘻嘻一笑,环抱住江珩:"大傻子。"

从小被人以少年天才称呼大的,貌似还是头一次被人喊为"傻子",江珩失笑:"你这个整天犯迷糊的小傻子还敢说我?"

"你不是大傻子怎么会喜欢我这个小傻子?"麦萌反驳得理直气壮,话锋一转,"对了,爷爷的锯子好像钝了,咱明儿走之前给他去街上买把新的吧!还有,我发现他有颈椎病,再从网上给他买个按摩椅吧?啊,那个电饭煲的电插头有点漏电……"

小嘴吧啦吧啦列举了一长串要给江爷爷买的东西,江珩弯着唇一一笑着应了,最后听到要给江爷爷再找个老伴时,他怕她再说出更荒唐的话,低头堵住了她的嘴。

"唔……"猝不及防的吻吓了麦萌一跳,她大眼睛眨巴了两下后,也吻了回去。

桥下柳影绰绰,桥上人影成双。小乌篷船的歌声渐行渐远,仿佛在为这美好的夜晚歌唱。

离着麦萌的暑期培训还有十天,所以江珩打算下一站带着麦萌坐火车去有名的西渡景点。上火车之前,江爷爷给麦萌拿了许多特产和水果,麦萌感动得快哭了,并承诺下次跟江珩再一块回来看他。

麦萌沉浸在被众多美食包围的喜悦中,并未看到江爷爷将一个小包裹塞给了江珩。

江珩愣了愣,看看麦萌,对江爷爷低语了几句后,他趁着麦萌不注意悄悄地把包裹塞进了背包里。

带着去新地方的喜悦,麦萌在火车上全无睡意,她看看窗外一闪而过的风景,再低头看看舍不得吃的特产,心情欢畅。

就像是德芙巧克力的经典广告"下雨天和巧克力更配"一样,火车和泡面也是绝配,但对江珩来说泡面等同于奶茶,都被划为了不健康食品。麦萌从跟江珩交往后,她曾经钟爱的好多爱吃的东西都被江珩列入了"禁品"。

不知道车厢里哪个角落里飘来一阵泡面的味道,闻着熟悉的香气,麦萌用力吸了吸鼻子,巴巴地看向江珩:"江珩,你闻到什么味道了吗?"

江珩坐在对面,面前立着一本大杂志,而杂志里则藏着一本A4纸张大小的素描本。听到麦萌喊他,他抬头问:"什么味道?"

"当然是泡面啊!"麦萌以为江珩是故意装傻,一把拉开挡住他视线的杂志,待看到素描本后,她瞪大了眼睛。

画面上是一条蜿蜒的古街,潺潺的流水从旁而过,石桥上站着一个姑娘,正亲吻着她的爱人。

线条简单,可将麦萌勾勒得生动,她微微闭着眼睛,像一朵含羞的玉兰花,清新可爱。

认识这么久,麦萌见识过江珩的不少本领,所以见他会画画一点也不惊奇,只是他若画的是寻常画像也就算了,画两个人拥吻的画面怎么看都让人窘迫。麦萌红着脸,瞪了他一眼:"你画这个不害羞吗?"

/ 200 /

江珩噙着笑，随手一扬，铅笔"唰唰"几下，天空中似乎飘下了花瓣雨，有几朵落在了麦萌的发间，如俏皮的精灵为画面增添了一抹亮色。

从动作上看，麦萌的手是抱在江珩的腰上的，而江珩则是环着她的肩膀。二人相拥立在这漫天花瓣雨中，弥补了麦萌初吻不浪漫的遗憾。

想了想，江珩又添了几笔。

眨眼间，一朵玫瑰花出现在了他的手中，与飘下来的花瓣相得益彰，瞬间多了种意境美。

瞥见麦萌眼神中的惊艳和意外，江珩将画递给她，打趣道："加了花瓣，还害羞吗？"

若是可以，他想将与麦萌从相识到现在的点点滴滴都画下来。等以后白发苍苍老去，这些画都将会是见证他们爱情的依据。

"我要吃泡面。"麦萌绷着，别开脸。

江珩拿麦萌没辙，揉揉她的脸起身往推着小推车卖瓜子、花生、矿泉水的列车服务员走去。

麦萌对着江珩的背影做了个鬼脸，爱不释手地将画装进了包里。

03

钱钟书在《围城》中借着赵辛楣的口说过一句很经典的话："结婚以后的蜜月旅行是次序颠倒的，应该先共同旅行一个月，一个月舟车仆仆以后，双方还没有彼此看破，彼此厌恶，还没有吵嘴翻脸，还要维持原来的婚约，这种夫妇保证不会离婚。"

虽然麦萌还没有和江珩进展到谈婚论嫁的地步，可不管是在爷爷家的古镇还是西渡，这一路上江珩对麦萌都是悉心照顾，体贴入

微，每一件看似微不足道的小事都能透露出他的耐心、专心、用心了。

两个人去了熙熙攘攘的惜春路，穿过了热闹的芙蓉巷子，参观了博物馆，在网红书店的墙上写了留言条……江珩将一星期的行程安排得充实且合理，以至于麦萌在游玩的过程中根本不会感觉到疲惫。

在出了海洋乐园后，麦萌看到不少情侣陆陆续续地进了旁边的一个鬼屋，拽着江珩也要往里走。

江珩犹豫了会儿，表情质疑："你确定？"

上次麦萌为了培养和江珩的共同话题，自己在宿舍一楼看盗墓电影时被人给吓得鬼哭狼嚎，胆子这么小的人儿，去鬼屋这么惊险的地方不是找刺激吗？

"当然确定。"麦萌不以为然，挑眉上下打量了眼江珩，"难道是你不敢？"

"笑话。"江珩不知道麦萌这个脑回路是怎么长的，他一个专业考古人员怎么可能会怕这些人扮成的假鬼？

牵着麦萌，江珩大步流星地去售票台买了票，进入验票口后，两个人看着从出口迎面过来的一对情侣停了下来。

女孩子可能是被吓坏了，一个劲地哭，哭得眼妆都化了，眼下乌黑一片，头发也散成一团，再加上穿着改良版的齐胸襦服，活像是从地底下面爬出来被人欺负了的女鬼。

等二人走后，麦萌扯了下江珩的胳膊："真有那么可怕？"

"我也没玩过，进去后就知道了。"江珩察觉出麦萌有点紧张，又想笑又期待她待会儿在里面的反应，拍了拍她的肩膀以示放心。

说不出来什么感觉，麦萌只觉得江珩的笑带着深意，她半信半疑地在服务人员的指引下到了鬼屋门口。

看着门口的路标，江珩询问麦萌："初级、中级、高级，你要玩哪个恐怖程度的？"

麦萌舔了下唇，默默指了指中级。选初级会显得自己太低级，选高级又怕自己承受不了，选一个不高不低的还算凑合。

选中级的人可能跟麦萌有着一样的心理，因此通往中级的小入口有不少人在排队。在等待的过程里，麦萌一边深呼吸，一边听前面进过鬼屋的人讲经历。比如说进去后会被鬼追或者抓脚之类的，她听着也就不觉得怕了。毕竟鬼都是人假扮的，能恐怖到什么地步？

每个小通道一组进十个人，江珩和麦萌刚好留在最后。工作人员清点完人数，表情复杂地提醒道："进去后，请不要使用打火机等危险物品，更不要殴打工作人员，谢谢。"

一进去，麦萌仿佛直接走进了一个黑洞，里面乌漆墨黑的，丁点光线都没有。小道狭窄，入耳便是鬼叫声，她下意识地捏紧江珩的衣角。

走了两分钟，有蜡烛在右手边的墙壁上摇曳。借着微弱的烛光，麦萌才看清楚墙壁上挂着血淋淋的人头，一个个面目狰狞，表情阴森恐怖。

有女生发出尖锐的叫声，吓得麦萌的心一揪，她猛地闭上了眼，抓江珩的手也更用力。江珩把她拉到自己身前，从后面给她安全感。

战战兢兢地继续向前，在转到一个拐角的时候，忽然左前方有个伸着舌头的红衣女鬼张着双手朝着麦萌扑了过来，麦萌当即腿软了，失声大叫："江珩！"

江珩用胳膊敏捷地挡住女鬼，转身将麦萌护在怀里，拍着她的后脑勺安慰："别怕，都是假的。"

江珩的话刚说完，下巴被麦萌猛地撞了一下，紧接着她又惊叫了一声:"妈呀!"

江珩揉着下巴,看到一只不知道从哪里爬出来的男鬼,披头散发,穿着血迹斑斑的白衣,正用一只手抱着麦萌的脚,另一只淌着血的假肢在拍打地面。

麦萌快哭了,用脚踢着白衣男鬼,声音都吓得变了音:"走开,走开!"她的力气没有男鬼大,踢了几下都踢不开,看着像极了在跳踢踏舞。

江珩弯下腰,手劲适当地掰开男鬼的手,拉着麦萌一个劲往前跑。至于其他人,有的吓得大声唱歌,有的在大声喊叫,有的骂脏话,有的哭求,如果将这些画面录下来,一定会笑得人前仰后合。

不同的方向是不同的主题,都在暗处藏着不同的工作人员。江珩虽然无法分辨自己在哪个主题场景,却能通过鬼叫声猜到他们躲在哪个角落,带着麦萌"东躲西藏",生生把"鬼屋历险记"演变成了"地下游击战"。

两个人猫着身子藏在一个类似于棺材的后面,周围没有危险的气息,貌似很安全。麦萌大气不敢喘,死死拽着江珩的手掌心早已湿漉漉了。黑暗里,她什么都看不到,却依旧瞪大眼睛注意着四周是否有"鬼"出没。

江珩看不清麦萌的脸,但能感觉到她的忐忑不安。想着小姑娘进来之前那略带挑衅的话,他扬起无声的笑。

蹲了快五分钟,就在麦萌以为危机解除打算站起身来时,却被江珩一把扯住。

"有鬼!"

江珩的声音压得很低,麦萌条件反射地抱住他的胳膊:"在哪儿?"

没等到江珩的回答，她快速地看看四周，往江珩身前努力靠了靠："鬼在哪儿？"

江珩拉起麦萌的手，放在他的胸口，轻笑："在这里啊。"

掌心覆盖之处，是江珩强有力的心跳。一下下，跟她因害怕而跳动的节奏一致。

"浑蛋！"这样突然冒出来的情话，让麦萌既感动又好气。她也抓起江珩的手，狠狠地咬了一口。

江珩"嘶"地倒吸一口气，指了指麦萌身后："鬼。"

麦萌上了一次当，不会再轻信江珩的话，她甩开江珩的胳膊，傲娇地要离开，可一转身就看到了一个"僵尸鬼"正伸平两手朝着自己跳过来。

"啊啊啊！"麦萌彻底崩溃了，一边大叫，一边绕着棺材躲。

一人一"鬼"好像是上了发条一样，机械地围着棺材转圈圈。

"哎？"江珩瞧着画风不对，没忍住"扑哧"一声笑了，"傻子，你往那边跑啊！"

麦萌一听，赶紧往侧面的小道跑。江珩紧跟其后，幸运的是两人看到了光。

可奇怪的是，快到出口时，有几个"鬼"竟然追了出来，吓得麦萌刚忍住的眼泪又要掉了。她没出息地缩在江珩身后，扁着嘴，委屈巴巴："我都出来了，这些鬼怎么还不放过我？"

江珩看着"僵尸鬼"提着的一只豆豆鞋，这下真没忍住笑了。

谢过"僵尸鬼"，他蹲下抬起麦萌的一只脚，先用纸巾擦了擦她脚底的灰土，在检查没有受伤的痕迹后，才帮她把鞋子穿上。

"僵尸鬼"还是头一次看到有人在鬼面前秀恩爱秀得如此清新自然的，揉了揉一胳膊起的鸡皮疙瘩，一脸嫌弃地蹦蹦跳跳回鬼

/ 205 /

屋了。

04

第一次鬼屋体验后，麦萌在心里默默发誓，这辈子再也不要逞能去玩这种挑战心脏承受能力的游戏了。

在临回程的前一天晚上，麦萌和江珩看了场当地具有地方特色的表演，算是彻底结束了这场旅行。

第二天在回程的火车上，她整理了一下手机里的照片，选了几张比较有意义的发在了微信朋友圈里，一疏忽忘记了屏蔽妈妈。

两分钟后，麦妈妈给麦萌发了条微信，询问她是否跟男生一起出去玩的。

麦萌本来想一口否认，但想到上次在电话里没跟麦妈妈承认江珩的存在，让江珩不高兴了。她想了想，把之前偷拍的一张照片发了过去。

按着麦萌对麦妈妈的了解，麦妈妈在看到照片后一定会炸了，然而等了三分钟，她才收到麦妈妈的回信：

"这么帅的男孩子，怎么会喜欢上你？"

麦萌一口气堵在胸口，差点上不来。她伤心地给麦妈妈回道："妈妈，我真的不是你从垃圾桶里捡的吗？你女儿我就那么一无是处吗？"

这条消息发送过去后，石沉大海，再无音信。因为拿着手机一直端详江珩照片的麦妈妈，正在和麦爸爸激烈地讨论着。

"我听楼下张阿姨说，最近有专门打着恋爱的幌子骗无知少女的，江珩该不会也想……"麦妈妈一惊一乍起来，跟麦萌神似。

麦爸爸赶紧打住麦妈妈的话："胡说八道什么，人家娇娇都说

了，江珩爷爷和爸爸都是正儿八经的考古专家，这孩子也跟着顶厉害的老师，未来不可限量。"

麦妈妈纳闷，百思不得其解："模样好，家境好，脾气也好的话，那他图你闺女什么？图她吃得多、长不胖？"

老早之前，麦妈妈就通过顾娇娇将江珩的专业、性格，以及对方父母的职业打听得明明白白。江珩在学校论坛上的照片，大多是别人抓拍的，有的是背影，有的侧影，看不清楚具体模样。

而麦萌发的照片上，江珩靠在椅背上，闭着眼睛小憩。干净的白衬衫，安静的睡容，精致的五官，乖乖巧巧好似个小学生。不管是从硬件还是软件设施来看，在麦妈妈眼里，麦萌能遇上江珩可真是走狗屎运了。不过，这样优秀的江珩会喜欢自家闺女，这让麦妈妈在高兴之余不免又担心起来。

麦爸爸听后，哭笑不得："瞧你这话说的，咱闺女天真善良，单纯可爱，模样也随了她妈好看。再说，跟别的姑娘比起来，吃得多、长不胖更是优点！"

麦妈妈点头，赞同："也是，想当年追我的人……"

麦爸爸一听到"想当年"，就知道接下来十几分钟又要听麦妈妈回忆当年的风采了，抽了抽嘴角。

就在麦萌快要睡过去了，麦妈妈才想到她，给她回了句"抓紧时间带回家"。

麦萌哼哼两声，半合着眼睛发了句"知道了"。

旅程结束后，麦萌连回家的时间都没有，直接跟学校的其他志愿者一起结伴去了培训地点。

因为心中承载着梦想，白天麦萌紧张且认真地学习，江珩同样辛苦专心地跟着付教授进入了新一轮的考古研究工作，不过空闲时他会开车去看望麦萌，两人的感情并未因时间和空间的距离受到影响，反而更加稳定。

未来目标明确，一切都在往好的方向发展。当暑假结束，校园里挂满了迎新条幅时，麦萌的培训已经正式结业，接下来的日子只需静心等待9月17日跟其他志愿者一同飞往交流国家就行了。

开学报到的前一天，宿舍四个姑娘就约好了要好好聚一下。毕竟每个人都有不同的发展方向，而且麦萌的交流时间为一年，大家再次相遇时还不知是何时何境。

聚餐地点还是选在味美价廉、分量十足的福临饭店。别人的毕业散伙饭是在来年的五六月，而她们宿舍却是直接提前了大半年不止，因此除了麦萌所在的包厢弥漫着淡淡的忧伤气息外，其他的饭桌上仍旧热闹欢快如往日。

麦萌有出国经费，顾娇娇和王红楠有实习工资，张晓有家教收入，几个姑娘还没点单，就争着想请客。争执不下，最后顾娇娇没办法，只好以"AA制"拍板定下，大家才放肆地点菜。

可能是不愿流露离别的情绪，所以姑娘们跟往日一样，嘻嘻哈哈地闹腾着，打趣着，胡侃着。

"娇姐，听说你前任要跟你复合？"王红楠干完一杯，又豪迈地给自己添上。

顾娇娇在实习后身上少了丝娇气，精致的妆容下不乏干练，她抿了口酒，冷笑："姐没有回收垃圾的习惯。"

麦萌很赞同："对，好的前任就应该跟死了一样，突然冒出来诈尸这种是要不得！"

张晓转动着桌盘，有心把麦萌每次聚餐必点的老醋花生转到她

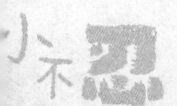

跟前:"萌萌,你跟江珩到底怎么打算的?他能等你出国回来吗?"

"这个问题我们两个早就商量好了,等我回来,工作稳定了就安排双方父母见一下。"麦萌说这话时难得不好意思,注意着姐妹们的表情。

果然,大家的眼睛瞬间亮了。

顾娇娇握着酒杯的手激动得微抖:"萌萌,你这老铁树真是不开花则已,一开花速度快得惊人!"

王红楠更是夸张,她做大猩猩两手捶胸状,嗷嗷大叫:"苍天有眼啊,我们家萌萌终于有主了!"

最理智的还是张晓,她习惯性地扶了扶眼镜框,认真地问麦萌:"萌萌,真的想好了吗?虽然江珩这个人很好,但是你们谈的是异国恋,会很辛苦的。"

对于家庭环境,张晓不曾多提,大家也只知道她有一个还在上初中的弟弟,父亲身体不好。从一上大学成为舍友开始,她就是一个典型的励志标兵,学习上勤奋,生活上自制,是一个独立自强的让人心疼的好姑娘。

麦萌望着张晓真挚关心的样子,握着她的手,神色坚定:"在江珩之前,我没有喜欢过别人,在江珩之后也不会。晓晓,你放心,我对我们的感情有信心!"

可能是这种对爱情的执着,感染了顾娇娇,她的眼眶有点酸,举起酒杯,一饮而尽,随后将空杯底一亮:"姐妹们,这第一杯酒,我干了,祝咱们的小萌萌和江珩爱情永驻!"

"干了!"王红楠和张晓也毫不犹豫一口喝下去。

可能喝得太猛,张晓咳得面红耳赤。

王红楠站起来,绕到窗户下的桌子旁边给张晓拿茶壶准备倒水时，随意往楼下一瞥，冷不丁爆了一句粗口，引得姑娘们诧异。

顾娇娇奇怪地看着王红楠："你看到啥了，这么激动？"

"我……"王红楠瞪着眼睛，拿着茶壶就想往下面扔，可看到麦萌也在看自己，她张了张嘴，还是忍住了，沉着脸把茶壶重重一放，"没事。"

麦萌直觉王红楠的不对劲跟自己有关，她三两步走过去，抻着脖子看了看，刚想说街上啥都没有，放眼一望，却看到了一个熟悉的身影。

江珩穿着之前麦萌买的粉色T恤，站在路灯下，抱着一个女孩子。

从麦萌的角度，看不清江珩的表情，却能清楚地看到女孩子的容貌。

及膝的粉紫色连衣裙，一头黑发柔顺地垂在胸前，一双大眼睛水汪汪的，这样的气质型美女不是给江珩的考古报告会做过主持人的黄倩倩学姐又是谁呢？

麦萌手指甲用力地抠着掌心，咬着牙对着楼下歇斯底里地喊："江珩，你个浑蛋！"

两人抬头，看到了麦萌绷紧的小脸。

江珩一愣，下意识地推开黄倩倩，而黄倩倩明显一脸受伤的样子。

01

一场宿舍的聚餐,因为撞见了江珩和黄倩倩的意外,最后大家抑郁而归。

回去后,宿舍气氛压抑得很,麦萌不哭不闹的样子让大家担心又不敢多问,只能对刚才的事情默契地闭口不提,洗漱完毕后才十点,破天荒这么早就关灯睡觉了。

原来,江珩本来是想去附近买宣纸,但没想到遇到了黄倩倩。黄倩倩马上也要去国外进修了,临走之前对江珩表了白,却因遭到拒绝而情绪失控,抱住了江珩。王红楠看到的只是黄倩倩拉扯江珩的胳膊,江珩礼貌性地拂开,至于拥抱的刺激性画面则被麦萌"有幸"看到了。只是,江珩还没来得及推开黄倩倩,就已经被麦萌"定罪"了。他跟在麦萌后面解释了一路,麦萌却一言不语,明显是不相信他。

房间里一片黑暗。

王红楠是个直肠子,心里压不住事情。她时不时地往麦萌床位方向看两眼,可黑咕隆咚的,啥也看不清,只能一次又一次地躺下,床板发出"咯吱咯吱"的响声。

"江珩还在外面。"顾娇娇扒拉开窗帘子,看到楼下杵着的江

珩,翻了个身面朝着墙,也想着自己的心事。

麦萌将自己闷在被子里,看着江珩发来一条条的短信,眼睛哭得比兔子还红。她吸了吸鼻子,含泪回了条信息过去。

宿舍楼周围漆黑无人,夏天的风虽然难得这么凉爽,可江珩却无半点吹凉的闲情逸致。二十多年来他心如止水,似乎第一次有心如火焚的焦灼感觉,着急又无奈。

等麦萌上了宿舍楼,直至熄灯到现在,他像是一棵笔直的树,立在女生宿舍楼前,拿着手机给麦萌打电话、发短信,可惜如石沉大海一般。

好不容易看到麦萌回了信息,江珩的眼睛猛地一亮,如黑夜里骤然亮起的光,但在看到刺眼的"分手"二字后,眼神瞬间暗淡了下来。

紧紧握着手机的手背青筋暴起,江珩抬头,望着麦萌宿舍的阳台方向,下颌绷成一条直线,手机屏幕的光给他深邃的眼窝打上了阴影。

他深吸一口气,再次拨打麦萌的电话,然而这次并没被挂断,提示的是忙音。显而易见,他被麦萌拉入了黑名单。再发微信,也已显示并非好友状态。

江珩见过情侣吵架的样子,他跟麦萌从开始到现在,没有真正红过脸一次,在别人眼里可能他们的感情因为经常的聚少离多一直处在新鲜期,甜甜蜜蜜,估计也没人能料到这第一次吵架竟到分手的地步了。

他抿了抿唇,还是坚持不懈地给麦萌发信息。

被列入黑名单,电话虽然自动挂断,但麦萌那边会有未接来电提醒。如果没有设置为自动删除垃圾短信,那么江珩发给她的短信

也能收到。

麦萌要分手的原因，有赌气的成分，但更多是来自于不自信，还有自己在舍友面前刚信誓旦旦地为自己的爱情宣言后秒被打脸的尴尬。平时有多隐藏这些小别扭，当一触即发时暴发就有多严重。可能在局外人看来，麦萌是矫情任性，可只有她自己知道她嘻嘻哈哈、没心没肺下的担忧和自卑。

第一次爱上一个人，有甜就有酸。她爱上的这个男孩，闪耀似星辰，若是在千万人群中，他必定是那最引人注目的一个。与这样优秀的他相比，她是多么平凡渺小，毫不起眼啊。正如麦妈妈说的那样，吃不胖是她最大的优点了。不过，现在这个优点也快没了。摸摸确实多了小半层的下巴，她钻出被窝，怅然地长叹一声。

看到屏幕指示灯不停地闪烁，她纠结了会儿，还是没控制住手点开垃圾信箱。

"麦萌，我知道你很难过，很生气，但是请你冷静一下，好吗？"

"我和学姐之间真的不是你想的那样，我喜欢的人只有你，没有别人。你误会了，真的。"

"你心里有什么不痛快发泄出来，不要自己闷着，你回我一条信息，随便回复点什么都可以，或者接个电话可以吗？"

"我们以后要走的路还有很长很远，也会遇到更多的人。就像是小王子的玫瑰花一样，世界上可能还有比你更好的玫瑰，我也只喜欢你这一朵。"

……

几十条信息，每条都是江珩从未说出口的真心话，将他对麦萌的深沉感情表露得一丝不藏。麦萌悄悄藏着她的不安与担心，他也不着痕迹地一一看在眼里。

麦萌快速地滑动着信息，努力地让自己铁石心肠，不为之所动，然而在看到最后一条时，还是免不了小小触动一下。

"萌萌……分手，这两个字是永远不能说的。我明天就要去出野了，不要让我走得不踏实，你回我一下。外面的风很大，你宿舍阳台的门没关好，别着凉。"

她坐起来，往阳台方向探了探头，阳台门果然半开半掩着。

麦萌回来路上哪里有心情在意外面的风大不大，只顾着伤心生气了，现在看阳台上的衣服被风吹得飘飘乱晃，衣服架子碰撞在一起也发出细碎轻微的声音。

看看时间，快十一点了，意识到江珩在外面快站了一个半小时了，她有点心疼。

这个大傻子，不可能真的要在外面站一晚上吧？

挣扎了片刻，麦萌轻手轻脚地下了床，趿拉着拖鞋慢慢踱步到阳台门前。

江珩视力极好，他看到有人影在动，往后退了退，站在灯下，总算是看到了麦萌。虽然看不到麦萌的脸，却能感觉到她也在看着自己，这就足够了。

心头上压着的重石一点点松动，江珩给麦萌又发了条信息，然后才后退着，望着她缓缓离开。

麦萌看着江珩的身影渐渐消失在夜色里，眼眶泛酸，又嘟囔了句"傻子"。

站了一会儿，麦萌将阳台门关好，只听得头顶传来顾娇娇幽幽的一句"且行且珍惜"。

王红楠起身，也小声插了句："萌萌，小吵小闹就行了，别闹真格的哈。江珩真的很喜欢你，眼睛不瞎的人都知道。"

张晓转过头,拉着麦萌的胳膊,轻叹了一声,劝慰道:"好好睡一觉,没什么问题是不能解决的。"

被舍友这么一安慰,麦萌又不好意思起来,"嗯"了声,钻回了被窝里。

房间重回寂静,麦萌睁着眼睛盯着床板,脑子里是江珩站在黑夜里那挥之不去的样子。

她毫无睡意,心头烦躁,翻开相册,看到暑假跟江珩一起拍的照片,一股莫名的火气又上来了。

长这么帅,连删照片都不舍得删了!

她郁闷地合上手机,又把自己缩在了被子里。

02

江珩出野去了,麦萌在学校里眼不见,心也不静。舍友们早已摸透了麦萌嘴硬心软的性子,也知道她放不下江珩,故而在江珩离开后的这两天总是时不时地找机会"敲打"她,千万不要因为一时情绪化而将江珩这样人间极品的男朋友拱手送人。

麦萌一方面觉得自己拉黑江珩确实小题大做有点过分,另一方面也担心在自己和江珩冷战的时间里有人乘虚而入,所以偷偷将电话和信息从黑名单里解除了屏蔽。只是,添加微信好友这种事情,她却抹不开脸。

再者,距离出国仅有十多天,麦萌还没有将消息告诉麦妈妈和麦爸爸。她能想到麦妈妈知道自己擅作主张后的反应,不仅不会同意她出去,还一定会把家给拆了,搞得家里鸡犬不宁。

亲情爱情,梦想现实,像是几道墙,从四面八方将麦萌围困得死死的,让她郁闷得喘不过气来。

顾娇娇和王红楠又回了彼此的工作单位，宿舍里只剩下专心备考研究生的张晓。趁着张晓今晚没去图书馆学习，麦萌央求她跟自己一块去操场上跑步。

张晓在学习上是个学霸，但在体育运动上却是个"低能儿"，每次的体测，都是在几个舍友前拽后推下才勉强过关的。见麦萌丧着小脸，她不忍心拒绝，只能从了。

刚开学没多久的操场上，人并不少。有特意减肥的女生，有并肩溜达的情侣，也有带着孩子散步的教职工家属，而像麦萌这样纯粹为了发泄情绪而跑步的人不多，不过比暴饮暴食好。

脚下小步子迈得飞快，额头上沁出了一串汗珠，她一边拉着吭哧吭哧大口喘气的张晓，一边语重心长地教育："晓晓，你知道僵尸为什么走得很慢，却让人们感觉害怕吗？"

张晓像被浪花一巴掌拍在沙滩上濒临脱水窒息的鱼，累得翻白眼："我……我怎么……怎么知道！"

"傻子，因为他们从来不放弃啊！"烦恼随着热汗似乎也一并从体内蒸发掉了，麦萌跑得痛快，脸上的表情也渐渐恢复了明朗欢快。

她另一只手做了个进军的姿势，旁若无人地高喊："激进吧，愤怒的僵尸！"

这一喊，几乎所有人都看了过来。

张晓脸皮薄，捂着脸跌跌撞撞地被拽着向前。

跑完两圈后，张晓坐在草坪上死活不起来，麦萌也只好作罢，与她躺地上吹着夜风，闻着草香。

手机铃声响起，屏幕上跳动着的名字，像一只无形的手轻柔地撩拨着麦萌的心弦。

这两天只见江珩的短信，不见他的电话，这说明他可能并不知道自己已经被她从黑名单里放出来了。

电话来得突然，麦萌还没做好接听的心理准备，愣了愣，按了挂断键。

电话那端的江珩也同样惊讶，因为他确实以为自己还在黑名单里，所以才会继续发信息联系麦萌，刚忙活了一天，难得趁着休息时间抱着侥幸的态度拨通了麦萌的电话，没想到会打通。

死寂的心如一盏熄灭的灯猛地亮了，但随着电话挂断而熄灭。

江珩不知道这是什么情况，又紧接着拨了过去。

猜不透麦萌的心思，"嘟嘟嘟"的等待提示音就像小锤子捶在他心上一样，捶得他忐忑不安。

"我们不一样，每个人都有不同的境遇，我们在这里，在这里等你……"新换的手机铃声沧桑沙哑，一直在循环着副歌高潮。两个姑娘小小的人，一躺下从草坪外看根本看不出来，路过的人只能听到男歌手粗犷的"我们不一样"五个字不断飘荡在半空中，莫名喜感。

张晓扫了一眼麦萌："再不接，我们要被整个操场的人给笑死了。"

"行吧。"麦萌心不甘情不愿地在铃声即将停止之前接通了，却没说话。

江珩只觉得自己的心如坐过山车似的，时而被抛到希望的上空，时而又被摔下低谷。要不是屏幕亮着显示通话时间，他还以为电话又被挂了。

电话那端传来隐约的嬉笑声，江珩判断不出她人在哪里，只能小心翼翼地试探开口："麦萌，你在吗？"

/ 218 /

麦萌没好气地冷哼:"我不在,难道是鬼在跟你打电话?"

沉默有时比争吵更可怕,麦萌肯跟江珩说话了,他的心情也在这一瞬间轻松下来,不自觉地松了口气。

野外夜色朦胧,他走出帐篷,看着萤火虫星星点灯地在草丛中蹿过,嘴角轻弯:"萌萌,我想你了。"

"萌萌"这个名字本就带着难以言说的亲昵,再接上一句低沉有磁性的"我想你了",更是有种说不出的温柔,刺激着麦萌的耳膜。

她忍不住在心里爆了句粗口,强撑的心理防线要被击垮了。

长得帅,声音还好听,这让她怎么办!

想说点什么,又找不到合适的台阶,她张了张嘴,冷着声音:"然后呢?"

"然后……我想你了。"能辨别出麦萌故作冷漠的小傲娇,江珩想象着她此时别扭的表情,声音也带着笑。

如果是之前,麦萌听到江珩这样直白地表露对自己的想念,必定高兴得很,可上次的"冷战"还没完,她暂时还不能装出若无其事,语气不耐烦道:"还有事没了?没事我还要跑步。"

"有事。"江珩赶紧止住笑,一本正经地回,"爷爷想在你出国之前见见你。"

"爷爷?"一想到江爷爷曾站在火车站送别他们,久不离去的画面,麦萌狠不下心拒绝,软了声调,"好吧,那你什么时候回来?"

江珩对麦萌的了解虽然不及麦爸麦妈或跟她处了四年的舍友深,却知道她的心善良柔软,吃软不吃硬。她能松口,就意味着差不多气消了。

见好就收,不敢再多说废话,江珩立即回答:"明天下午我就能回去。"

/ 219 /

"工程还没干完，江珩你就要先跑？真是典型的见色忘友！"江珩刚说完，舍友宿志高从后面一把搂住他的脖子，夺走手机，对着话筒喊，"是麦萌学妹吗？啊哈哈哈，我是宿志高学长，江珩的……"

冷不丁冒出来另一个声音，吓了麦萌一跳，她想了想，忽然记得江珩好像提过他有一个特别喜欢偷听人打电话、名字奇怪的闹腾舍友。

"麦萌学妹，我给你说江珩他……"

"嘟嘟嘟……"

宿志高聒噪的声音戛然而止，电话挂掉了。

麦萌无语地摇摇头，转脸见张晓正一脸深意地盯着自己。她假意咳嗽两声："那个，我还没原谅江珩，你别误会。"

对此，张晓送她一句"此地无银三百两"。

野外的帐篷里，宿志高瞧着江珩抢回手机后坐在钢丝床上盯着麦萌照片那抿嘴轻笑的样子，鄙夷地评价道："我跟麦萌学妹说几句怎么了？看看你刚才着急的熊样！"

江珩抬头，面无表情地横了他一眼："麦萌好不容易搭理我，如果因为你这个智障捣乱，生气又不理我怎么办？"

"屁，你分明是有异性，没兄弟！"宿志高愤愤地拍了江珩肩膀一下，然后招呼着其他人打扑克去了。

江珩打开通讯录，拨通了江爷爷的电话："爷爷，是我。没什么事，就是麦萌快出国了，想临走之前回去看看你。"

"好，我们后天回去。"

挂掉电话，他皱着眉头，纠结了五分钟，在微信上发了个好友申请。

麦萌正在刷牙，听到手机提示，一看差点把嘴里的牙膏沫子给喷出来：

　　亲爱的小仙女，对方申请成为你的小宝贝，请通过验证。

她嫌弃地做了个呕的表情，严重怀疑江珩的手机被偷了，要不然就是微信被盗号了。

思来想去，十分钟后还是点了通过验证。

而江珩在漫长的等待中，时不时盯着手机看看，后悔自己用了昨天宿志高教给自己哄麦萌加微信的法子了。

喊麦萌为仙女倒是没什么，可自称"小宝贝"，这确实恶心透了！

刚要再重新发一条正常点的信息，他发现已经与麦萌成为好友了。

麦萌的信息秒来："你没病吧！"

没脸接话，江珩快速回了句"晚安"，算是彻底结束了第一次的感情小波折。

03

这次发掘工作的任务理论上还需要三四天的收尾工作才能完成，但江珩心里挂念着麦萌，所以向付教授申请提前回去。付教授打趣了江珩一番后，爽快地批准了。

回去后的第二天，他开车等在了麦萌的宿舍楼对面的花坛外。车窗开了一半，方便注意着麦萌下来。

女生宿舍来来往往的人非常多，有人先是注意到车子的路虎标

志，有的人视线是直接落在江珩的脸上，但不管是先看哪儿，最后都会小声唏嘘。

认识江珩的老学生知道江珩跟麦萌交往，羡慕麦萌幸运找到了江珩这样各方面都优秀的男朋友。不认识的新生有想上前要微信结交的，可还没行动，就被江珩冷淡的眼神给吓得打消了念头。

与麦萌"冷战"的几天，舍友宿志高作为过来人给江珩教授了许多与女生相处的经验。比如说，跟女生吵架时，千万不能讲道理，女生说什么就是什么；女生出门之前，男生催不得，出门要主动拎包付款；女生试衣服时评价不能敷衍，要走心……

虽然说宿志高这个人平时吊儿郎当不怎么靠谱，但随后江珩想想他说的某些方面确实很有道理，所以江珩决定辩证选择性听取。

小吵怡情，大吵伤身。麦萌再见江珩，还是会免不了别扭。出门前捯饬了半个小时，长了的头发这次没绾成丸子头，而是从侧面编了条低麻花辫，再配一条黑白条纹长裙，俏皮又不显幼稚。

江珩一看到麦萌从楼道里出来，就解了安全带，开门下来了，朝着她走去。

他这一从车里出来，又引得不少女孩子频频回头。

烟灰蓝色的休闲衬衣，简洁的黑裤子，搭双白板鞋。麦萌一开始见江珩主动过来迎自己还挺高兴的，可一看旁边有女生偷偷举着手机给江珩拍照，她小脸上刚才没藏住的笑又没了，心里反酸了，走起路来也磨磨蹭蹭。

江珩接过麦萌的包，替她打开副驾驶座的车门，投其所好地率先开场："爷爷买了桂花蒸糕，等你回去吃。"

麦萌系好安全带，绷着的小嘴隐隐扬起，但面上还是不咸不淡地"嗯"了声。

江珩揉了揉麦萌的头，然后将一个古旧的红木漆盒子塞到麦萌手里："这是上次上火车前，爷爷让我给你的。本来想等到求婚时候给你，现在等不及了。"

"求婚？"麦萌打开盒子的手猛地抖了抖，怔怔地看着江珩，"我是不是听错了，你说求婚？"

刚吵完架没多久就求婚，中间都没有个缓冲，这是什么操作？

江珩点头，将墨玉镯子从首饰盒里拿出来，轻轻套在她的腕上，握着她的手，笑问："知道时间四象限法则吗？"

"不知道。"麦萌摇头，不明白求婚跟这什么四象限法则有什么关系。

低头看看腕上的镯子，镯子通体透彻，散发着淡淡的光芒，触感冰凉温润，这样价值不菲的宝贝，江爷爷只见过她一面竟要江珩给她，这未免太……草率了吧！

麦萌心情很复杂，又见江珩翻出手机相册的一张照片，给她继续解释："你看，如果把要做的事情按照紧急、不紧急、重要、不重要的排列组合可以分成四个象限。"顿了顿，他深深地看着她，"而你，是属于重要且紧急，现在必须要优先处理搞定的第一象限。

"原来是想等你回国再求婚，可我发现我现在一刻都等不及了。麦萌，我忍受不了你不理我，也无法接受你跟我说分手。哪怕是赌气的时候，我也不能接受你这样说。所以想来想去，可能只有先把你套牢，我才能安心。"

他抿了抿唇，嗓子有些发紧："所以……你愿意嫁给我吗？"

"呃……"麦萌的脑袋处于发蒙状态，一颗心"怦怦怦"乱跳。

"江珩……我要出国的事情还没告诉我爸妈，咱俩的事情现在定下来有点太早了吧？"

腕上的镯子因为意义非凡，因此戴在麦萌的腕上竟异常沉重。这个猝不及防的求婚，让她心乱如麻。因为不管是出国还是跟江珩确定关系，都需要得到麦妈麦爸的首肯才行。

连人都没带回家过，就要答应人家的求婚，麦妈妈那暴脾气，恐怕不只是拆家那么简单，估计会把她跟江珩给撕了！

一想到那惨烈的场景，麦萌不禁打了个冷战。

江珩眼睛里闪烁的火光，刹那间熄灭，很是受伤。他动了动唇，没有再说话，发动车子，离开了学校。

04

回古镇的一路上，江珩沉默无言，没看麦萌一眼。

空调的冷气没开多低，麦萌却觉得整个车里的空气凉飕飕的。她偷偷地瞄了江珩一眼，小声开口："江珩，你是在生气吗？"

江珩觉得自己就像是只活在麦萌朋友圈里还被打上马赛克的地下男友一样，身份得不到承认。他确实生气，沉着的脸因为麦萌这句话绷不住了，气消了。

他冷哼一声，捏着她粉团子似的脸："你这不是明知故问吗？"

"疼，疼啊！"江珩的手劲有点大，麦萌疼得龇牙咧嘴，"江珩，你这是想逼婚吗？"

江珩松开手，无奈道："麦萌，你能不能站在我的立场上替我想想。你一走就一年，我又看不见你，也很难有机会去找你，你觉得我不会担心什么吗？"

这样在意自己的江珩，让麦萌内心涌出一丝丝小雀跃，不过电视剧里不都是女孩子更容易害怕意外发生吗，怎么感觉她跟江珩好像身份对调了呢？

虽然内心有个声音很想要冲破喉咙喊一句"我愿意",可理智还是战胜了冲动。

"我就是转了360°一圈,也觉得这件事需要缓缓。"她深吸一口气,亮晶晶的大眼眨了眨,"你觉得我就不会担心吗?我也会担心隔着时间和空间,我们的感情会变淡、会陌生,你难过、寂寞,需要人陪的时候我不在身边。尤其是在有了矛盾的情况下,如果你身边刚好又出现另一个女孩子,那我们的感情更是岌岌可危了。"

"你觉得我会变心?"江珩没想到麦萌小脑袋瓜能想这么多,语气惊讶。

麦萌摇头:"不,我相信你。只是……"

可能男女思维本身就存在差异,也可能江珩上次被麦萌说"分手"闹冷战给搞出心理阴影了,他现在特需要麦萌给自己一个肯定的答复,然而麦萌相比较他来说,倒是很冷静。心沉闷得喘不过气来,他难得失去风度地打断她的话:"没有只是,我只知道你不想嫁给我。"

"我想啊,我怎么不想!"麦萌也急了,再次解释,"可是现在真不行,太早了!我们连工作都没稳定下来,还有我出国的事情还瞒着我妈呢,我怎么答应你啊!"

气氛比刚才还压抑,空气里隐隐约约冒着火药的气味,两个人得不出个结果,最后又恢复到了沉默。麦萌坐立不安,噘着嘴打开音乐来缓解尴尬。

接下来遇到的红灯似乎特别多,就像麦萌和江珩的爱情,最近小摩擦不断。

前面十字路口的红灯又亮了,江珩闷闷地踩了刹车,看着排成长龙的车辆,清俊的脸上写满"不爽"二字。

谈恋爱就像是下棋，有进有退，有输有赢，但不能总是同一个人占上风，另一个人也应适当有妥协的时候，要不然下次没人陪你玩了。

在大多数情况下，都是江珩来迁就麦萌。现在可能江珩已经将他的整颗心都摊开在了麦萌面前，所以麦萌不再跟上次见到黄倩倩拥抱江珩那般患得患失了，也收起了小脾气，轻轻拉了拉他的胳膊："知道等红灯时应该干吗吗？"

见江珩傲娇的没搭理自己，麦萌一把捧住他的脸，"吧嗒"亲了一口，弯着眼睛，笑眯眯："这是第一件事。"

江珩发愣的工夫，她又说："第二件事，就是不准生气。红灯亮了停一停，我们吵架也一样。"

她的话刚落，收音机里响起五月天的声音来："也许未来你会找到懂你疼你更好的人，下段旅程你一定要更幸福丰盛……"

她解下手腕上的粉色小草莓皮筋，套在江珩手上，眸光微动："如果你以后遇到更好的人呢？"

江珩叹了口气，吻了吻麦萌的额头："在我心里你就是最好的。"

麦萌耸了耸鼻子："我没有那么好。"

"你不用多好，我喜欢你就够了。"不愿再揪着刚才的问题纠缠，江珩还是选择了妥协。

他摆弄着腕上的皮筋，奇怪地问她："你给我这个做什么？"

"戴上这个，你这辈子就是我的人了，谁也抢不走。"麦萌也晃了晃自己手上的墨玉镯子，语气坚定，"当然，这辈子我也只能是你的人！"

她吐了吐舌头，指着切换的绿灯："走啦！"

江珩揉揉麦萌的脑袋，心情不再抑郁，再次启程。

01

再次回到古镇，麦萌有种亲切感，尤其是看到老早就等在门口的江爷爷，她更是觉得古镇跟繁华嘈杂的都市比起来更让人留恋。

江爷爷看到麦萌这次回来已经戴上了祖传的墨玉镯子，一向严肃的老脸上竟笑成一朵花，笑得麦萌莫名其妙，笑得江珩很不习惯。

卖糕点的大妈和江爷爷家附近的小朋友对麦萌这个笑起来有两个小酒窝的姑娘喜欢得很，经常见到她就往她手里塞糕点或者是糖，麦萌在古镇过得如鱼得水，人见人爱。可惜，麦妈妈的一通电话，像晴天霹雳一样，劈得她晕头转向。

麦妈妈闲着没事去翻明德大学校园网首页，无意间看到了之前学校公布的出国交流志愿者审核通过的最终名单，气得在电话里大发雷霆，高音分贝震耳欲聋，连一旁隔开几米远做木匠的江爷爷听后都为之一惊。

用江珩的话说，既然伸头是一刀，缩头也是一刀，与其纠结怎么逃避麦妈妈的盛怒，还不如赶紧回去老实地给麦妈妈承认错误。虽然江爷爷还想多留麦萌和江珩住几天，但他很理解做父母的心，不想让麦妈妈担心上火，安慰麦萌的同时也催促着她快

回家。

躲得了初一，躲不过十五，麦萌似乎别无他路。带着大包小包吃的，急匆匆地告别江爷爷，她和江珩踏上了回程。

"江珩。"小脸愁得拧巴成一团卫生纸似的，麦萌欲哭无泪，向江珩求助，"我妈一生气就喜欢用擀面杖打我，呜呜呜，我该怎么办啊啊啊！"

"活该。"江珩敲了下麦萌的头，话说得公正，"出国这么大的事情，你不让他们知道，他们打你也应该。"

"可是我妈一动手就会抄擀面杖打我，我会死的啊！"麦萌说着说着，眼泪真掉出来了，"你不知道，我妈到现在为止打断了五根擀面杖了！每次我挨完打都要怀疑见不到第二天的太阳了！"

江珩从小到大是大家口中"别人家的孩子"，只见过其他孩子经历父母"男女双打"的份儿，自己从来没挨过打骂，故而不太理解麦萌这种对挨打的恐惧。

他斟酌片刻，问她："你妈要打你时你第一反应是什么？"

麦萌不假思索："当然是跑啊！要不然我还能傻乎乎地站在原地不动？"

"等会儿我送你，你妈要是打你，你别跑。"江珩想了想，分析道，"你生挨着，让她打几下出气，打得多疼都别吱声。等她撒完气，也就好了。"

麦萌瞅着江珩，疑惑道："你确定？"

江珩笑了笑："不确定，不过可以试一试。"

麦萌"呜"一声，嚷嚷着江珩见死不救耍她玩。

江珩喜欢看麦萌急得跳脚的样子，报着嘴笑而不语。

麦萌愤愤地拿着眼睛瞪江珩，忽然眼睛一亮："江珩，你还想不想见我爸妈？"

麦妈妈一直奉行"家丑不可外扬"的家庭准则，所以要打就关起门打，绝不在外人面前对麦萌动粗，以至于这么多年过去了，除了麦爸爸和麦萌之外，没人看到麦妈妈私底下彪悍的一面。

麦妈妈和麦爸爸一心想让麦萌带男朋友回家，如果把江珩带回去，那她是不是完成历史任务的同时，也能避免挨打了？

江珩眼神沉了沉，踩了下刹车，打了半圈方向盘，将车停在一旁的绿化带，意味深长道："你确定？"

麦萌猛地点头："我见过你爷爷和妈妈，也该早一些带你见我爸妈的。"

猜到麦萌的用意，江珩"哦"了声。尽管没直接回复，他却启动车子，把车开往不远处的一家礼品店。

麦萌悄悄拍拍胸口，舒了口气。

02

麦萌的家住在教职工小区里，当江珩的车停在小区门口时，不少正在纳凉闲聊的退休老职工抻着脖子看了过来。

看到一个长得清秀、身材挺拔修长的小伙子和麦萌一块儿从车上走了下来，有好奇的大妈惊讶地"咦"了声。

"萌萌，带男朋友回来了啊？"

"哟，萌萌，这小伙长得真精神！是男朋友吧？"

被那么多人关注，麦萌不太好意思，向好似"围观"马戏团表演的叔叔阿姨等讪讪地打了个招呼。

江珩是头一次见麦萌的父母，礼数不能少，他手里大包小包拎着不少的礼品盒，也礼貌性地对人们点点头，然后跟着麦萌往10

号楼 2 单元走。

理论上讲,当着江珩的面,麦妈妈就是再生气,也不好发作。可是麦萌也不知道江珩这个挡箭牌是否好用,因此离着家门越近,她脚下的步子越慢。

"至于那么怕吗?"到了电梯口,麦萌磨磨蹭蹭不敢按楼层的样子,让江珩看了心里也不由得变得紧张起来。虽然他跟着付教授参加过国际会议,然而见女朋友家长这种事情却是平生第一次。

他深呼吸,把礼物腾到另一只手,替麦萌按了"8"。

麦萌借机抱着江珩的胳膊,小脑袋在他的肩膀上乱蹭,矫情地哀号:"江珩,我妈能不能同意我出国就靠你了。请你一定要说服我妈,小女子愿以身相许,报答公子救命之恩。"

"嗯,这话等我从你妈手下活下来再说。"江珩脸上云淡风轻,掌心已经有冒汗的迹象了。

"不会的不会的,看在你这么高颜值的份儿上,我妈也会留你半条命的!"麦萌头摇得跟拨浪鼓一样,竖起三根手指郑重保证。

江珩轻哼:"鬼才信你。"

麦萌想也不想接话道:"没见过你这么好看的鬼。"

两人斗几句嘴的工夫,"叮"的一声,电梯到了。

站在东户 801 的门前,麦萌跟要下地狱一般,悲壮地看向江珩:"准备好了吗?"

见江珩点头,她用力地敲了敲门,大喊了一声"妈,给我开门"后,就缩在了江珩身后。

麦萌刚喊完,麦妈妈就像是早已潜伏在门后似的,"砰"地从里面打开了门。

果不其然,一根擀面杖挥舞在半空中,朝着江珩的肩膀就要落下。

好在江珩眼疾手快,拉着麦萌往旁边跳开,险险地躲了过去。

麦妈妈气不过,张口就要骂麦萌"小没良心的",定睛一看,旁边还站着个男孩,硬生生地把后面的话给咽下去了。

江珩见麦妈妈探究的眼神跟X光一样秒射了过来,立即放下手里的大小盒子,恭敬地喊了句"阿姨好"。

个头不矮,皮肤挺白,五官端正,气度不凡。麦妈妈的眼睛亮得跟一千瓦的电灯泡,灼灼逼人。她连忙转身喊厨房里做饭的麦爸爸出来:"老麦,快过来,麦萌这个小兔崽子带男朋友回来了!"

对于麦妈妈每次拿着擀面杖和麦萌的小打小闹,麦爸爸早就习以为常,见怪不怪了,大不了麦妈妈打得狠了,他事后给麦萌找点药膏往身上抹抹。母女之间的战争,他从不掺和。

这也是为什么麦萌常年生活在被麦妈妈"淫威"恐吓之下的原因了,因为她的老爸无条件站在麦妈妈的阵营。

"人呢,人在哪儿呢?"不过麦爸爸一听麦萌不是一个人回来的,激动得连手里的菜刀都忘记放下就出来了。

麦妈妈中等个子,烫着当下时兴的卷发,皮肤保养得根本看不出是五十几岁的人,一双大眼睛跟麦萌神似。麦爸爸身形保持得也不错,没有中年大叔的油腻大肚子,戴着一副黑框眼镜,文质彬彬,腰上系着围裙,一身居家好男人的装扮。

江珩瞅着拿着擀面杖的麦妈妈和握着菜刀的麦爸爸,头皮发麻,对麦爸爸扯了扯嘴角,小心翼翼道:"叔叔好,我是江珩,麦萌的……男朋友。"

"男朋友"这三个字,听在麦爸爸和麦妈妈耳朵里,比中了一百万还高兴。麦爸爸举着菜刀,热情地将江珩往屋内请:"小江,

快进来,快进来!"

"爸……爸爸爸,你吓死人了,先把刀放下!"麦爸爸的菜刀随着他手臂摆动的姿势一上一下,吓得麦萌心也七上八下,担心一个不小心她的男朋友就没了。

"死丫头,你带男朋友回来也不提前说一声!"麦妈妈的注意力现在虽然被江珩吸引住,但并不代表她忘记了麦萌隐瞒出国的事情,"你的账,我待会儿再跟你算!"她点了一下麦萌的脑门,招呼江珩坐下,转身去厨房给江珩洗水果去了。

麦萌家三室两厅,装修属于传统的中国风,家具多以红木为主,干净整洁,充满古色古香的气息。客厅的电视墙后上方挂着"家和万事兴"的十字绣,沙发上方则是三人笑得幸福的全家福。

麦爸爸一边给江珩泡茶,一边说他来还带那么多东西太客气了。

江珩坐得笔直端正,双手接过茶杯。他注意到书架上挂的毛笔字,不着痕迹地挑开话题,与麦爸爸随意聊了起来。

麦爸爸性格温和幽默,很健谈,两三分钟后江珩就收放自如了。

麦妈妈端着果盘回来,坐在一旁时不时地打量着江珩,言谈举止得体,近距离看真人比照片还要好看几个档次。再看看正往嘴里塞水果的吃货麦萌,麦妈妈越看越上火:"麦萌,别光吃,去厨房看着点火!"

刚瞪完麦萌,麦妈妈的脸在眨眼之间阴雨转晴,眉开眼笑地把果盘往江珩手边推了推:"小江,听说你比麦萌高一届,以后有什么打算?"

江珩先谢过麦妈妈的水果,视线飘过躲在厨房门后悄悄偷听的麦萌,沉声道:"阿姨,我老师是国内有名的考古专家,我有幸保送研究生了,继续跟他研究考古。"

"保送啊,真厉害,厉害!"麦爸爸和麦妈妈听后,赞赏地点点头。

接下来,麦爸爸跟江珩了解一些考古的相关工作跟发展前景后,麦妈妈又装作不经意的样子询问了他的家里人。一番交流后,她更觉得江珩完美得无可挑剔。

真应了那句老话,丈母娘看女婿,越看越满意。

"啊,对了!"麦爸爸忽然想到什么,哪壶不开提哪壶,"我们萌萌是要出国的,这个事情你肯定也是知道的吧?以后你们两个人……"

"我都没同意,她出的哪门子国?"麦妈妈当即拉下脸来,没了刚才的和颜悦色,"你看电视上那些新闻,要不这发生暴乱,要不那枪击的!国外那么乱,哪比得上咱们国家好?"

"当个老师,感情谈得差不多了就结婚,女孩子安安稳稳不好吗,干吗非得……"

"妈,你能不能……"麦萌沉不住气了,本想打断麦妈妈的喋喋不休,却被麦妈妈一声狮子吼给吼回去了,只能继续憋屈地待在厨房里看火。

煤气灶上,蓝色的火苗"呲呲"烧着,偶尔有几簇从锅底钻了出来,像极了麦萌现在敢怒不敢言的心情。

她拿起菜板上的一根黄瓜,"咔嚓咔嚓"地用力咬着,歪头看着正和麦爸麦妈谈笑风生、逗得二老开怀大笑的江珩,郁闷地嘟起了嘴。

"汪汪!"趴在角落里睡醒了的小狗豆豆扑腾着两条小短腿,对麦萌摇了摇尾巴,她才感到自己在家里还是有一丝温暖的。

03

江珩的魅力和光环,可能是与生俱来的。不到二十分钟的闲聊,他就成功受到了麦爸爸和麦妈妈的五颗星一致好评。

麦妈妈嫁给麦爸爸这么多年,下厨房的次数寥寥可数。一来是因为麦妈妈担心厨房的油气伤害皮肤,二来麦爸爸宠她,自愿承担起家中所有洗衣做饭的家务。然而今天江珩来了后,麦妈妈竟破天荒主动要求跟麦爸爸一起下厨房,做她最拿手的那道"红焖大虾",这简直让麦萌对江珩羡慕嫉妒恨。

老夫妻在厨房里忙活的时候,两个小情侣坐在沙发上大眼瞪小眼,还有只白狗在他们二人中间蹭来蹭去。

麦萌看着豆豆伸出舌头讨好地舔江珩的手,顿生一股深深的颓败感。

"江珩,你的魅力已经到了连狗都不放过的地步了吗?真是太可怕了!"

这话听起来有点怪,江珩轻笑:"放心,我不会影响你在家里的地位。哄你爸妈开心了,等会儿才能搞定你出国的事情呀!"跟给豆豆顺毛的动作一样,他温柔的手插入麦萌的长发中,趁着麦爸爸和麦妈妈背对着他们的工夫,快速地在她额头上落下一吻,然后站起身来往厨房走去了。

他挽起袖子,对麦妈麦爸说:"叔叔,阿姨,我来吧!"

"噢哟,哪里有让你第一次来就下厨的道理!你快出去坐着吧!"麦妈妈赶紧摆手,作势要把江珩推出去。

"阿姨,我会做的不多。"见盆子里放着刚洗干净的排骨,江珩笑笑,"麦萌说叔叔做的糖醋排骨最好吃,我前几天在网上看着教程学了下,刚好今天有机会,我给她做一下试试,也让叔叔这个

大师给点评点评。哪儿不好的，我以后好改进。"

江珩一方面不着痕迹地吹捧了麦爸爸，另一方面还间接地表明了麦萌在他心里的地位。这话说得高明，也说到了麦妈妈心坎里去了，直呼江珩这孩子太有心了。

两个人的厨房大小刚好，再多一个人难免拥挤。麦妈妈离开之前给麦爸爸使了个眼色，随后就揪着麦萌的耳朵去了卧室。

虽然江珩说不怎么会做饭，可他一拿起菜刀那架势就不像是个新手。将排骨和葱姜蒜切成片后，他在锅里放了几小勺油，又将冰糖放进去用小火煮开，直至煮成焦糖色。再将排骨放入锅里，仔细地翻炒，很快空气里弥漫出一股诱人的香气。

麦爸爸在一旁悄悄观察着江珩熟练的动作，觉得小伙子稳重又谦虚，进退有分寸，没忍住在心里又偷偷给他多打了几分。

江珩虽然注意力放在做菜上，但他会适当问一下火候是不是大了，时间是不是到了之类的，也不至于让麦爸爸在边上干站着。

两个男人在厨房里相处得其乐融融时，麦妈妈和麦萌母女二人在主卧里却争论得面红耳赤。

在当了几十年老师的麦妈妈面前，二十多岁的麦萌还是跟个小学生一样。她两手背在身后，委屈地小声抗争："妈，姥姥当初觉得教师工资少又累，不赞成你做老师，你不还是没听她的？为什么我现在想做自己喜欢的事情，你就不同意？"

"你是要离开我们去国外！那么老远的地方，我跟你爸爸又不能跟着，这怎么能一样！"麦妈妈态度坚决，丝毫不退让，"明天你就回学校给老师说，不去志愿服务了。"

"妈！"麦萌一听，急得变了音，"你知道我费了多大的力气才通过志愿者选拔吗？出国将中国的文化发扬出去一直是我的梦

想,我必须……"

"国内也有这种机构,你不必非得出国才能证明你的价值。"麦妈妈的耐心用尽,刚好麦爸爸也敲门提醒饭快好了,她不再跟麦萌废话,起身离开了卧室。

麦萌吸了吸鼻子,把夺眶而出的眼泪憋了回去。

麦妈妈做的红焖大虾和虎皮青椒,麦爸爸做的鱼香茄子、干煸豆角、蒜香鸡翅、香菇鱼丸、辣子鸡,再加上江珩做的糖醋排骨和紫菜蛋花汤,凑齐了八菜一汤。满桌子的菜色香味俱全,可麦萌却无精打采,闷闷不乐。

"小江,你尝尝我做的这个虾,好吃我下次再给你做。"麦妈妈有意忽略掉麦萌,不断地给江珩夹菜,殷勤热情的样子连麦爸爸都看不下去了,也一个劲地让麦萌多吃点。

怎么说都是带男朋友回家吃的第一次饭,麦萌就是心情再不好,也不能在饭桌上拉脸。她强颜欢笑,默默低头往嘴里塞着,味同嚼蜡。

江珩从麦萌一出卧室就敏锐地觉察到她情绪的低落,再看麦妈妈一个正眼都没瞧过她,便猜到了母女两人刚才必定谈崩了。他不禁在心里叹了口气,将手伸到桌下,偷偷地给麦萌发了个信息。

手机嗡嗡振动了一下,麦萌低头看了眼,然后看向江珩。江珩挑了挑眉,示意她好好吃饭。

麦萌歪歪头,眨巴两下眼睛,貌似在询问。得到江珩的点头后,她表情也不似刚才那样垂头丧气,吃饭也变得大口起来。

麦爸爸和麦妈妈注意到麦萌瞬间恢复了生机,默契地对视一眼,随即把视线又投在江珩身上。江珩神态自然,对他们笑笑,很有眼色地起身给二老盛汤。

饭后,江珩再次展现了模范好男友的勤快,承担起刷碗的家务。

尽管麦爸麦妈拦着,但还是拗不过他的坚持,也只能不好意思地随他去了。

厨房里肯定也少不了麦萌。

她跟在江珩身后,像只围着糖块乱转的小蚂蚁:"江珩,你打算怎么搞定我妈啊?"

江珩在信息上说这件事情包在他身上,让麦萌放宽心,如果他搞不定任凭她处置。

在麦萌心里,江珩是无所不能的。只是她很好奇,江珩会用什么法子说服她妈,毕竟她妈这个人软硬不吃。

江珩笑着将碗里的水沥干:"晓之以理,动之以情,你妈这么深明大义的人,不会不同意的。"

麦萌"喊"了一声,不满江珩卖关子。她拽着他的胳膊,不死心地询问:"江珩,你就告诉我一下吧?"

江珩扒拉开麦萌的手:"过程不重要,结果才重要。"

他深邃的眸子闪闪发亮,带着俏皮又带着故作深沉。

麦萌瞧着江珩卖关子,"喊"了声,做了个鬼脸作势要离开厨房。

江珩笑了笑,将碗筷放好。

04

墙上的时钟"嘀嗒嘀嗒"静静地走着,田园风的窗帘被风吹得微微飘动,除了洗手间里的洗衣机"嗡嗡"运转着,安静的客厅里只有麦萌一人。

坐在沙发上,麦萌戳着手指头盯着书房的门,小脸纠结。

三个人在里面才谈了两三分钟,她就有种时间漫长又煎熬的感

/ 238 /

觉。她也不知道麦爸麦妈跟江珩都谈了什么，谈得是不是顺利。

犹豫了会儿，麦萌起身，轻手轻脚地走向书房，将耳朵贴在了门上。里面的说话声不大，她屏住气，也听不真切。

她灵机一动，干脆从自己房间的窗户翻到跟书房相连接的小阳台，躲在窗户底下偷听。

阳台上放了许多盆栽，红红绿绿的，煞是好看，但因为空间有限，所以麦萌只能屈膝蹲着。

书房的窗户半开半掩，传出江珩的说话声来："阿姨，麦萌能成长为一个乐观善良的女孩子，这离不开您和叔叔的悉心教导和精心呵护。当我最初得知麦萌有出国想法时，我心里也是不赞同的。毕竟女孩子出门在外的，安全是个大问题。"

麦萌一听，心"噌"地揪了起来。

溜须拍马，江珩这是叛变了？

果然，麦妈妈像是见到了友军，立马接话："可不是？这丫头一心要往国外跑，说什么为了文化输出，我看她就是心大了，翅膀硬了！每次回来都嫌弃我唠叨，也不想想除了亲生的爹妈，外人谁能唠叨她？"

麦爸爸也附和："小江，我跟你阿姨也看出来了，萌萌听你的话，所以还得拜托你抽空替我们劝一下萌萌。"

听到这里，麦萌扶着墙的"爪子"愤愤挠墙。

江珩要是敢策反，她就敢来个大义灭"男友"！

"叔叔，阿姨。"江珩顿了顿，正式对麦妈麦爸开启了"攻心"模式，"世界上最爱子女的人就是父母，麦萌不是不懂得感恩的女孩。叔叔空闲时喜欢写毛笔字，她就四处找那种耐老化、防虫防蛀的宣纸。阿姨睡眠不好，她也用心地给您买了助眠的香薰。在外面旅游，她看到什么东西也会第一时间想到你们，嘴边也总是挂着你们。可以说，她对你们的爱跟你们对她是一样的，都不善表露却喜欢深沉内敛地藏在心里。"

注意着麦爸麦妈动容的神态，江珩放低了声音："我能感觉到她真的很爱很爱你们。"

突如其来的煽情，让麦萌顿时丈二和尚摸不着头脑。

难不成，江珩是在以退为进？

麦萌纳闷时，书房里没了动静，熟悉的日语从手机里传了出来。

同步的，还有江珩坚定有力的翻译。

"中国文化讲究以人为本，敬爱天地，自立立人，这也是今天我们越来越重视文物保护的原因之一。至于这位先生说中国没有保留多少传统文化的观点，人性发生改变，请恕我不能赞同……我们愿意跟我们所传承的传统文化一样，以友好包容的心与世界各国一起为文化保护和发展做出贡献！"

话音刚落，视频里的掌声也随之响起。

最后的画面，是日本专家对麦萌竖起大拇指和麦萌胜利比"V"的笑脸。

"多大的人在父母面前都是孩子，可是人总要长大的，我们不能一直将她当风筝一样拽在手里。"收好手机，江珩坐直身子，深呼吸，"叔叔阿姨，不在你们身边的麦萌，她努力勤奋，自信独立。她可以帮着老师带留学生，可以课外做日语老师的兼职，也可以跟着我老师做日语翻译直接跟日本考古专家进行对话。每一件事情，只要她认真去做，都会出色地完成。所以请你们相信，她可以照顾好自己。"

麦爸爸和麦妈妈盯着屏幕看，心情复杂。

他们的麦萌,那个记忆里喜欢撒娇的小姑娘化着精致的妆容,娃娃脸多了份成熟,的确在不知不觉中从一棵需要他们时刻盯紧照顾的小树,长成了一棵枝繁叶茂的大树了。她对发扬传统文化的执着和热情,像凡·高画的向日葵一般热烈而奔放,任是风雨也无法阻止它追寻太阳。

"小江,有同学跟麦萌一起去泰国吗?志愿者住的地方条件怎么样?还有啊……"

态度松动的麦爸爸问了不少问题,江珩耐着心一一回答,顺便时不时看两眼坐在一旁一声不吭的麦妈妈。

出行可选择的工具有公交车、通通车、出租车等,见面礼需双手合十抬到额头与胸口之间,不踩门槛不摸人头部,当地人偏爱红色、黄色、蓝色,忌讳褐色,饮食以糯米为主……

近二十多分钟,江珩像一本百科全书,几乎解决了麦爸爸和麦妈妈担心的衣食住行、安全保障、工作强度等所有方面。

麦萌眼睛泛酸,心情比内心挣扎的麦妈妈轻松不了多少。

当时填写志愿表前,她还害怕江珩会反对或者两人会因为出国一事分手,但事实并非她所想。江珩无条件尊重她的选择,在她志愿审核通过后表现得比她还开心。

现在想来,她只知道他尊重她的选择却不知他从未说出口的不舍和私底下为她默默做的功课。

假若她真的是一只风筝,江珩哪天要是为了成全她飞往更高远的天空而舍了他手中牵着她的线,她也会回到他身边。

因为在这偌大的世界,只有他才是最懂她的男孩。

他懂她的坚持,懂她的倔强,也懂她的脆弱和小脾气。

"麦萌的梦想,其实比我的梦想更远大,也更需要勇气。我们是她最亲近信任的人，也应该坚定不移地信任她，毫不犹豫地支持她做自己想做的事情，成为她坚实的后盾和温暖的港湾。"江珩的声音似一阵清风般柔和轻缓，一点点吹平了麦萌心湖上荡起的波纹。

她静静地听着，撇撇嘴，忍住要落下的眼泪。

还说人家不擅长表达感情，他不也一样吗？做了那么多也不会邀功，真是个傻子！

麦爸爸推了推麦妈妈的胳膊，小声道："淑芬，我觉得小江说得对，萌萌是大人了，咱们不能抓着她一辈子，得放手了。"

江珩见麦爸爸被说动了，而原本吃了秤砣铁了心反对麦萌做志愿者的麦妈妈也一副找不出理由反驳的表情，心知答应麦萌的任务搞定了。说了这么久，口干舌燥，他抿了抿唇，看向麦妈妈。

麦妈妈张了张嘴，重重地叹气："我们从没指望麦萌能赚多少钱、在社会上有多大能耐，我们只想她平安健康。既然她下定了决心，那我和她爸也没什么好说的了。"这意思，就是彻底妥协了。

麦萌激动得下意识地想站起来，可一抬头撞到了头顶开着的半扇窗户，发出"咚"的一声闷响。

"嘶！"她疼得倒吸一口气，一手捂着头，一手捂着嘴急忙蹲好。

麦爸麦妈面朝着窗户早已看到了麦萌脑袋上一闪而过的丸子头，等江珩转头的时候窗外什么也没有。

江珩这么好的孩子，麦爸爸和麦妈妈真的喜欢得不得了，可异地恋又是个大问题，这一点让他们很不放心。

麦爸爸清了清嗓子，又抛出饭前的问题："小江，你对和萌萌的未来有什么打算？"

麦妈妈点头，眼睛直直地望着江珩："你真的能等我们萌萌一年？"

"叔叔阿姨,这是我奶奶留下来的传家镯子。"江珩从口袋里掏出墨玉镯子,递上前,"麦萌平时冒冒失失的,你们先替她保管,等她从国外回来我们就结婚。"

镯子?麦萌的脑袋里出现了两个大问号。

因为怕这么贵重的东西磕了碰了,所以她戴了没几天就收起来了。江珩是什么时候拿走的?哼,这人太狡猾了,她要收回说他是傻子的话!

麦爸爸是个识货的,只看镯子一眼就知道并非凡品。他愣愣地看看麦妈妈,不知该不该收。

八字还没一撇,这才第一次见面就谈结婚,未免跳跃得也太大了吧?

麦妈妈沉默了会儿,将镯子推回,表情也同样严肃郑重:"阿姨信得过你的人品,不过以后的路是你们俩一起走,这镯子等一年后你自己亲自给她吧。我还是那句话,只要她开心幸福,我和她爸就知足了。"

麦萌吸了吸鼻子,心里涌起一阵酸楚。

她想,一定是麦妈妈平日对她"严苛"惯了,要不然这么寻常的话,她听了怎么会像是女孩子出嫁前要挥别父母似的?

"哎,我这一唠嗑就忘记了时间,我得去看看衣服洗得怎么样了。"

听到麦妈妈起身离开的声音,麦萌猫着腰,打算以迅雷不及掩耳之势踩着阳台的栏杆越到自己房间去。

谁知,她一条腿刚跨上栏杆,酥酥麻麻的感觉就从脚底板传遍全身。

不敢大幅度地做动作,麦萌欲哭无泪,只能小心翼翼地挪动着。

"麦萌？"

后背一僵，麦萌转身，对上了无奈微笑的江珩。她弱弱地挥了挥"爪子"，可怜巴巴："小哥哥，我腿麻了，下不来了。"

江珩难得翻了个白眼，但还是走过去把她从栏杆上抱了下来。

麦萌"嘿嘿"笑了两声，在江珩的脸上亲了一口。

她的男朋友啊，就是翻个白眼也帅得飞上天。

人生能得一江珩，真是胜却人间无数！

05

9月17日那天，麦萌是上午十点的飞机，可麦爸爸和麦妈妈天还没亮就起来了，在将前一天晚上检查了好几遍的行李箱又审核了一遍后，老两口坐在客厅沙发上大眼瞪小眼，默默不语，满心怅然地等着麦萌起床。

虽然如愿以偿，但怎么说都是离家一年，麦萌的心再大，也不能没有丁点不舍的。前半夜她辗转反侧，后半夜才勉强睡着。吃过饭，江珩就像是掐着点似的过来了。

麦萌的行李箱一大一小，大的装了满满的衣服和生活用品，小的是麦爸爸给她准备的零食。江珩将行李箱放在车后备厢，发动车子载着一家三口开往机场。

窗外的天空湛蓝，凉爽的风迎面扑来，街边的树木街景快速后退，像极了从指间流淌过去的日子，一去不回。

麦萌坐在副驾驶座上，麦妈麦爸坐在后座上。一向爱唠叨的麦妈妈很反常，沉默不语，反而是麦爸爸不停嘴地嘱咐那些让麦萌听了耳朵起茧子的话。

要是搁在以前，麦萌在耳朵经历了唠叨的"洗礼"超过五分钟，

就会嚷嚷着不要听了,今天倒是很乖巧,不管麦爸爸说什么她都好脾气地应着。

反光镜里能看到左后方麦妈妈的脸,她眼下的黑眼圈很明显,脸色不似前几日那般红润有光泽,憔悴不少。

偷偷地瞧着麦妈妈,麦萌的眼圈红了。

小时候会盼望着长大,长大以后就可以去做自己喜欢的事情,去自己想去的地方。现实与想象不符,长大在获得一定自由的同时,也会面临更多的选择,会有更多的迷茫。拥有的也越来越多,然而快乐却不再容易获得。而麦萌在终于挣脱了父母的"束缚"的这一刻,并未感到轻松和自在。

"丫头,你怎么不说话了?"麦爸爸跟麦萌说着说着,得不到回应,疑惑地抬手从后面拍了一下她的肩膀。

麦妈妈也抬头,与麦萌的视线对上,愣了一下,坐车上这么长时间总算开口了:"好了好了,你说的这些小江那天早就说过了,消停点吧!"

麦爸爸不好意思地笑笑:"你昨晚没睡好,要不睡会儿?"

"不用,一会儿就到机场了。"麦妈妈眼睛直视前方,摇头。

从一上车江珩就察觉到麦萌的情绪,猜到她离家不舍,握着她的手捏了捏。

麦萌转脸,眨了眨眼睛:"我没事。"

下了车,江珩拉着行李箱,麦萌和麦爸麦妈走前面,刚进了大厅,几个人影就扑了过来。

"萌萌,我们八点多就来了,够意思吧!"王红楠一手钩着麦萌的脖子,长长了的头发梳成了短马尾,瞧着总算有点女孩子的样子。

顾娇娇抬起手腕看了眼表，顺便甩了下黑长直的头发："你还有三十五分钟登机，待会儿安检的人可能有点多，你得快点了。"

麦萌轻哼，佯装不满："娇姐，你要一年见不到我，这么急着催我走，难道就不会想我吗？"

顾娇娇推了推遮住半张脸的墨镜："跟你这个迷糊蛋待了四年，见不到你不知道有多清静呢！"

"好了，你就是嘴硬。"一旁的张晓笑着推了一下顾娇娇，揭穿道，"也不知道是谁昨晚上给我打电话忆往昔舍友岁月，矫情地哭了好久呢！眼睛哭肿了吧？"

"谁哭了，别胡说。"顾娇娇一如既往地傲娇，沉默了几秒，从包里拿出一个包装精美的礼盒，"你上次不是说手表坏了吗，这是T家最新出的。"

王红楠也不再多说废话，将一个只有煎蛋大小的卡通小鸡塞进麦萌手里："哈哈，这个是我挑选了一周，最爆款的防狼喷雾。你把它当钥匙扣挂包上就行，以防万一。"

望了一眼已经开始排起长队的人流，张晓言简意赅："我把咱们以前出去玩，参加活动，还有聚餐的各种照片都打印出来做了影集，你想我们了就看看它。"

每一份礼物都充满了贴心和细腻，麦萌看着自己手里的几个盒子，不舍的伤感像开封后的百年老酒，越发浓烈。她扁扁嘴，一脸要哭的样子，抱着顾娇娇的胳膊不撒手："呜呜呜，你们怎么这么好……"

"对了，濑户洋让我把这封信给你。"顾娇娇推了麦萌几下没推开，递给她一封信，声音听起来也有点喑哑，"这小子说什么感冒了，我看他就是怕见了你哭鼻子。"

/ 246 /

"是哦,他连打针都怕!"麦萌想到濑户洋某些有失男子汉气概的糗事,不禁笑了起来。

"航班7C8703的乘客请抓紧时间排队安检,安检过的乘客请及时登机……"广播提示音响了起来,麦萌脸上的笑容一顿,垂下眸子,"我得进去了。"

王红楠拍了拍麦萌的肩膀,安慰道:"好啦,一年也就三百六十五天,眨眼就过去啦!等你回来,我的头发也长了!"

一提到头发,麦萌忽然想到什么,恍然大悟:"你是和那个跟你之前一起实习的男生交往了?啧啧,怪不得连打扮都女人了,你们……"

"行了行了,快走吧!"王红楠羞赧地打断麦萌的话,推着麦萌往前走。

几个姑娘又嘻嘻哈哈地打趣了几句,随着前面安检的人一个个进去,大家也都安静了。

江珩帮麦萌也办理托运回来了,麦萌先是抱了抱麦爸麦妈,然后抱了抱舍友们,最后背着小包包站在江珩面前,眼泪汪汪的,像个被遗弃的小可怜。

她张嘴刚喊出江珩的名字,就带着哭腔,最后咬着唇,用力地抱紧江珩:"我要走了。"

很能理解麦萌的情绪,江珩尽管同样不舍,但还是轻笑着摸了摸她的头,悄悄在她耳边低语:"我在你行李箱里也放了一封信,到了之后再看。"

"写的什么?"麦萌一愣,刚要仰起小脸,又被江珩给按回怀里。

"我爱你。"

三个字,听在麦萌耳中像极了一块丢在水里的钠发生了化学反

应,"砰"的一声,震击着她的耳膜。

当真正爱上一个人时,所有的开心、惊喜、难过、失落等滋味都会因他而尝遍。说不出心里有多激动,麦萌的眼泪还是不争气地掉了下来,打湿了江珩的衬衣。

麦爸麦妈见两人难舍难分也难过,可时间紧急,也只好提醒麦萌要安检了。

"我会想你们的。"麦萌吸吸鼻子,对大家挥了挥手,一步三回头地进入了安检口。

飞机起飞的时候,江珩站在了落地窗户前。他看着机身缓缓在跑道上前行,随即徐徐上升,紧紧抿起了唇。

顾娇娇摘下墨镜,果然露出了比兔子还红的眼睛:"你既然舍不得,为什么还支持她出国?你这么喜欢她,不应该是把她留身边吗?"

飞机起飞,渐渐在空中划出一条美丽的弧线,也消失在了江珩的视线里。他深吸一口气,轻声道:"正因为我喜欢她,才放她走。"

喜欢一朵花,看到了会想要摘掉她占为己有。

可若是爱她,则是想着如何悉心浇水施肥,延长她的花期,让她盛开得更加绚烂。

他对麦萌的感情,已经在不知不觉中超越了单纯的喜欢,如同心墙蔓延开了绿萝,虽然不会开出美丽的花朵,却四季不败。

因为爱,所以他愿意让她去追寻她向往的天空。

因为爱,所以他坚定地等待她在实现理想后更圆满地回来。

顾娇娇意外地看了江珩一眼,半响才幽幽道:"萌萌,没看错人。"

江珩笑:"我也一样。"

他喜欢的姑娘啊,世间独一无二。

除了"我爱你"之外,他想跟她说的话太多太多了。那些未说完的情话,等她回来,他一定要拥她入怀,尽数说给她听。

泰国的雨,来得快,去得也快,通常下一会儿后,马上又恢复到了艳阳高照的天气。

麦萌站在窗户前,拿着手机对准天上一团形状像只眼睛的云彩,"咔嚓"拍了张后,将摄像头对准了自己。她伸出两根手指头比了个"耶",又觉得这个手势太俗气,于是将拇指和食指错位一碰,比了个心。

在麦萌出国后的第三天,江珩就得到学校特批,可以在读研期间加入付教授新成立的研究室,以研究员的身份进行正式带薪考古工作,在被很多人羡慕的同时,也意味着要比之前更忙。麦萌为江珩开心的同时,也不想让江珩担心,于是将工作时间表发给江珩不说,还将每天去了哪里做了什么一一汇报。江珩对此表示很满意,也尽量抽出时间在不打扰麦萌的情况下多与她联系,而上课前发自拍打卡则是常态。

"哎,又要给发照片啊?你这天天汇报得也太频繁了,也别怪吴军说你是'男友奴'。"

麦萌不用回头,也知道身后坏笑的人是谁。她一边打开微信,一边理直气壮地反驳:"吴军他是没女朋友可以秀恩爱就嫉妒我!"照片发送完后,她回头对梳着高马尾、眼睛大大的女孩子眨眨眼,"清丽,你跟吴军还是同班同学呢,要不然你们交往一下?"

葛清丽和吴军是跟麦萌一起志愿交流的志愿者,学校主管当初考虑到方便照应的问题,将麦萌和葛清丽安排在了一个宿舍。

葛清丽的性格跟王红楠有点像,大大咧咧的,没城府。两个姑

娘在培训时就一见如故,如今身处异国他乡住在一起更是形影不离,感情好得很。她听到吴军的名字,夸张地打了个冷战:"姐姐,你可放过我吧!吴军那个风格的男生,我真承受不起!"

吴军人长得还不错,可只要他一开口,就带着一种即兴说唱感。一开始大家还以为是他故意搞怪,后来发现这人初中就疯狂迷恋说唱,生活里刻意去练习,甚至走火入魔到说梦话都押韵,以至于到了现在改不过来了。好在上课用英文跟学生交流,否则课堂会炸了。

瞧着葛清丽这一副唯恐避之不及的样子,麦萌笑不拢嘴:"每天都有免费的说唱表演,多好!"

葛清丽翻了个白眼,把课本放下,喝了口水:"要是吴军安安静静不说话,可能也会是很多女孩子喜欢的类型。"她又看向麦萌,摇头感慨,话锋一转,"不过,他跟你男朋友真是没法比。吴军帅得浮浅,徒有其表。你男朋友的帅,那是很有内涵,很有深度的!"

这话麦萌爱听,她将小脑袋搭在葛清丽肩膀上,笑嘻嘻:"啧啧,你就光看了我男朋友的一张照片就能知道他是个有内涵的人,你也不简单呀!"

飞机起飞之前,麦萌将手机屏保自己的单人照换成了跟江珩的合照。当时葛清丽坐麦萌旁边,一看到她换了屏保后的屏幕,一直赞不绝口地夸江珩比她喜欢的某个当红小生还帅。在了解到江珩的专业后,她还遗憾地表示他学考古简直是浪费了盛世美颜。

知道麦萌是想通过自己对江珩的夸赞来满足身为女朋友的虚荣心,葛清丽"嘁"了声:"得意什么,你再不赶紧去上课,接那萨就会用那双冷冰冰的眼睛盯着你!"

接那萨是这所小学的主管之一,工作严谨,为人严厉,麦萌一想到他毫无表情的脸,瞬间没了玩笑的心情,夹起课本一溜烟地跑了。

出国前,尽管麦萌做了大量的准备工作,但理论应用到实践中还是有所出入。她强迫自己在不到两周的时间里学会看地图、记地名,学会如何选择最划算简便的交通工具,了解在哪里能买到正宗地道的中国食品等。教学工作方面需要解决的问题更多,她以前在国内做家教教的都是年纪大一点的学生,而现在面临性格活泼又喜欢好动的小学生,她必须改变自己的授课方式,快速掌握教学重点,懂得如何用多种思维从小学生的角度出发思考问题。在不断地面临问题和解决问题的过程中,她的各种能力得到了很大的提升。

刚上楼梯,麦萌就看到了一个男孩朝着自己跑了过来,用英语问她:"What are we going to learn today, miss mai?(我们今天要学什么,麦老师?)"

很多人对汉语教学会存在一种误区,认为会说汉语就一定能教好汉语,但只有真正经历过对外汉语教学的人才知道这根本就是两码事。有些学生发音错误,比如会平翘舌不分,还有语病严重的,这些都需要非常耐心地进行指导纠错。麦萌中英文授课,课上通过穿插着讲一些有趣的中国神话传说,或者是唱首歌做游戏来调动课堂气氛,提高学生的学习热情。再加上她长得甜美,又耐心温柔,所以深受大家喜欢。

"Today we will stop telling stories and continue to learn to speak Chinese.(今天我们将停止讲故事,继续学说汉语。)"麦萌望着小男孩黑亮的眼睛,指了指课本。

虽然麦萌的课堂很有趣,大家也喜欢麦萌,可真正到了学习汉语的时候又会被那一个个词汇摧残得很惨。麦萌上第一节课只教学生如何区分"刚才"和"刚刚"两个词语,就把几个女孩子给难哭了。

学了十几天，听到这节课又要学汉语，小男孩捂着脸，惨叫了一声。

麦萌弹了下他的脑门，扬着笑脸往教室走去。

小男孩跟在她后面。

"Today we learn to write Chinese characters.（今天我们学习写汉字。）"面对底下一双双期待的眼睛，麦萌拿起粉笔，表情庄重又认真，"The first word is China.（第一个词是中国。）"

一笔一画，当"国"字最后一笔横收尾，她内心燃起强烈的自豪感和民族责任感。

中国，那个生她养她的国家，是她的家，是她的根。那里有她的父母，有她的朋友，有她爱的男孩，更有着灿烂的中华文明。她愿意尽自己的微薄之力，将祖国的优秀文化传扬出去。

麦萌转过身，指着两个方框字，缓慢地用中文念了一遍后，开始了正式的汉字教学。

比起学说汉语，学生们对写汉字的兴趣更大一点，一堂课下来每个人面前的本子上都写满了"中国"。有的字歪歪扭扭，有的还像模像样，但不管怎么说学生依葫芦画瓢的本领还是有的。

下课后，麦萌看到了江珩十五分钟前的回复。

堆满了文献资料的桌面前，江珩两手合在一起，也比了一个心。他穿着米黄色的衬衣，对着镜头笑得有点腼腆。

老师强迫我拍的。

看着照片下方的这句话，麦萌了然。她盯着手机屏保，眉眼不自觉地弯了弯。

照片是在古镇拍的，月色朦胧，杨柳轻拂，桥下碧波粼粼，桥上的麦萌将两只手放在江珩身后做"兔耳朵"，嘟着嘴巴可爱地卖萌，而江珩明眸浅笑，嘴角微扬的弧度似乎都写着温柔。

她的男孩啊，在写给她的那封信里说她是他生命里最美好的存在，可她却一直没有告诉他，他像夜空里绽放的烟火，像大海里落进的星辰，像飘在树上的雪花，他才是这世间所有美好的集合。只要一个眼神，她就甘愿沉醉在其中，一醉不起，至死方休。

长按照片，麦萌点了保存。

打开日记本，她写道：

"2019年9月29日，江珩，我今天比昨天更想你。"

番外二 你是我热爱世界的唯一理由

泰国没有冬天,天最冷的时候穿一件长衫就行。在国内跨年钟声敲响的时候,麦萌还是穿着凉爽的长裙。

本打算掐着时间点给麦爸麦妈打完电话后,她就给江珩打一个,但没想到麦爸麦妈齐上阵,跟话匣子似的,打开了就合不住了。先是将麦萌最近的状况询问了一遍后,又把江珩夸了二十多分钟。

从麦萌离家后,江珩但凡是没有出野任务,就会经常开车去麦萌家,带点水果或者礼物看望两位老人家,陪他们说说话或者解决一些生活问题。每次麦爸麦妈跟麦萌通话,一谈到江珩,那个亲热劲儿仿佛他才是他们亲生的似的。

挂完电话不到一秒钟,江珩的电话就进来了。他的声音闷闷的,听着不悦:"你刚才在跟谁打电话,打了那么久?"

"听我爸妈夸你呢!"麦萌躺在床上,将两腿倒立搭在墙壁上,慢条斯理道,"据说,你往我家跑得太勤了,不仅楼下的大爷大妈认识你,连李大爷家那条六亲不认的狗瞧了你都稀罕得不得了,你可真能耐。"

听出麦萌话里的酸意,江珩低笑:"媳妇不在,我必须得去尽孝。"因为去麦萌家的次数确实不少,喜欢聚堆闲聊八卦的大爷大妈见了江珩这么个帅气又正儿八经的小伙子就会忍不住打趣几句,热情地喊他"老麦家女婿"。起初他还怪尴尬的,后来习惯了脸皮也就厚了,到现在完全适应了这个新身份。

"不要脸。"麦萌说的话虽然是怼江珩,可嘴巴却咧得老大。

她压住笑,假意咳嗽了两声,一本正经地问:"我妈刚才说等

我回去后就订婚，你觉得呢？"

江珩在麦萌出国之前就对订婚这件事情表明过态度，如果没有意外的话，麦萌5月初就能回来，准备一下相关事宜就可以静等毕业了。眼下还有几个月，一想到两个人的感情将会发生质的变化，她的一颗心就如同沸腾滚烫的水，平息不下。

"我……其实不想订婚。"

江珩顿了顿，听到电话那端似乎倒吸一口气的动静，江珩的求生欲爆棚，立即补救："我想直接和你领证结婚。"

麦萌满心的喜悦因为江珩的一句话瞬间被冷水熄灭，感觉掉进了冰窟里，紧接着又被他一句话给气得爆粗口："江珩，你大爷的！你把话一次性说完会死吗？"她的声调提高了几分，语速也极快。

江珩能想象到麦萌此刻抓狂的模样，跟只张牙舞爪的猫没什么区别，柔声安抚："我爷爷和你亲爱的高老师隔三岔五就问你怎么还不回来，他们恨不得我现在就把你逮回家。"他叹了口气，惆怅又无可奈何，"麦萌，别的男朋友有女朋友可以亲亲抱抱，你的男朋友只能和那些没有生命的古物做伴。"

"乖啊，别的男人的女朋友没有我这么有理想有抱负嘛。"麦萌还是头一次听到江珩这般委屈巴巴的语气，心顿时软了，"再说了，你以前不是说文物都是有生命的吗？想想你是致力于要为考古事业奉献终身的人，要耐得住寂寞才行！"

佩服付教授传授的"以退为进"这招，江珩扯了扯唇："实不相瞒，非常想你。不过问题不大，还能再忍。"

"知道啦，我也想你。"麦萌想起什么，一边下床翻箱倒柜，一边嘟囔，"我给你说哦，今天早上，我学生送了我一个糖果戒指，我晚上收拾房间的时候好像给弄丢了。"

江珩坐在电脑桌前,正在翻看相册里的照片:"等你回来,我给你补上。"

有麦萌的单人照,有麦萌给自己抓拍的,还有两个人的合照。他翻看得最多的就是一张麦萌坐在河边,抬头仰望星空的照片。夏天的风吹起她的长发,露出她白皙的侧脸和熠熠生辉的眸子,身后是一棵百年古树,脚下是青草连连,几米处便是流淌在石桥下的小河。

静谧的夜,安静的女孩,构成了一幅美好的画面。

凝视着麦萌的眼睛,江珩仿佛能看到繁星点点,看到她眼里盛满的冬秋春夏,让他怎么都看不够。

麦萌的眼睛"唰"一下亮了,她重新坐下,问了个女生都喜欢问的假设性问题:"江珩,万一要是有女孩子特别喜欢你,追你追得紧怎么办?"

这个假设性问题有时会让麦萌很担忧,毫无恋爱脑的葛清丽无法给她解答,为此她上百度,问知乎,答案五花八门,还不如趁着现在得到正主的答案。

"以前没遇到你的时候,有喜欢的都被我拒绝了。跟你在一起后,好像就没人喜欢我了。"江珩想了想,自己笑了起来,"也不对,我今天去图书馆,有个女生一直盯着我看,盯得我头皮发麻。"

麦萌不自觉地警惕起来:"漂亮吗?"

江珩诚实道:"就看了她一眼,忘记什么样子了。倒是她拍了我的照片,去学校表白墙表白我,说自己是隔壁学校的,后悔要我微信了。"

麦萌哼哼:"你很得意啊?"

"被不喜欢的人追没什么好得意的,我喜欢的人喜欢我才会得

意。"江珩拉开书桌抽屉,拿出红色的戒指盒子,视线停留在散发着粉色微光的钻石上,低声道,"我也不知道从什么时候开始,我最喜欢的东西就变成了你。其他的,都不如你有趣,不如你可爱。我想每天醒来第一眼就见到你,所有的一切都要和你分享,而你的一切我也都要参与。麦萌……我等你回来。"

这样深情款款的话,如果真的是在被求婚的情况下听到的多好呀!麦萌握着电话的手有些用力,"嗯"了声。

"嘭嘭嘭!"窗外烟花四射,绽放成一朵朵绚丽夺目的花朵,将整个夜空都映亮了。

同时,江珩的那边也响起了烟花爆竹的嘈杂声音。

麦萌走到窗前,打开窗子,不顾在床上躺尸一样的葛清丽投来怪异的眼光,将手机靠近唇边,大声喊道:"江珩,我爱你!"

无论世界如何喧嚣浮躁,当听到"我爱你"这三个字时,万物皆可回归于宁静。

江珩的心,猛地颤动一下,他也轻声回了句:"我也爱你。"

我爱你,也爱因有你的世界,而你是我热爱这世界的唯一理由。

五一小长假还没开始,江珩早就提前半个月给麦萌订了回国的机票。小长假结束后没几天,麦萌就回来了。

江珩和麦爸麦妈去机场接的麦萌,快一年不见,大家变了又好像没变。麦妈妈可能在江珩这个准女婿的照顾下,生活得更滋润了,皮肤白里透红,看着比之前还要年轻。麦爸爸还是意气风发,一笑像只憨厚老实的维尼熊。

舒舒服服地洗了个澡,麦萌感觉一身舒爽。麦爸麦妈亲自张罗了一桌子晚饭,桌上除了有她爱吃的,也有江珩喜欢的。在感受到家庭的温暖的同时,麦萌还是没忍住吐槽江珩强占了她的家庭地位。果不其然,她头上挨了麦妈妈两个毫不留情的"爆炒栗子"。

"人家江珩的妈妈养孩子是来报恩的,我养你就是讨债的!你从小到大费了我和你爸爸多少心思!"

吃过晚饭后,江珩坐在沙发上陪麦爸麦妈又聊了一会儿,也给麦萌说着近来宿舍三姐妹的状况。顾娇娇工作能力出色,依然高冷傲娇。王红楠的头发留长了,且跟男朋友发展一帆风顺。张晓考研成功,打算继续攻读博士。

尽管路口不同,可每个人似乎都能找到自己未来的方向。

虽然麦萌很想跟江珩私聊,尽抒想念之情,但碍于麦爸麦妈在场,她只能端坐好,保持着淑女般矜持的微笑。

江珩面上云淡风轻,跟以往一样彬彬有礼,可他望着麦萌的眼神却亮得惊人,好似里面燃着一团火,再多看一眼都能将人给点燃。

麦爸麦妈这两个大电灯泡坐在中间,就算再迟钝也能感受到两

个小年轻之间炽热的视线。在江珩礼貌地提出要走时,麦爸爸见麦妈妈对自己点点头,他清了清嗓子,发话了:"江珩,你今天晚上就别走了,住这里吧。"说完后还有些羞赧,他又继续道,"你妈妈前天打电话给我说也想改天把你们的婚事定下来,那你也不用这么见外了,就睡萌萌的房间好了。"

毕竟还没订婚领证,而且又是第一次留宿女朋友家,两人若住在同一个房间很是不妥。江珩连忙推辞:"叔叔,这样不好吧?"

"有什么不好的,都是一家人。"麦妈妈更是没把江珩当外人,直接抱着新的床褥去了麦萌房间。

麦萌瞪大眼睛,指了指自己:"妈,我知道你有时候思想比常人更开放,可你这也太……"

"想什么呢!"麦爸爸打断了麦萌的胡思乱想,把她往书房推了推,"你睡书房,赶快自己收拾一下。"

"我?"犹如突来一道晴天霹雳,麦萌彻底炸毛了,"爸爸,我刚回国啊,你和我妈就要让我住书房?这是马上就有了女婿,不要闺女了?"

书房的床是单人床,虽然不是太小,但怎么着都没她房间里的舒服。她倒是不介意把自己的床让给江珩睡,只是不满自己日益衰落的家庭地位,所以要尽力抗争一下,可惜抗争无果。

鸠占鹊巢的事情江珩也做不出来,而且麦萌确实需要好好休息,让她睡书房,他心疼,于是再次提出自己去住书房。麦爸麦妈拗不过江珩,只好又重新仔细地把书房收拾了一下,在新床褥下面又给他垫了两层被子。麦萌瞧了,笑江珩像豌豆上的公主,身娇肉贵。

不知道是第一天回家兴奋得睡不着,还是家里多了个江珩,麦萌辗转反侧,翻来覆去到十二点多还没睡着。听到外面有细微开门的声音,她竖起耳朵,蹑手蹑脚地下了床,偷偷打开一条门缝。

客厅的灯只开了一盏,不明不暗的灯光将江珩的影子拉得很长。麦爸爸的睡衣套在他身上,有宽度没长度。他一抬胳膊拿起水壶,上衣秒变露脐装,裤腿也没盖住他白得发亮的小腿。

跟麦萌一样,江珩也没任何睡意。睡前他跟高丽聊了很多,聊他的婚姻观,聊他未来的事业规划。从高丽搬到学校住后,母子俩的感情无形中就像是隔了一道玻璃墙,算不上疏远冷漠,但也没有跟麦萌和麦妈麦爸这般亲近。兴许今晚情绪不对劲,他破天荒有种想要倾诉的欲望,而这个人就是他一直藏在心底至亲至爱之人。

看到江珩发了一长串的话,高丽内心涌起说不出的滋味来。江珩的优秀是有目共睹的,作为母亲她是骄傲的,可又惭愧。在江珩的成长中,她似乎只在江珩父亲去世后陪伴他的时间比较多,后来因为对江珩父亲和江爷爷的怨恨,她几乎不回江家。江珩从来没有抱怨过什么,他成长得太快,以至于到了后来她想要弥补亏欠时,才发现缺失的爱太多,已经不知道该如何填补了。她了解江珩的性子,知道他一旦做了选择就是认定了。她很高兴他能遇到喜欢的女孩,也很高兴这个女孩值得他去喜欢。想象着江珩穿上新郎服的样子,她的泪水模糊了眼睛,发了句"好,只要是你喜欢的,妈妈都支持你"。这一句话,承载着她对江珩深厚的感情和满满的祝福。她愿他与麦萌共白首,愿他实现发展考古事业的理想。

将心中的情绪吐露出来后,江珩感觉沉甸甸的心房如释重负。喝完水,他望着麦萌的房间,紧抿薄唇。

钱钟书说过,婚姻是一道围城,里面的人想出来,外面的人想进去。高丽和江珩父亲的婚姻只走了一半,中途跳出了城墙。而江珩却迫不及待地想踏入城墙内,如果现实允许,他也可以效仿林语

/ 266 /

堂,在领证当天直接把结婚证撕了。

因为既然怦然心动的对象是麦萌,日久生情的对象也是她,那么余生能跟他一起携手走到白头到老的也只能是她,而且必须是她。从来不考虑离婚,那结婚证也就没有存在的意义了。

麦萌的屋内一片漆黑,而客厅的光刚好能溜进门缝,在地上也映出一道影子来。

江珩本来没注意到麦萌半蹲半站着藏在门后偷看,可要收回视线的时候意识到了不对劲,又猛地停住要转身的步子。

电光石火之间,两人目光相遇。

江珩眼神暗了暗,如黑夜里骤然升起的一团鬼火,看在麦萌眼里有些诡异。

麦萌心虚地哆嗦了下,见江珩貌似没有要离开的打算,小心翼翼地打开了门,磨磨蹭蹭地移动了过去,压低声音:"这么晚了,你怎么还没睡啊?"

江珩直直地盯着她:"睡不着,要聊聊吗?"

"啊?"麦萌一愣,还没等她反应过来,就被江珩拽去了书房。

从客厅到书房,再被江珩强按在床上,整个过程不到一分钟。

耳边是江珩温热的呼吸,鼻间是男性独有的荷尔蒙味道,腰上是他结实的手臂,孤男寡女,黑灯瞎火,麦萌不得不往令人想入非非的事情上去想。她咽了口唾沫,试探着移开江珩的手,商量道:"江……江珩,别……别冲动,马上……马上就要订婚了。"

大学搬出去同居的情侣不在少数,而她和江珩亲过抱过却始终没逾越雷池。江珩是正常男生,面对喜欢的女孩子他总会有动情的时候,只是自制力极好罢了。一起出去旅行,他为避免尴尬,订的也是标准间两张床。也因为这样,麦萌觉得江珩是个踏实值得托付

终身的人，得到双方父母赞同没错，但行为上还是需要注意。

分开的一年，虽然会在视频里见到麦萌，可视频始终是视频，没有人知道那些她不在身边的日子，他究竟有多想她。那种刻骨的思念太过炽热，让他害怕一不小心流露出来，就会将他燃尽，坠入无底的深渊。能像现在这样单纯地抱着她，什么都不做，他就心满意足了。

"别怕，我想和你说说话。"江珩将软绵绵的小人搂在怀里，丝丝缕缕的情愫在胸腔中蔓延开来。

"那你说，我听。"麦萌哭笑不得，心想你都把我困住得不能动弹了，我能不害怕吗？

江珩想都没想，拒绝道："我想听你说，说什么都行，随便讲个故事也行。"

"行吧。"麦萌无语，但受制于人只能妥协，"在很久很久以前，有一个王子，他爱上了一个公主。后来出现了一条恶龙，他将公主给掳走了。王子带着侍卫，从恶龙手里抢回了公主，幸福地在一起了。"

故事俗套，江珩却给出了新奇的评价："王子没什么好。"

麦萌疑惑："嗯？大多人都喜欢王子，难不成你喜欢恶龙？"

江珩不置可否道："王子因为有整个国家做后盾，所以他才敢去抢公主。而恶龙劫持公主的时候是单枪匹马，最重要的是他只爱公主一个人。虽然行为不值得提倡，但这份孤勇执着的精神值得肯定。"

麦萌从未听说过如此与众不同的说法，觉得也有点道理，赞同道："你的话好像也对啊。"

可是这跟你继续缠着我有什么关系啊！请放开我好吗？

江珩深深地望着麦萌，贴着她的身体体温火热："那我这条恶龙，能把你劫走吗？"

感觉出江珩身体的变化，麦萌真的快哭了："江珩，你是要玩角色扮演吗？"

不对劲，江珩真的不对劲。如果以前的他是王子，那他现在眼睛闪闪的，头顶再长出两个小红角，不像恶龙倒像是要把她吃掉的小恶魔。

他喉咙滚动了几下，强迫自己打消脑袋里沸腾的念头，深呼吸。他调整了一下姿势，松开麦萌："算了，还是等结婚以后吧。"

喜欢一个人，对她起了欲望是正常的，为了她忍住欲望，才叫爱。

江珩的突然刹车，让麦萌紧张的心情瞬间平复下来。她勾了勾他的手指，给彼此找个台阶下："那个，我也有点渴了，能先去喝点水吗？"这个情况太过尴尬，她保证回了房间后不再出来！

江珩猜到麦萌的心思，凑过来用力地亲了她一下，故意恶狠狠道："还渴吗？"他喝完水的嘴唇带着湿润，烧得麦萌小脸滚烫。

她话都不会说了，哆哆嗦嗦地说："江珩，你是吃错药了吗？"

"傻子。"江珩捏了下麦萌的脸，起身打开了床头的台灯，然后从自己外套的口袋里将那枚好久之前就买好了的戒指拿了出来。

"麦萌，我本来打算求婚的时候再把戒指给你的，可我一天也等不了了，所以还是现在就把你套牢吧。"说完，他二话不说将戒指套在了麦萌的无名指上，"戒指内侧刻了你和我的姓。"

戒指的主钻呈粉色，看着得有一克拉大小，周围被多颗小钻簇拥，整体像一朵含苞待放的花蕾。

麦萌的手白嫩小巧，戒指的尺寸也刚刚好，戴在她的手指上增添了一抹娇嫩的色彩。

江珩将订单指给麦萌看:"喏,我身份证都登记了,你跑不了了。"

麦萌最喜欢 D 家的戒指,还曾扬言以后结婚一定要让未来老公送她一枚男士一生凭借身份证只能买一枚的戒指,意味着她就是他的唯一。

"江珩……"看到订单上的"江珩先生 & 麦萌女士",麦萌巴巴地瞅着江珩,一副感动得不行的模样。

"好了,暂时不需要你以身相许。"江珩把订单发给麦萌,摸了摸她的脑袋,"时间不早了,回去睡吧。"

麦萌"嗯"了声,不经意扫了眼江珩的手机,问道:"你竟然把我的备注改成'对方正在输入中'?"

江珩点头:"我和你时间不搭,这样想你的时候就看看你备注,就会感觉你在回复我。"

"呜呜呜,你到底是什么神仙男朋友!"麦萌忍不住了,她跳到江珩身上,两手钩住他的脖子,像只挂在树上的树袋熊,"我不走了,我今晚要跟你睡!"

这一抱太突然,好在麦萌体重轻,要不然江珩真承受不了。好笑地将麦萌从身上扒拉下来,他敲了下她的脑门:"再闹真把你吃掉。"

"我……"麦萌还想说"不怕",却听到门外响起麦爸爸刻意的咳嗽声。

两个人对视一眼,赶紧闭了嘴。

等确认客厅里安静无人,麦萌才悄悄地回了房。

回想起刚才脸红心跳的一幕,她的小心脏扑通乱跳,再摸着手上的戒指,她在自己胳膊上掐了一下。

疼！这说明不是在做梦！

乐呵呵地抱着被子在床上打了几个滚，她给江珩发了条微信："江珩，遇到你晚是晚了点，但我还是很幸运。你是我第一个喜欢的人，也是最后一个。"

少了麦萌的屋子，又变成黑暗。手机的屏幕亮了起来，江珩看到麦萌这句傻兮兮的话，也回道："晚点遇到不是坏事，我们可以将更多的事情分享给彼此。"

麦萌拍拍发热的脸，继续回复："江珩，从今以后我一定要做你难过和开心时候想起来的第一个人！"

江珩："恭喜，你早就已经是了。"

若我人生有幸事，那你一定在我身边，知我冷暖，懂我悲欢。

唯有在你面前，我才愿丢掉武器，卸掉盔甲，将我不为人知的脆弱和吝啬的温柔展现出来。

番外四 你是我走遍万水千山后的永恒唯一

江珩本就出色，本科时候跟在付教授身边学习已经在业内有了不小名气，读研时又在付教授的指导下独自完成了几个项目，名气大增，研二时国内许多博物馆和考古研究所都对他抛出了橄榄枝，开出丰厚的待遇。而麦萌考的本校研究生，打算再攻读博士。麦妈麦爸没想过女儿还能有当女博士的宏伟志愿，全力支持的同时也将这归功于江珩，如果没有江珩这么优秀的男朋友从旁激励引导，可能麦萌不会有如此明确且高远的人生目标。对于麦爸麦妈对江珩过分的偏爱，麦萌很不服气。

麦萌研二时，江珩在考古研究所工作了一年。他用自己的储备小金库偷偷在市中心买了精装修好的房子，初步打算作为他和麦萌两个人的小窝。在麦萌生日那天，他把她带到新房子里将钥匙交给了她。

三室两厅，江珩亲自装修设计的以白色为主的文艺简约风格。与传统客厅设计风格不同的是，他将书桌、地台和懒人沙发结合在了一起，给人一种舒适又不落俗的感觉。墙壁设计成收纳式的书柜，中间为开放式，既可以放置书籍，也可以作装饰品展览。阳台有个大大的落地窗户，采光性很好。卧室的背景墙选取了麦萌喜欢的淡蓝色调，上面挂的是两个人的合照，充满了温暖的小清新。床头选用了美观又实用的原木色桌子，台灯也是麦萌喜欢的金属黄铜吊灯。

每个房间的设计都是根据麦萌的喜好来的，哪怕是厕所的马桶旁边也因为她有上厕所喜欢看书的习惯特意设计了一个随手就能拿放东西的小架子。每个细节，都透露着江珩对麦萌的用心。走遍所有房间，她的眼睛湿了。

当两年后的十一小长假，早已成为江太太的麦萌挽着江珩的手参加黄倩倩的婚礼，她看到那布置精美的婚礼舞台上新娘穿着洁白的婚纱对新郎说出"我愿意"时，又不免回想起自己和江珩领证那天的情形。两个人穿着白色的衬衫，坐在镜头前，紧张得手都不知道怎么放，脸也笑得僵硬。直到工作人员将盖着两个钢印的结婚照放在她面前，她才意识到她和江珩真真正正成了合法夫妻。考虑到举办婚礼太麻烦，所以他们两人商量后就选择了旅行结婚，就当她的研究生毕业旅行了。

在研究生同学里，麦萌可能是第一个刚拿到毕业证就迫不及待领证结婚的，同学们都笑她是怕江珩这么好的男人跑了，却没人知道其实是江珩着急。如果可以，他恨不得在当年麦萌从泰国回来后就拽着她领证。

麦萌贴上"江珩未婚妻"这个身份的标签，似乎只用了一天，而成为真正的"江太太"，江珩却等了她将近四年。这样用情至深的男人，也难怪黄倩倩在出国进修后都没能放得下他。

江珩见麦萌眼睛一眨不眨地盯着黄倩倩在看，淡淡道："别看了，再看她也没你好看。"

麦萌轻笑："江先生，当年追学姐的人可是排成队呢，你这么夸我不好吧？"

江珩想了想，煞有介事地点头："也对，当年追你的就我一个。"

麦萌翻了个白眼："什么嘛，分明是我先追的你。"

"那后来不是我追着你跑吗？不管是你去泰国，还是读研、考博，我不是一直在追着你跑吗？"江珩和麦萌说话的工夫，黄倩倩和新郎往这边过来了。

据说新郎是黄倩倩父亲世交家的孩子，从事经商，体形微胖，瞧着人脾气不错。黄倩倩穿着一字肩的婚纱曳地,露出修长的脖颈和精致的锁骨,裙摆上绣着星星点点的暗花,脚踩十厘米的水晶高跟鞋,再配上恰如其分的妆容,美得惊心动魄,惊艳全场。

黄倩倩举着酒杯,深深地看着江珩,随即目光扫到麦萌无名指的戒指,眸中闪过一抹忧伤。抬眼的瞬间,她藏起情绪,脸上扬着优雅得体的微笑:"认识这么多年,没想到你结婚在我前面了。这杯酒,敬你,也祝……祝你和麦萌学妹幸福。"她一口气干完,将见底的酒杯晃了晃,"我干了,你们随意。"说完,不等麦萌和江珩说话,她挽着新郎貌似潇洒地往下一桌走去。

麦萌望着重新调整面部表情笑靥如花的黄倩倩,内心复杂,轻叹了口气:"江珩,这杯我敬你,谢谢你坚定不移地爱我。"

江珩温柔一笑,碰了下杯子:"江太太,不客气。"

麦萌穿着黑色天鹅绒长裙,及腰的长发散在身后,发间闪烁着星星发卡,白白的皮肤,大大的眼睛。江珩穿着黑色西装,身材高挑修长,五官深邃立体,两人不是主角,可周围的嘉宾但凡看到他们就免不了多看几眼,因为这一对实在是太养眼了。

婚宴结束后,江珩西装搭在麦萌肩上,陪她慢悠悠地散步。迎面走来一个女孩子,戴着帅气的棒球帽,穿着嘻哈风,化着夸张的眼影,她从江珩身边路过又转身追了过来,拍了江珩肩膀一下。

"嘿,帅哥,给个微信呗!"女孩子直勾勾地盯着江珩,似乎将旁边的麦萌当作空气。

江珩指了指麦萌,笑道:"不好意思,你得问一下我太太的意见。"

女孩子一愣,上下打量着麦萌,笑得意味深长:"哦,原来帅哥你喜欢这种口味的呀!"她挥挥手走了。

麦萌莫名地郁闷了,习惯性噘嘴,转头问道:"江珩,我不说

话也有错?"

时间有时像一个画师,会在不知不觉中改变一个人。经过时间的描绘,江珩越发成熟深沉,对比之下的麦萌好像除了头发长了些,站在江珩身边还是像个长着娃娃脸的少女,单纯又简单,是最初美好的样子,也是江珩最喜欢的样子。

江珩挑眉:"你没错,都怪我魅力太大,连累了你。"

麦萌轻哼:"现在果然都是看脸的时代,长得好看的干什么都有优势。不过你是真的好看,以后一定要生个女儿继承你的优秀基因!"

江珩拉着麦萌继续往前走,轻声道:"你觉得我好看,我很高兴。如果以后我们的女儿也喜欢我的长相,我就更高兴了。"

"哎,我跟你领证才一年,二人世界刚开始呢,你要这么着急吗?"一想到会有一个翻版的江珩缠着自己喊妈妈,麦萌心头涌出一股奇异的感觉,有些期待也有些矛盾。

"不急,都听你的。"江珩见过来一辆洒水车,将麦萌往自己身侧拉了一把。

女生读博期间结婚生子很正常,麦萌有同门师姐刚生了孩子,小宝宝白白嫩嫩的,很可爱,江珩还跟麦萌一起带着礼物去看望过。从两人的年纪来说,可以拥有一个爱情结晶了,只是考虑到麦萌还要继续学业,江珩一直没提。最重要的是,他要等到麦萌完全做好心理准备,在尊重她的意愿上再要孩子。当然,如果麦萌不想要孩子,那也没关系,因为余生跟他一起携手相伴的人是她,跟孩子无关。

洒水车像只老乌龟,自带悠扬舒缓的音乐,磨磨蹭蹭地在地上留下一串水印。麦萌歪着脑袋,突发奇想:"为什么洒水车上要放这种轻快的音乐?"

江珩也没想过这个问题,他故作思考状,几秒钟给出一个听着好像很有道理的答案:"要是放个重金属,再喷你一身水,大摇大摆地走了,你是不是会气炸?"

麦萌点点头,竖起大拇指:"兄台说得有理。"

"傻子。"江珩望着眼前这张怎么看怎么可爱的脸,没忍住低头亲了麦萌的额头一下。

麦萌顺势抬起头,吻住江珩的唇:"别人一定以为我超级有钱。"

见江珩不解,她得意道:"他们肯定以为你是为了钱才和我在一起的,毕竟我也不是那种前凸后翘的绝世美女。"

江珩低笑:"对,那老板要包养我一辈子才行。"

"那是当然。"麦萌甩了下江珩刚给她买的限量款包包,傲娇地走在前头。

对某些人来说,博士好考,却不好毕业,因为要发一定数量的期刊论文,而且论文等级还有要求。当麦萌真正体会到这句话时,已经快为小论文熬秃了头。长时间的焦虑让她睡不着觉,一晚上翻来覆去影响得江珩也失眠。

实在忍不住了,江珩一把按住麦萌的肩膀,居高临下地说道:"睡觉。"

麦萌撇撇嘴,委屈巴巴:"睡觉又不能解决问题。"

江珩面无表情:"跟我睡可以。"

他将被子一扯盖过两人的头顶……

"啊,江珩!你……"猝不及防的吻铺天盖地,麦萌连张嘴说话的机会都没有。稀里糊涂,迷迷糊糊,她的脑袋里最后只剩下了江珩,什么论文,什么期刊,顿时烟消云散。

明德大学建校 70 周年校庆时，不少知名校友回来了，最让明德学子期待的就是已经成为国内首屈一指考古专家的江珩，也是重量级文物修复师。江珩不仅是考古专业的传说，也是近十年来唯一一位高居明德大学最具成就校友榜首位的人，而他的妻子麦萌则是明德大学最受欢迎的女教授。夫妻二人几十年如一日，相互支持奋进，伉俪情深，成了众多明德学子羡慕的神仙校友。

校园内挂满了欢庆的横幅，彩旗在风中飘扬，通往报告厅的路上站着青春洋溢的学生志愿者为回到母校的校友们引路。

年过五十的江珩虽然发间夹杂着银丝，可他依旧如年轻时一般气宇轩昂，气质不凡。看着学校熟悉的一草一木，他忍不住感慨："想想真是可怕，一眨眼三十多年就这么过去了！"

曾经的长发已经变成了齐耳的短发，时间在麦萌的眼角留下细纹的同时也赋予了她淡定从容的温和及举手投足间流露出的端庄。她拍拍江珩的手，笑："可不是吗，你都马上要当姥爷了！"

江珩摇了摇头，一边唏嘘时间的流逝，一边牵着麦萌的手继续往礼堂走去。

学校的礼堂曾进行过扩建，里里外外进行了装修，能容得下几千个人，大得令人咋舌。校长、副校长坐在主席台的 C 位，两边分别是四个校友嘉宾。江珩和麦萌坐下后，其他人也陆陆续续地就座。

有从事新闻媒体的校友们早已架着相机等候在旁边，见人都坐齐了，"咔嚓咔嚓"先拍了几张照片。

九点半，典礼正式开始。头发花白的校长先进行致词，随后是副校长介绍台上的嘉宾，最后是嘉宾们进行讲话。每位嘉宾的说话风格都不同，有的一本正经，有的幽默风趣，有的言简意赅，有的长篇大论，但不管怎么说，都对母校的辉煌今天表达了无比的自豪骄傲，也

对底下在座的学子们表达了衷心的祝福和期望。

当前面八个嘉宾都讲话完毕后，该轮到江珩了。他只是调整了下话筒，还没张口，底下已经响起了一片掌声，声音雷动，有部分考古系视江珩为偶像的学生跟演唱会上见了偶像一般，举着写着江珩名字的自制看板摇来摇去。麦萌的学生粉也不甘示弱，大喊着她的名字。一时之间，气氛热烈得有点过分，好像大家参加的不是校庆典礼，而是 CP 见面会。

"大家好，我是江珩。"江珩清了清嗓子，只一道睿智深沉的目光往下面一扫，大家便安静了下来。

他抿了抿唇，两手交叉，缓缓开口："很高兴能坐在这里，跟大家一起参加明德大学的 70 年校庆典礼。作为从明德大学走出去的学生，我跟大家一样热爱我的母校……"

江珩的声音低沉充满磁性，他以自身经验为例，劝勉学生们努力勤奋，勿负青春，以己之力，回报母校和社会。在他提到考古专业的发展前景和就业选择时，有学生见江珩平易近人，大胆地举手提问，他都耐心解惑。由于职业习惯，他不自觉地又给大家讲了许多相关专业知识，这对本专业的学生来说是意外福音。因为江珩讲解的不生硬古板，因而其他专业的学生听得也津津有味。剩下的时间，几乎成了江珩的专场采访。

学生们专心地听着，眼神流露出对江珩的钦佩和崇拜，这样的场面让麦萌仿佛回到了多年前的某天下午，江珩就跟现在一样坐在报告厅的讲台上侃侃而谈，意气风发。他是所有星星里最亮眼的那一颗，仿佛他一出现，群星都会暗淡无光。

麦萌的视线不禁落在江珩的脸上，温柔又绵长。谁能想到，当时让自己恨得牙痒痒的一个人，会陪着她走了三十多年了呢？

兴许是 CP 粉终于按捺不住了，也可能是有学生注意到了麦萌看江珩的眼神太"有爱"，一个圆脸齐刘海的女生举手站了起来："江老师，您好。考古出野工作不仅辛苦还耗时耗力，听说您现在还经常奋战在田野一线，除了对考古的热爱，是否还因为有麦老师的支持？"

"江老师，您和麦老师感情这么好，有什么感情保鲜的秘诀吗？"

"麦老师，您当年跟江老师在一起，是不是先看的脸？"

……

圆脸女生这一问，大家七嘴八舌地八卦起来，话题全都围绕在江珩和麦萌身上，问的问题也越来越让人忍俊不禁。

麦萌无奈，看向江珩。

似乎一提到麦萌，江珩整个人都变得柔和起来。他坐直身子，像真正接受记者访问，官宣感情私事的明星，将话筒拉近："野外挖掘工作环境恶劣，极为考验人的毅力和耐心，每当我累了的时候，只要一想到我太太，就有种沙漠里开出蔷薇的感觉，咬咬牙总能坚持过去。这么多年来，我取得的每一个成就，都离不开我太太在背后的支持。"

顿了顿，他握住麦萌的手："要问我感情保鲜的秘诀，我只能说双方对彼此的爱、无条件的信任、敢于承担责任、相互理解包容，这些是维系一份感情长久的基本要素。至于如何为感情保鲜，可能爱才是养分。很多人看久了就会腻，可你如果真的爱这个人，那么你就会越看越喜欢，越看越欢喜。她是你走遍万水千山，领略世间万物后，仅存的心动和永恒的唯一。"

江珩刚才给学生的讲话就是临场发言，而这番对麦萌的深情告白更是即兴而起。此刻在场的千人形同透明，他的眼里只有麦萌一个人，满目的缱绻一如当初只为她一人。

"刚才有同学问麦老师跟我在一起是不是因为我长得帅，这个问题问得好,我也想听听麦老师的答案。"捏了捏麦萌的手,江珩有意把现场交给麦萌。

学生们一听,又开始起哄了。

麦萌瞪了江珩一眼,似是怪他胡闹。看着大家期待的眼神,她摇头:"我对江老师并不是一见钟情,是江老师的聪明、勤奋、专注,还有强大的自控力,让我对他日久生情。学术工作上,他认真严谨,吃苦耐劳,不言放弃,这种力量也会潜移默化地影响着我。生活里他对自己有着极高的要求,将生活安排得井井有条,跟他在一起的每一天都会让我对未来更加期待。他不仅给了我安全感,也给了我蓬勃的生命力。他是我最信任的人,也是我最依赖的人。"她可不能告诉大家,从结婚后江珩更加勤奋了,在家里不叫苦不喊累,洗衣做饭等家务全包了,以至于她懒散至今。

麦萌的回答,再次给大家猛喂了一大盆狗粮。

人群里又一个问题朝着江珩抛了过来:"江老师,您是麦老师最依赖的人,麦老师在您眼里是个什么样的人呢?"

江珩脸上的笑纹深了几度,回答:"就算她到了八十岁、九十岁,是全世界的大人物,她在我心里也还是一个需要保护疼爱的小朋友。"

他话音一落,全场沸腾了。

麦萌一怔,握紧了江珩的手,无声说了句"傻子"。

岁月变迁难挡,匆匆时光难拦,但我会保证我对你的爱,一如初见,永恒不变。

本书由初玖委托长沙大鱼文化传媒有限公司正式授权花山文艺出版社,在中国大陆地区独家出版中文简体版本。未经书面同意,本书的任何部分不得以图表、电子、影印、缩拍、录音和其他手段进行复制和转载,违者必究。